Eine Art zu lesen
Eine Art zu fliegen

GOYA

Das Buch

Nach der Krankheit und dem Tod ihres geliebten Vaters gerät das Leben von Sunny aus den Fugen. Die Beziehung mit Erik geht in die Brüche, eine ihrer engsten Freundinnen fällt ihr in den Rücken. Was bleibt, sind die Erinnerungen an ihren Vater, an ihre Familie, an das Nest, das sie hatte und das sich nun verändert hat. An die aufregenden, teils gefährlichen Jugendjahre in dem brodelnden, wiedervereinigten Berlin der Neunzigerjahre. Und an ihre Freundinnen Jessi, Alma und Katharina, die alle so ganz andere Väter hatten als sie.

Mit viel Einfühlungsvermögen und Empathie erzählt Anne Kanis von einem tiefen Trauer- und Erinnerungsprozess. Von dem Glück, in eine liebevolle Familie hineingeboren zu werden, und dem Schmerz, wenn geliebte Menschen das Leben auf Erden verlassen. Von Streifzügen mit den Freundinnen durch eine aufgebrochene Stadt. Und von einer sich anbahnenden neuen Liebe.

Die Autorin

Anne Kanis ist eine Berliner Filmschauspielerin, Sprecherin und Autorin. Als Tochter einer Bühnenschauspielerin und eines Pantomimen wurde sie von ihrem künstlerischen Elternhaus stark geprägt, sprach als Kind ihr erstes Hörspiel und stand mit sechzehn Jahren das erste Mal vor der Kamera. Seitdem ist sie in mehr als 80 Film- und Fernsehproduktionen zu sehen, darunter Haupt- und Nebenrollen in Serienformaten wie *In aller Freundschaft* oder *SOKO Leipzig*, Spielfilmen wie *Tatort* oder *Rauhnächte* und Kinoproduktionen wie *Anonyma* oder *Adam und Evelyn*. Ihre Begeisterung für Literatur brachte sie zum Schreiben. *Auf Erden* ist ihr zweiter Roman.

Eine Art zu lesen

Eine Art zu fliegen

GOYA

Das Buch

Nach der Krankheit und dem Tod ihres geliebten Vaters gerät das Leben von Sunny aus den Fugen. Die Beziehung mit Erik geht in die Brüche, eine ihrer engsten Freundinnen fällt ihr in den Rücken. Was bleibt, sind die Erinnerungen an ihren Vater, an ihre Familie, an das Nest, das sie hatte und das sich nun verändert hat. An die aufregenden, teils gefährlichen Jugendjahre in dem brodelnden, wiedervereinigten Berlin der Neunzigerjahre. Und an ihre Freundinnen Jessi, Alma und Katharina, die alle so ganz andere Väter hatten als sie.

Mit viel Einfühlungsvermögen und Empathie erzählt Anne Kanis von einem tiefen Trauer- und Erinnerungsprozess. Von dem Glück, in eine liebevolle Familie hineingeboren zu werden, und dem Schmerz, wenn geliebte Menschen das Leben auf Erden verlassen. Von Streifzügen mit den Freundinnen durch eine aufgebrochene Stadt. Und von einer sich anbahnenden neuen Liebe.

Die Autorin

Anne Kanis ist eine Berliner Filmschauspielerin, Sprecherin und Autorin. Als Tochter einer Bühnenschauspielerin und eines Pantomimen wurde sie von ihrem künstlerischen Elternhaus stark geprägt, sprach als Kind ihr erstes Hörspiel und stand mit sechzehn Jahren das erste Mal vor der Kamera. Seitdem ist sie in mehr als 80 Film- und Fernsehproduktionen zu sehen, darunter Haupt- und Nebenrollen in Serienformaten wie *In aller Freundschaft* oder *SOKO Leipzig*, Spielfilmen wie *Tatort* oder *Rauhnächte* und Kinoproduktionen wie *Anonyma* oder *Adam und Evelyn*. Ihre Begeisterung für Literatur brachte sie zum Schreiben. *Auf Erden* ist ihr zweiter Roman.

Anne
Kanis

AUF
ERDEN

ROMAN

GOYA

Das gleichnamige Hörbuch erscheint bei GOYALiT.
Dieses Buch ist auch als E-Book erhältlich.

Besuchen Sie uns im Internet: www.goyaverlag.de

Aus Verantwortung für die Umwelt hat sich der GOYA Verlag dazu entschlossen, keine Plastikfolie zum Einschweißen der Bücher zu verwenden.

FSC www.fsc.org
MIX
Papier | Fördert gute Waldnutzung
FSC® C014496

1. Auflage 2024
Originalausgabe

Umschlaggestaltung: Katrin Wahl
Umschlagabbildung: Forest Spirit/AdobeStock 523253768
Lektorat: Ingola Lammers
Satz: Pinkuin Satz und Datentechnik, Berlin
Gesetzt aus der Apollo MT Std
Printed in Germany
ISBN 978-3-8337-4701-4

Prolog

In der Ecke steht das leere Bett. Die Ecke wankt nicht, sie steht am Bettpfosten und bleibt bis zur Zimmerdecke aufrecht und gerade. Unsere Rücken sind krumm. Mein älterer Bruder zieht die Beine an und legt das Kinn auf die Knie. Mein jüngerer Bruder zieht die Daunendecke vom Bett und legt sie sich über den Kopf. Meine Mutter steht auf. Sie nimmt die Streichhölzer vom Tisch, zündet die Kerze an und stellt sie ins Fenster. Jetzt wissen die Nachbarn Bescheid.

Wenn ich zu lange auf einen Fleck starre, springen die Erinnerungen an meinen Vater in meinem Kopf hin und her. Ohne Sinn und Ordnung. Und meine Augen sehen statt Jessi und Alma und Katharina am Ufer der Spree meinen Vater gehen, stehen oder sitzen, mal jung, mal älter, mal nah, mal fern, immer den Kopf ein wenig schief gelegt und immer ein liebevolles Blinzeln im Gesicht. Das muss ich meinen Freundinnen nicht sagen, weil sie meinen Vater kannten. Und weil ich Jessis und Almas Väter kannte. Und Katharinas Vater fortging, als sie klein war.

Vom Fluss her zerreißt das Tuten eines Dampfers die Bilder meines inneren Blicks. Ein weißer Bug schiebt das Spreewasser zur Seite und lässt die Spanholzplättchen mit den Teelichtern taumeln, die wir aufs Wasser gesetzt haben. Die Flammen hüpfen auf und ab.

Diesseits

Nach den Krankenhausbesuchen bei meinem Vater war ich immer so traurig und von der Traurigkeit so durchgefroren, dass ich an der ersten U-Bahn-Station vorbeiging, um die nächste zu nehmen und mich durch das Gehen aufzuwärmen. Das klappte nicht. Einmal ging ich auch an der Station danach vorbei und lief durch eine Gegend, in der ich noch nie war. Hier wuchsen die Häuser als Blöcke in den Himmel. Sehr hoch und sehr gerade. Der Himmel dazwischen war quadratisch.

An einem der Häuserblöcke klebte am Erdgeschossfenster eine zerfranste Sonne aus Plastik. Ein Sonnenstudio, vor dessen Eingang eine stark gebräunte junge Frau stand. Sie hatte schwarz umrahmte Augen, sehr lange Fingernägel, eine Menge Tattoos und sah mich skeptisch an. Ohne Entschluss blieb ich einfach stehen.

»Der Kopf soll draußen bleiben und nur fünf Minuten?«, fragte mich die stark gebräunte junge Frau und guckte, als würde sie noch überlegen, ob ich nur komisch, aber harmlos oder plemplem und gefährlich war. Ich ließ die Sachen an. Ich klappte den Sonnenliegen-Deckel nicht herunter, aber das UV-Licht ging an. Das Licht war heiß und gleißend wie in einer Wüste.

Ein andermal holte Katharina mich vom Krankenhaus ab. Sie trug den alten Wollmantel, den sie schon als Jugendliche getragen hatte, und ihre selbst gestrickte Mütze. Den gelben Schal, den sie in ihren Händen hielt, schlang sie mir mehrfach um den Hals. Er war warm und weich und verbarg mein Gesicht bis zu den Wangen.

Das Auto, das sie sich irgendwo geliehen hatte, knatterte und schepperte und fauchte. Aus den Lautsprechern drang das letzte Lied einer festgefahrenen Dire-Straits-CD: »Brothers in Arms«. Katharina hatte mir den Beifahrersitz bis auf die Rückbank nach hinten geklappt. Ich lag lang gestreckt, wie auf einer Liege, und sah durch das milchige Schiebedachglas in die flackernde Nacht.

Ich löste meinen Blick nicht vom Lichtgemisch über mir, dem Laternenlicht, Ampellicht, Fensterlicht, den Sternen, ich hatte es nicht eilig, nach Hause zu kommen.

»Wie geht's deinem Vater?«, fragte Katharina, und das Auto knatterte in ihre weiche Stimme.

»Schlecht.«

»Keine Chance auf Besserung?«

»Keine Chance.«

»Was kann ich tun, für dich? Irgendwie tun?«

»Einfach nur fahren, Katharina, von mir aus im Kreis, bis der Tank leer ist.«

Katharina bog in die Nebenstraßen und fuhr kreuz und quer und irgendwo durch die Stadt, was uns an damals erinnerte, als wir uns als Mädchen treiben ließen, durch diese und jene Straßen, helle und dunklere Kieze, auch solche, vor denen wir Angst hatten, aber in die uns die Neugier hineintrieb, hineinzog, wie lange unsichtbare Finger eines rastlosen, unentrinnbaren Stroms.

Damals hatte ich gedacht, dass Freundschaften, die einmal sehr intensiv waren, immer intensiv bleiben würden. Dass Jessi, Alma, Katharina und ich für immer das enge Viererkleeblatt bleiben würden. Wir hatten unser Lachen gekannt, unser Weinen und unser Fluchen. Wir hatten das echte vom künstlichen Lachen unterscheiden können. Wir hatten gewusst, welche Pullover jede von uns hatte, welche Hosen und wie viele Paar Schuhe. Als wir Hand in Hand durch die Straßen zogen, waren uns die Hände der anderen, die Feuchtigkeit in Almas Handflächen, die Unruhe von Jessis Fingerspitzen, Katharinas lange, schmale Fingernägel, vertraut gewesen.

Wir kannten den Geruch der anderen, das Haarshampoo, das Waschmittel, die Parfümproben aus den Zeitschriften, den Schweiß. Wir kannten das Zittern in Almas Stimme, wenn sie die Fragen der Lehrer beantwortete, sogar dann, wenn sie die Antwort sicher wusste. Wir kannten Katharinas ernsthaften Blick, wenn sie einer von uns aufmerksam zuhörte oder irgendjemand anderem. Wir kannten die zusammengezogenen Augenbrauen, wenn Jessi von ihrem Vater sprach.

Heute weiß ich, dass auch intensive Freundschaften verblassen können, sich reduzieren oder ganz verschwinden. Dass man ein Stück des Weges gemeinsam gehen kann und dann doch einer einfach anders abbiegt. Dass die Tatsache, dass man viel voneinander weiß, für den, der sich gerne erinnert, ein Segen sein kann, und für den, der vergessen will, vielleicht ein Fluch.

Abschied

Meine Brüder und ich liebten unseren Vater, und unser Vater liebte uns. Das sollte das Normalste der Welt sein, ist es aber, wie ich von Jessi und Alma und Katharina weiß, und wie ich bei ihnen sehen konnte, nicht. Deren Väter produzierten Steine, anstatt sie aufzuheben, kleine und große, die sie ihnen vor die Füße und auf die Schultern legten, als wir klein waren und auch als wir größer wurden. Meine Freundinnen hatten Gewichte zu räumen und zu schleppen, die mir vollkommen fremd waren. Ich schämte mich manchmal vor ihnen für mein Glück.

Vierzig Jahre hatte ich einen ganz besonderen Vater. Vierzig Jahre Stärkung ohne Aufdringlichkeit, ohne Eifersucht, ohne Forderungen und ohne Vorwürfe. Wenn ich ihn brauchte, war er sofort da, wenn ich ihn nicht brauchte, war er nicht beleidigt. Das Wissen darum, dass er da war und mir jederzeit helfen würde, hatte ich verinnerlicht. Es floss durch meine Adern.

Auf einem kleinen Friedhof, nahe der Wohnung meiner Eltern, unter einer Birke mit flirrenden Blättern, liegt er nun begraben. Meine Brüder und ich stehen mit den Rücken an der Birke und den Schultern aneinander vor dem Grab. Hinter unserer Mutter und uns und der flirrenden Birke stehen zweihundert Leute. Sie kennen unseren

Vater als Freund, als Kollegen, als Nachbarn und irgendwie, sie kennen ihn nicht als Vater. Meine Brüder und ich drücken unsere Arme fester gegeneinander. Wir wissen, was uns verloren gegangen ist.

Später, in der Wohnung unserer Eltern, gibt es Brot und Suppe und Kaffee und Wein. Die Gäste stehen in allen Zimmern so dicht, als wäre eine Demo hineingelotst worden. Es ist auch genauso laut.

Ich schlüpfe aus der Küche durch die niedrige Tür in die winzige Kammer daneben. In dieser Kammer ist nur die Waschmaschine eingezwängt, und wenn man sich hinaufzieht, sieht man durch ein windschiefes schmales Fensterchen die tippelnden Tauben auf dem Hinterhof. Nach der ersten OP hatte ich Sonnenblumenkerne auf das Fensterbrett vors Fenster von Vaters Krankenhauszimmer gestreut. Er konnte noch ein wenig den Kopf drehen, es kamen Spatzen und Meisen und eine Amsel.

Vorsichtig geht die Tür auf, mein jüngerer Bruder sieht mich an, mein älterer Bruder steht dahinter. Ich rutsche so dicht es geht gegen das Fensterchen und schlage die Beine übereinander und die Arme umeinander, um meinen Brüdern Platz zu machen.

»Wo ist eigentlich Erik?«, fragt Mikis, mein jüngerer Bruder.

»Passé.«

»Passé?«

»Seit wann?«, fragt Jakob, der ältere.

»Nach Papas zweiter OP. Kommt's dicke, kommt's noch dicker.«

»Und du sagst nichts …« Meine Brüder schütteln

die Köpfe, blasen die Backen auf und ziehen die Augenbrauen hoch, wie sie es früher getan haben, wenn sie ein Geheimnis gelüftet oder eine Geschichte erfahren hatten, die zurücklag, in denen sie mir irgendwie hätten beistehen wollen.

»Du kannst mit zu uns kommen, wenn du magst«, schlägt Jakob vor, »Hanne und die Kinder würden sich freuen!«

»Oder zu uns«, sagt Mikis.

»Danke, danke, ich hab eine Wohnung. Wie geht's Klärchen?«, frage ich Jakob. »Gut. Wir haben alles ambulant machen lassen, der Bruch ist gut geschient und gut verpackt. Das heilt zu Hause. Hanne verwöhnt sie. Und Max und Lotti haben alle Pixie-Bücher zu ihr ans Bett geschleppt und lesen ihr vor. Max tut zumindest so, als könnte er schon lesen.«

Meine früheste Kindheitserinnerung ist schrecklich und schön zugleich: Mein Vater löst die Mullbinden von meinen Handgelenken, mit denen ich am Krankenhausbett fixiert bin, damit ich nicht aufstehen kann, und die sich bei jeder kleinen Bewegung fester ziehen. Er hält die Plastiktasse mit dem rauen, abgeplatzten Schnabel an meinen Mund, an die ich nicht herankam. Und ich trinke und trinke. Zwei im weißen Kittel reden energisch auf ihn ein, schimpfen, als er mich hochnimmt und mit mir zur Tür geht: »Gegen ärztlichen Rat, Herr Bauer, gegen ärztlichen Rat«, und mich hinausträgt, aus dem weißen Zimmer, dem langen Flur, durch die breite orangefarbene Glastür, durch den sommergrünen Park, durch tausend Straßen, bis nach Hause. »Atte katte nuwa«, singt mein Vater mir leise ins Ohr, »atte katte nuwa, emi, sademi, sadula misa de …« Ich war damals so alt wie das jüngste Kind von Jakob, so alt wie Klärchen jetzt, erst zwei.

»Ihr seid auch tolle Väter«, sage ich.

Mikis krümmt sich, er lehnt den Kopf auf meine Schulter und greift sich einen Daumen von mir und einen Daumen meines älteren Bruders, wie früher, als er drei oder vier Jahre alt war und schlechte Träume hatte. Seine Hand ist kalt. Ich drücke meine Stirn gegen das Fensterglas und sehe die Tauben verschwommen über den Hof spazieren. Wir hören die Stimmen der Gäste als Rauschen vor der Tür. Mal stößt ein Ellenbogen dagegen, mal ein Schuh. Meine Schulter wird nass.

»Wird das irgendwann mal besser?«, fragt Mikis.

In meiner Brust schwingt ein schweres Eisen, in meinem Hals klemmt ein Knoten, in meinem Kopf entsteht ein Bild meines jüngeren Bruders als Kind. Er kam nach seinem ersten Schultag nach Hause, seine Haare waren damals noch lockig, wie die unseres Vaters, sein Körper spindeldürr, seine Augen groß, der Ranzen schwer. Er stellte genau dieselbe Frage: »Wird das irgendwann mal besser?« Damals konnten wir nicken und sagen: »Ja, irgendwann«, und unsere Schokolade mit ihm teilen.

»Ich weiß nicht«, antworte ich diesmal.

Und Jakob sagt: »Ich denke nicht.«

Wir schweigen. Wir klemmen in der Kammer auf der Waschmaschine aneinander zwischen den Wänden. Wir spüren den Atem, den Puls voneinander, als gäbe es nur den einen. In der Küche fällt ein Glas, wir hören das Klirren auf dem Boden, das Scharren der Schuhe, das Klappern der Kehrschaufel. Kurz Stille, dann wieder Gemurmel.

»Und du, Schwesterchen, wärst eine tolle Mutter.«

»Zu spät.«

»Heutzutage doch nicht.«

»Ist gut.«

»André hat nach dir gefragt.«

»Ist gut jetzt.«

Ich will nicht daran denken, wie Erik zur Tür gegangen ist. In der Jacke, den Jeans, den Schuhen, wie jeden Morgen, aber mit den zwei großen Rollkoffern, unserer Lampe und seinem Rucksack. Er legte den Schlüssel auf die Kommode, sah an mir vorbei und dann auf seine Schuhe. An seinem Rücken hing ein loses blondes Haar von mir. Die Tür schlug zu.

Ich will nicht daran denken, dass ich mir ein Kind mit ihm hätte vorstellen können, an die große Hoffnung und Zuversicht Richtung eigener kleiner Familie, die mit ihm in mein Leben gekommen war und jetzt ging. Einfach wieder ging.

Vielleicht hatte irgendein Gott beschlossen, dass es mit dem Glück für mich jetzt mal genug sei. Hatte vor einem Jahr gedacht: Zu viel des Guten. Mein Vater wurde ganz plötzlich krank. Dass es nicht Heilung, nur etwas Aufschub gäbe, wurde uns vom ersten Tag an mitgeteilt. Wir kamen mit dem Verstehen nicht hinterher, aber funktionierten, wie aufgezogen. Mir kommt es vor, als wäre es gestern gewesen, dass er in seinem liebevollen Blick ein dünnes Flackern zu verstecken versuchte und sich an den Nacken fasste und uns ansah, als ob er sich entschuldigen müsste.

»Wird deine Ausstellung stattfinden?«, fragt Jakob.

»Ja«, sage ich, »auch wenn ich die Bilder nicht mehr sehen kann.«

Ich hatte an der Bilderserie zu arbeiten begonnen, bevor mein Vater krank geworden war. Ich wusste nicht, dass mir die leuchtenden Farben, die geschwungenen Formen und zarten Linien bald in die Seele stechen würden. Die Bilder sind nicht mehr schwungvoll und fröhlich, sie sind höhnisch. Und ihre spöttischen Blicke richten sich auf mich mit dem ersten Schritt über die Schwelle.

Das ganze Atelier ist seit der Diagnose meines Vaters auf der Seite der Bilder. Das große helle Fenster, der Ofen, die Staffelei, sogar die Kaffeekanne. In allem steckt seitdem das höhnische, von oben herab- und von unten heraufschauende Grinsen. Nur dass der Kiez drum herum heruntergekommen ist, das letzte unsanierte Stückchen Prenzl' Berg, melancholisch und unperfekt, beruhigt mich.

»Lasst uns doch bald mal wieder Musik zusammen machen«, sagt Jakob. »Wir haben Strom in die Scheune gelegt, es ist Platz, man kann alles anschließen. Die Ferienwohnung ist frei und auch die Dachkammer, wäre doch schön.«

Wir nicken.

»Kommt einfach öfter, ja? Tick, Trick und Track.«

Nach Vaters Diagnose war mein älterer Bruder jeden zweiten Tag aus der Uckermark nach Berlin gefahren und saß mit uns im Krankenhaus. Wir waren immer zu zweit oder zu dritt da. Unsere Mutter kam morgens und abends. Vaters Bettnachbar gewöhnte sich an uns, schließlich grüßte er uns grinsend, wenn wir kamen. Der Bettnachbar hatte nur einen gutartigen Tumor, schlimme Zuckerwerte und eine versteckte Kuchenschachtel unterm Bademantel im Schrank. Mein Vater konnte nicht mehr sprechen, aber über die Kuchenschachtel lachte er. Der Bettnachbar zeigte sie ihm: »Du kannst es ja nicht mehr verraten, Kumpel.«

Mein Vater redete mit Händen, Füßen und Blicken. Wir interpretierten mit Logik, Verstand und Emotion. Und mit der Vertrautheit der vergangenen Jahrzehnte. Wir diskutierten manchmal ewig darüber, was er meinen könnte. Vaters Bettnachbar nannte uns »Tick, Trick und Track« oder »Die drei Fragezeichen«, und manchmal klatschte er. Und mein Vater lächelte erschöpft, wenn einer von uns schließlich aussprach, was er uns mühsam hatte mitteilen wollen.

»Warum ausgerechnet er?«, fragt Mikis, »warum nicht all die Brutalos, Folterer, Diktatoren?!«

»Die brauchen wohl gerade einen Guten da oben … bei dem, was so los ist in der Welt.«

Wir hören ein leises Klopfen an der Tür, aber keiner von uns kann sich rühren.

»Wir kommen gleich«, ruft Jakob.

Unterm Fenster tippeln die Tauben auf und ab. Eine fliegt auf.

»Scheiße«, flüstert Mikis, »ist doch absolute Scheiße.«

Nachdem die Gäste gegangen sind, ist die Wohnung so chaotisch und unsere Mutter so müde, dass sie sich mit ihrer besten Freundin und einem Glas Wein auf den Fußboden legt und meine Brüder zusammen mit Steffi, der Frau meines jüngeren Bruders, und ihrem großen Sohn Paul um sie herumschleichen und Teller und Gläser aufräumen. An der Wand neben der Spülmaschine, aus der ich das saubere Geschirr nehme, hängt ein Foto meiner Eltern von vor einem Jahr. Lächelnd, Hand in Hand, und die Sicherheit im Blick, sich nicht mehr zu verlieren. Ich muss mich wegdrehen.

»Willst du wirklich nicht mit zu uns?«, fragt Jakob.

»Oder zu uns?«, werfen Steffi, Paul und Mikis direkt ein.

»Ich bin noch verabredet.«

»Oh! Schön!«

»Nicht so, wie ihr denkt, Jessi ist da.«

»Bei dir? Warum ist sie nicht hier?«

»Nicht bei mir. In der Stadt. Arbeitstermine. Zur Beerdigung konnte sie nicht.«

»Okay. Pass auf dich auf, Sunny! Bis bald.«

»Bis bald, ihr Lieben.«

In der S-Bahn lehne ich den Kopf an die Scheibe und stelle mein Handy an. Keine Nachricht von Jessi. Ich schließe die Augen und denke an den Abend am Ufer der Spree vor drei Wochen. Jessi kam im Business-Kostüm, auf hohen Absätzen über die aufgeweichte Wiese, so elegant und stolperfrei, als wäre es ganz alltäglich. Sie lächelte, wir hatten uns ewig nicht gesehen.

Ihr braunes Haar war jetzt rotblond gefärbt, und an den Mundwinkeln saßen erste kleine Fältchen, aber unter den sorgfältig geschminkten Augenlidern flackerte der gleiche helle Blick wie früher. »Ach, Sunny, es tut mir so leid!« Alma verteilte Spanholzplättchen und Filzstifte. »Schreibt was Schönes an den Rand, in die Mitte kleben wir die Teelichter.« Katharinas Augen irrten vom Holzplättchen in ihrer Hand zur Spree. »Ich kann's nicht glauben«, sagte sie, »ausgerechnet dein Vater.«

Vor das Bild der vierzigjährigen Jessi im Business-Kostüm schiebt sich das Bild der zwölfjährigen Jessi, die wie

Katharina, Alma und ich neu an die Schule am Torbogen kam, im Westteil unserer seit einem Jahr wiedervereinigten Stadt. Jessis Halbschuhe waren zu groß für ihre Füße. Sie kam in die Aula und hob die Schuhe nicht an beim Gehen, um sie nicht zu verlieren, schob ihre Schritte voreinander übers Parkett, wie auf einer Schlittschuhbahn.

»Hier«, rief ich, »hier ist noch ein Platz frei.« Da blieb sie stehen, da musterte sie mich mit ihrem hellen Blick von oben bis unten. »Ich bin auch neu.« Jessi zog ihre Hände in die Ärmel. »Jessica«, sagte sie. Dann setzte sie sich neben mich, zweite Reihe, ganz links an den Rand, ihr rechter Pulloverärmel verrutschte ein wenig. Ich sah feine weiße Linien quer über ihrem Unterarm und hörte den Schulleiter: »Guten Morgen, liebe Schüler und liebe Neue aus der DDR.« Ich guckte nach vorne, zur Bühne, wo der Schulleiter so klein war, dass ich über den Köpfen der Reihe vor mir nur seine glänzende Stirn sah.

Und ich muss an meinen Vater denken, wie er sein Buch zur Seite legte und mich aufmerksam ansah, seine immerwährende Ruhe und einen traurigen Ernst im Blick, als ich ihn nach Jessis Unterarmen fragte.

Mein Handy klingelt.

»Jessi! Schön, dass du anrufst, ich steig jetzt in den Bus und bin dann gleich zu Hause.«

Jessi trägt um ihre Unterarme mittlerweile Schlupfstulpen aus Seide. Alma hat sie ihr genäht. Ich erinnere mich daran, dass ich sie das erste Mal an Jessi sah, als sie sagte, sie gehe nach Frankfurt.

»Sunny …« Die S-Bahn fährt quietschend in den Endbahnhof ein. Vor mir Menschen, die aussteigen, hinter mir Menschen, die aussteigen, ich mittendrin. Ich werde mitgespült, den Bahnhof entlang. Die verlassene S-Bahn drückt von hinten, die Bushaltestelle zieht von vorne. Ich kann Jessis Stimme nicht hören, presse das Handy fester an mein Ohr.

Mein Ohr versucht sich zu konzentrieren, alles andere auszublenden. Mein Ohr zweifelt an den Worten, die es aufschnappt. An Jessis Worten. Weil es nicht glauben kann, dass Jessi unser Treffen gerade absagt, ausgerechnet heute, dass sie gleich wieder in ihr Meeting zurückmuss, sie wüsste nicht wie lange, open end sozusagen, und morgen früh gleich wieder raus, zurück nach Frankfurt, leider.

»Es tut mir leid, Sunny. Ich bin bald wieder in Berlin. Nimm's mir nicht krumm, ja? Du bist doch die Stärkste von uns vieren, das Glückskind, du packst das schon. Sunny? Sunny??«

Der Bus steht an der Haltestelle. Ich steige vorne ein, gehe einmal hindurch und steige hinten wieder aus. Und laufe.

Das beruhigt mich. Und vor die Enttäuschung über die Absage der viel beschäftigten Jessi rutscht die Erinnerung an die anderen Jessis, die, die mit Ende zwanzig Angst hatte, ihr Studium nicht zu schaffen, und bei McDonald's jobben musste, die, die beim Feiern kein Ende fand und immer das entscheidende Glas zu viel trank. Die, die als Teenager aus dem Fenster kletterte und dabei fiel, aber nicht schrie, um unser Treffen nicht zu gefährden. »Wenn man so Hürden hat wie ich«, sagte sie damals, »gewöhnt man sich ans Fallen und Wieder Aufstehen. Und wenn die Hürden immer höher werden, werden die Beine immer länger.« Und ich denke an die Jessi, die in der Aulatür stand und mit schlurfenden Schuhen übers Parkett ging.

Alma war auch in der Aula. Sie saß schräg vor uns und schaute hoch zur Bühne. Sie hielt einen spitzen Bleistift in der Hand. Auf ihren Knien lag ein weißer Block. Sie machte sich Notizen, während der Schulleiter sprach. »Streberin«, flüsterte der Junge neben ihr, riss ihr den Block weg und las. Almas Blick blieb dabei zur Bühne gerichtet, ihre Hand erstarrte. Also trat Jessi von hinten gegen die Wade des Jungen. Der Junge sah sich um, und ich zog den Block weg. Die Schrift darauf war gleichmäßig und schön. Nicht rund, wie viele Mädchenschriften, nicht kantig, wie die der meisten Jungs. Jetzt drehte Alma sich um, und wir lächelten uns an.

Katharina habe ich erst später wahrgenommen. Als aus dem blassen, unscheinbaren Mädchengesicht aus der hintersten Klassenzimmerbank ein überraschend klarer Widerspruch zu einer Behauptung der Lehrerin kam, mit dem keiner gerechnet hatte. »Intelligenz und Wissen sind aber zweierlei, Frau Merz. Wer alle Bücher zur Verfügung hat, ist nicht zwangsläufig klug, der, der sie nicht hat, nicht zwangsläufig dumm. Ein Ossi ist nicht dümmer als ein Wessi, Klugheit und Dummheit gibt es überall.«

Der unsichtbare Riese

Ich bin jetzt schon öfter zum Friedhof gefahren. Jedes Mal sah ich meine Mutter durch den Zaun. Ihre ausgestreckten Arme pflanzten kleine, zarte Blumen, der Saum ihres Mantels war voller Sand. Es war mir nicht möglich, durch das offene Tor und an der Kapelle entlang zum Grab zu gehen. Jedes Mal zog sich eine Schlinge um meinen Hals zu, und ein unsichtbarer Riese schlug mit einem Vorschlaghammer blindlings auf mich ein.

Ich bin immer früh dort, meine Mutter wäscht sich am Friedhofsbrunnen die Hände und geht dann zu Fuß zur Arbeit. Einmal trat ich zwischen den Autos hervor, hinter denen ich gestanden hatte, und winkte. Wir gingen eine Viertelstunde gemeinsam, bis zu der Ecke, wo im Souterrain eines alten Backsteinhauses der Teeladen ist, in dem meine Mutter Tee und Teeblätter verkauft und frischen Tee serviert. Ich wartete noch, bis sie die Tür aufschloss und mir der irrlichternde Duft von tausenderlei Blüten, Blättern und Kräutern entgegenfloss, dann ging ich zur S-Bahn.

»Lass das doch alles einmal raus, Sunny. Dann geht's dir besser.«

»Geht nicht. Hilft nicht.«

»Kannst du nicht weinen?«

»Klar kann ich weinen. Einmal habe ich es bis ans Grab

geschafft. Der unsichtbare Riese, der auf mich wartet, hat auf mich eingeschlagen und nicht wieder aufgehört, und ich habe geheult wie ein Schlosshund und nicht wieder aufgehört. Drei Stunden, dann bin ich nach Hause gefahren. Alles rauslassen funktioniert bei mir nicht, weil dieses ›alles‹ anscheinend nie zu Ende ist, ein Fass ohne Boden, ein Brunnen, der nicht versiegt.«

»Mir hilft das Weinen.«

»Mich dreht's nur durch die Mangel.«

»Da sind wir wohl verschieden.«

»Macht doch nichts, Mama.«

Der Verlust meines Vaters schmerzt mich so sehr, dass er nicht mit Tränen herauszuwaschen ist. Auch nicht zu betäuben. Die Tränen sind ein Strudel, der mich hinabzieht, und die Ruhe darin ist nicht sanft. Nur die Möglichkeit zu verdrängen hilft mir und lässt mich weiter einen Schritt vor den anderen machen. Das letzte Foto meines Vaters kann ich mir nicht aufstellen, auch wenn andere das nicht verstehen können. Seine Augen schauen, sein Mund lächelt. Die Traurigkeit ist nur ein Hauch darin und doch anwesend genug, um mich die Ohnmacht spüren zu lassen, die schon ein Teil von ihm war, weil er wusste, er würde nicht aufhalten können, was kommt, und uns allein lassen müssen, und die jetzt ein Teil von mir ist, weil ich nicht aufhalten konnte, was kam und er nicht mehr da ist.

Bilder

Das erste Mal seit Vaters Beerdigung betrete ich jetzt mein Atelier. Es ist stockdunkel, und alle Bilder sind es auch, denn ich lasse die Lampen aus. Ich ziehe mir trotzdem mein Arbeitshemd an, schiebe mir trotzdem eine Leinwand zurecht. Getrocknete Farbe liegt glatt auf der Palette, die Tuben fühlen sich kühl an in meiner Hand. Ein Auto fährt vorüber. Es streicht einmal Licht über alles. Ein bewegliches Licht, einen langen, erst länger und dann wieder kürzer werdenden Fleck. Huscht über die leere große Leinwand und verschwindet in der Ecke aus dem Raum. Ich strecke meine Hand aus und taste nach einem Pinsel. Und taste mit dem Pinsel auf der Palette die frische Farbe. Und taste mit der Farbe am Pinsel über die Leinwand.

Auf dem Weg vom Atelier nach Hause begleitet mich ein Gedankenschleier. Erinnerungen an meinen Vater schweben durch meinen Kopf. Das letzte Krankheitsjahr drängt sich länger und dominanter auf als all die schönen Jahrzehnte zuvor.

Ein Ball rollt vor meine Füße, und ich stolpere. »Entschuldigung«, ruft eine Stimme. Neben dem Weg ist ein Spielplatz, der gehört am Vormittag den kleinen Kindern, am Nachmittag den älteren Kindern und am Abend den Jugendlichen. Der Spielplatz ist zu jeder Uhrzeit ein anderer. Die Holzburg ist am Vormittag ein unbezwingbarer Koloss im weiten Sand, am Nachmittag ein Kletterparadies, am Abend Torwand, Trimmpfad und Sitzgelegenheit. Ich werfe den Ball in die Dunkelheit, irgendjemand fängt ihn.

Ich bleibe stehen und zünde mir eine Zigarette an. Dann erinnern mich die Türme der Holzburg, die schwarz im Abendhimmel stehen, die Fahne, die auf einem von ihnen flattert, an das Holzschiff. An das Spielschiff, das mein Vater uns einmal gebaut hat, in unserem Kinderzimmer, Tag für Tag und Monat für Monat und Stück für Stück.

Immer, wenn wir von unserem Sommerurlaub an der Ostsee zurückkamen, vermissten wir das Meer und den Strand und die Schiffe, weil wir nicht wieder in den Alltag, die Schule und den Herbst zurückwollten. Dann wurde mein Bruder Jakob sehr ernst, mein Bruder Mikis krank und ich wütend, jedes Mal. Irgendwann brachte mein Vater ein großes Brett mit nach Hause. Er würde uns ein Holzboot bauen, zum Spielen, versprach er, als Erinnerung an den Urlaub, die Sonne und das Meer. Wir umringten ihn neugierig und guckten.

Jeden Tag brachte mein Vater nun ein Stück Holz, ein Brett oder ein abgebrochenes Stuhlbein mit nach Hause. Manchmal auch nur eine Schraube oder einen Nagel. Es gab ja in Ostberlin damals keine Baumärkte, alles wurde am Straßenrand gefunden oder abgezweigt. Obwohl es über ein Jahr dauerte, bis unser Boot fertig war, verfolgten wir jeden Hammerschlag, jeden Handgriff, jede veränderte Nuance genau und gespannt. Und mit Geduld.

Während ich an meiner Zigarette ziehe, während ich am Burg-Spielplatz vorbei und von ihm weg durch die

Straßen gehe, während ich einem betrunkenen Mann ausweiche und die große Kreuzung überquere, während ein Lastwagen erschreckend laut einen Motorradfahrer anhupt und ein Hund zu bellen anfängt, entsteht vor meinem inneren Auge unser Holzschiff im Kinderzimmer, der Bug zum Fenster ausgerichtet, ein deckenhoher Mast mit einem blauen Segel und einem roten Fähnchen, drei Kojen mit Bullaugen aus altem Fensterglas, eine geknüpfte Strickleiter, ein Steuerrad.

Wir kletterten jeden Tag bis zur Erschöpfung auf unserem Schiff herum. Wir brachten alle drei unsere Schätze, zerbrochene Schlüssel, Glasmurmeln, Silberdraht oder sonst was in den Kojen unter, flüsterten und fühlten uns auf einer besonderen, geheimen Reise. Wir wollten die Meere erforschen, auch die, die außerhalb der DDR lagen, die mit den Palmen und den springenden Delfinen. Und immer genau dann, wenn unsere Mägen knurrten, stand unsere Mutter im Zimmer und reichte Butterbrote und die gluckernde orangefarbene Thermoskanne über unsere Reling.

Ich hole mein Handy aus der Tasche, bleibe stehen, schreibe eine Nachricht an Jakob und Mikis: »Könnt ihr euch noch an unser Schiff erinnern?«, gehe weiter, weiche einem Fahrrad aus, gucke erneut aufs Handy.

Mikis hat schon geantwortet: »Na klaro!«

Jakob schickt ein Foto aus seinem Garten mit einem riesigen Holzschiff, Rutsche und Schaukel. »Habs nachgebaut, nur etwas größer.«

»Wie toll«, schreibe ich.

»Tausendsassa«, schreibt Mikis, »wann werden wir eingeladen?«

»Jederzeit, und diesmal lasse ich euch auch an das Steuerrad, versprochen!«

Ich biege in meine Straße, sehe das Licht einer kaputten Laterne flattern und gegenüber, auf der anderen Straßenseite, einen Mann an einen Baum pinkeln, seelenruhig, als wäre er alleine in dieser Straße, in dieser Stadt, in dieser Welt. Als wäre die nächste Kneipe, die nächste öffentliche Toilette meilenweit entfernt, statt an der nächsten Ecke.

Über dem Mann reckt sich eine Skulptur in den Himmel. Es ist der Straßenbaum, der seine Zweige vor die erleuchteten Fenster eines Hauses streckt und einen zerrissenen Drachen zwischen seinen Herbstblättern hält. Ein Fenster hat einen gelben Vorhang, ein Fenster hat einen weißen Vorhang, ein Zimmer hat eine große, runde orangefarbene Lampe. Ein krummer Ast geht über in das hohe Rechteck eines Schornsteins, eine Astgabel reckt sich an einen vorspringenden Balkon. Es fließen Linien und Blöcke ineinander. Farben und Schattenspiel.

Schon als Kind faszinierten mich solche Momentaufnahmen, deren zufällige Schönheit vergänglich war und von niemandem geplant. Dass der, der es sieht, den Moment in sich aufnehmen kann und mit sich mitnehmen und vielleicht ein andermal wieder hervorrufen, irgendwo und irgendwann.

Um- und Aufbrüche

Einen Tag nach der Maueröffnung, als die Menschen- und Autoschlangen noch immer endlos waren, reihten sich meine Eltern mit meinen Brüdern und mir auf der Rückbank in unserem Trabi auf der Bornholmer-Brücke Richtung Westberlin ein. Wir warteten lange, aber wir hatten Geduld, weil wir alle beieinander und weil wir neugierig waren. Wir beobachteten alles um uns herum, saugten jeden Eindruck auf, die Gesichter, die skeptisch aussahen, die Gesichter, die jubelten, die Gesichter der Betrunkenen und die der Soldaten. Mein älterer Bruder war dreizehn Jahre alt, mein jüngerer zehn und ich elf, und wir fingen eine Süßigkeitentüte mit grünen, süßsauren Fruchtgummiringen.

Der Wedding hatte ähnliche Häuser und Straßen wie unser Prenzl' Berg, nur schien alles greller, voller und unübersichtlich. Wir hatten noch nie so viele Leuchtschilder und Reklamen gesehen, wir versuchten im Vorbeifahren die halb zerrissenen, herunterhängenden Plakate zu verstehen. Die Leute im Wedding hatten es alle ziemlich eilig, manche sahen unseren Trabi, winkten und blieben kurz stehen. In der Hand etwas Essbares oder Plastikflaschen oder Getränkedosen oder Plastiktüten, große und kleine, in allen Farben.

Die verschiedenen Grautöne von Prenzl' Berg, die leeren Gehwege und wenigen Autos waren das ruhige Ge-

genbild des neuen Nachbarbezirks, in dem die Hektik nie ein Ende fand. Ich war überrollt von dem Tempo und den Gegensätzen dort drüben, dem Sehr-Reich neben dem Sehr-Arm, dem Sehr-Sauber neben dem Sehr-Schmutzig, dem Sehr-Hässlich neben dem Sehr-Schön.

Als wir wieder zu Hause waren, sah ich vom Fenster aus auf unsere Straße, und beunruhigende Gedanken zogen durch meinen Kopf. Mein Vater sah es und legte seine Hand auf meine Schulter. »Es wird sicher gut werden«, sagte er, als wüsste er, was ich dachte. »Es ist ein Neuanfang für beide Seiten. Alle können jetzt voneinander lernen und beraten, wie sie leben wollen. Und wie nicht.«

Ein Jahr später war unsere Straße voller neuer Autos, voller neuer Geschäfte, voller Reklame und voller neuer Menschen. Denn niemand hatte die Geduld, die es für einen wirklichen, gemeinsamen Neuanfang gebraucht hätte. Die Hektik stob wie eine Welle durch unsere Straße und ließ nur die Anpassungsfähigsten oben schwimmen.

Mein Vater kam in dieser Zeit von einem Elternabend unserer Schule. »Die wollen nichts ändern an ihrer Pädagogik, die wollen nur andere Hemden, neue Autos und verreisen und sonst alles so lassen wie bisher.« Er riet uns, auf eine der Schulen zu wechseln, deren Schulhöfe Fahnenappelle nie gekannt hatten.

Als ich dann aber auf einer dieser Schulen war, der »Schule am Torbogen« im Westen der Stadt, war ich froh, Jessi, Alma und Katharina zu treffen, die hier genauso fremd waren und wie ich Fahnenappelle gekannt hatten. Die Erinnerung an eine Prozedur, die Alma gemocht, Katharina geschwänzt und Jessi und ich gehasst hatten, aber die wir gemeinsam hervorrufen konnten, verband uns.

Es vergingen nur wenige Wochen, dann zogen wir zusammen durch fremde Straßen.

»Wenn wir zu viert sind, werden wir nicht gekidnappt«, erklärte Alma, holte ein Wollknäuel aus ihrem Rucksack und band an jeder Ecke, um die wir bogen, ein Stück blaue Wolle an einen Laternenpfahl oder an einen Strauch. Wir anderen lachten anfangs darüber, bis Alma ihre Markierung einmal wegließ und uns aufforderte den Weg zurückzufinden, nur aus dem Gedächtnis.

Unseren Vätern und Müttern sagten wir, wir hätten lange Schule. Ich hätte ehrlich sein können, ich hätte einfach sagen können: »Wir erkunden die Gegend, die neue und die alte, ein Viertel nach dem anderen«, ich hätte gehen dürfen. Aber es war eine Lüge um der anderen willen, eine Lüge, um den neuen Freundinnen näher zu sein. Hätten sie zu Hause gefragt, hätte Jessi nicht gedurft, Alma nicht gesollt und Katharina es nicht mehr übers Herz gebracht.

Vielleicht ahnten meine Eltern trotzdem, dass nicht stimmte, was ich ihnen sagte. Ich spürte ihre Blicke länger in meinem Gesicht. Ich sagte: »Was is?«, und drehte mich um. Meine Mutter seufzte und zog eine Telefonkarte aus ihrem Portemonnaie, mein Vater lächelte. »Sunny, wenn mal irgendwas ist, kann ich dich abholen, ganz egal wann oder wo.«

Wir zogen durch Brachen und Straßen, und wohin wir auch kamen, schienen sich die Häuser und Hallen und Höfe für uns zu öffnen. Jedes Tor und jede Tür, gegen die wir uns mit unserer vierfachen Kraft, vierfachen Neugier und vierfachen Sorglosigkeit stemmten, ging auf.

Einmal gelangten wir durch einen ersten und einen

zweiten auf einen dritten Hinterhof, in dem ein dreistöckiges Haus mit flachem Dach und langem Schornstein stand. Die Fenster des Hauses, allesamt sehr hoch und sehr breit, waren alle zerbrochen.

»Eine Fabrik«, sagte Katharina, »früher.«

»Was für eine?«, fragten wir.

»Lasst uns reingehen, dann wissen wir es.«

Es war kein Mensch zu hören oder zu sehen, und wir stiegen durch ein Fenster in das Gebäude, Glas knirschte unter unseren Schuhen.

Wir waren nicht die Ersten. In der Halle, in die wir gelangten, standen Bierkästen, Hocker und Pappkartons im Kreis um einen Blecheimer mit kalter Asche. Auf einer eisernen Maschine, die wir nicht identifizieren konnten, standen leere Flaschen, und an den Türen der Spinde, die offen und schief an den Wänden lehnten, lasen wir Sprüche und Namen. Die Spinde, die Regale, die Tische, alles war leer, aber so, als wäre die Halle schnell und planlos verlassen worden und nur hier eine Jacke hängen geblieben, dort ein Becher vergessen worden, da ein Bleistift hinuntergerollt.

»Was auch immer die hergestellt haben, hier is nix mehr davon übrig«, sagte ich.

Aber was genau das für eine Fabrik war, war uns auch nicht mehr wichtig, alles lag wie in einem Dornröschenschlaf und sah friedlich und unheimlich zugleich aus. Die Fenster waren zerbrochen. In den Türen klafften große und kleine Löcher. Zeitungspapier raschelte, glitt von einem Tisch, auf einen Stuhl, in eine Ecke. Eine Schranktür und eine Spindtür klapperten, ein Gurt, ein Kabel, ein Karton. In dem Sonnenlicht, das durch die Fenster fiel, sahen wir den Staub, der in der Luft hing, Scherben, die auf dem Boden glitzerten. Ein langes Förderband hatte an einem Hebel einen Messingbeschlag, der kurz aufblitzte wie Gold, wie ein eigenständiges Licht.

Als Jessi in Richtung Hebel ging, drohte Alma, sofort abzuhauen, wenn Jessi den Hebel bediente. Jessi lachte, hielt aber inne, weil wir hinter uns plötzlich schwere Schritte hörten. Wir drehten uns um, sahen eine Frau auf uns zukommen und stellten uns eng aneinander.

Die Frau, die herankam war groß und massig und sagte:

»Das läuft noch wie geschmiert. Das läuft noch wie gestern. Das hätte noch ewig weiterlaufen können.«

Sie betrachtete das Förderband, die lange Schräge, die links unten in einer Öffnung in der Wand begann und rechts hoch oben in einer Öffnung unter der Decke endete. Dann bediente die Frau plötzlich den schimmernden Hebel, und das Förderband ratterte los.

Wir blieben eine ganze Weile still in der Halle stehen, sahen das Förderband hinauf- und hinabfahren, den wild wirbelnden Staub, die große, massige Frau. Alma und mir stiegen Tränen in die Augen, weil alles so feierlich und traurig wirkte. Katharina begann eine Melodie zu summen, und wir stimmten alle leise mit ein. Wir legten unsere Arme umeinander und summten, bis die Frau den Hebel wieder nach unten drückte und das Förderband ruckartig anhielt.

Wir klatschten in die Hände. »Bravo!«

Die Frau drehte sich um, und ihre Augen flatterten, als müssten sie uns suchen und fokussieren, dann lächelte sie »Ab nach Hause, ihr Kleenen.«

In den meisten leer stehenden Häusern, in die wir gelangten, waren wir nicht alleine, und wir entschieden gemeinsam: »Bleiben oder weiterziehen«, denn manchmal waren die Leute sympathisch, manchmal unsympathisch, die Stimmung fröhlich oder aufgeladen, und wir wussten, wir würden immer etwas anderes entdecken, wenn wir weiterziehen würden.

Gar nichts

An einem Sommerabend fuhr mein Vater mit unserem Trabi in die Nähe eines besetzten Hauses, das er trotz meiner wirren Beschreibung gefunden hatte und half uns, einer nach der anderen, ins Auto. In der leeren Konservendose, die Jessi immer noch vor ihren Mund hielt und sich nicht aus den Händen nehmen ließ, stank ihr Erbrochenes, und Alma wimmerte in ihre Jacke, die sie wie ein Kissen umklammert hielt. Die kalkweiße Katharina, die ständig »Mir ist kalt« schlotterte, schob ihre zitternden Finger unter meine Knie, wo ich durch meine Hosenbeine hindurch spürte, wie sehr sie fror.

Ich musste kichern. Ich konnte es nicht verhindern, rutschte nur, während ich Jessi, Alma und Katharina ansah, mehr und mehr in eine Wahrnehmung, die ulkig war, ein skurriles, verrücktes Theater und so lustig, dass mein Kichern anschwoll und zu einem nicht enden wollenden Lachen wurde, obwohl mein Vater zweimal ganz deutlich meinen Namen sagte.

»Wo wohnen die drei?«

Ich zuckte mit den Schultern.

»Nein!«, krächzte Jessi.

»Bitte nicht«, wimmerte Alma.

»Mir ist kalt«, sagte Katharina.

An diesem Abend betraten Jessi, Alma und Katharina zum ersten Mal unsere Wohnung, unsere Küche, auf deren selbst gezimmerter, mit vielen bunten Kissen belegter Eckbank meine Brüder beim Abendbrot saßen und staunend zur Seite rückten, als wir hereinkamen.

Normalerweise, wenn irgendjemand mit einem Problem zu uns kam, ging meine Mutter zielgerichtet zum Teeregal und wählte aus ihren Dutzenden, fein säuberlich beschrifteten Teedosen. Aber diesmal ging sie zum Herd und kochte Kaffee.

Ich musste immer wieder plötzlich lachen, immer wieder schluchzte Alma, und Jessi ließ sich von meiner Mutter die Dose aus der Hand nehmen und einen Plastikeimer reichen und Katharina eine Wärmflasche. Mein Vater sagte mit der immer gleichen Ruhe und der immer gleichen Stimme: »Alles wird gut, ihr Lieben, gleich wird es besser.« Der schwarze Kaffee rann bitter durch unsere Kehlen. Die Küchenuhr schob die Zeit voran.

Meine Brüder blieben am Tisch. Meine Eltern gingen mit dem Zettel, auf dem drei widerstrebend hingekritzelte Telefonnummern standen, zu unserem Wählscheibentelefon im Flur, um die Eltern der Freundinnen zu beruhigen. Jessi, Alma, Katharina und ich waren auf eine sehr müde Art und Weise klarer und wacher geworden. Plastikeimer, Wärmflasche, Rotz und Lachen waren uns jetzt genauso peinlich wie die ständig an uns gerichtete Frage, was wir getrunken oder geraucht hätten, obwohl wir mehrfach hoch und heilig versichert hatten: »Gar nichts!«

Mein älterer Bruder übernahm das Fragen, als meine Eltern im Flur waren und sagte, dass er selbst schon getrunken und gekifft habe und dass wir es ruhig sagen könnten, er würde auch nicht petzen.

Jessis Magen fing laut an zu knurren. Jakob schnitt, als würde er das immer tun, Brotscheiben vom Brotlaib.

»Iss was«, sagte er zu Jessi, »dein Magen muss ja leer sein bis zum Grund.«

Jessi sah auf das Brot. Sie runzelte die Stirn, ein kurzer Blick von ihr schob sich zu mir, zu Katharina und zu Alma. Sie rührte das Brot nicht an. Meine Brüder guckten fragend einmal reihum und dann auf mich. Ich zuckte mit den Schultern »Wir haben heute Nachmittag Kuchen gegessen, von 'nem netten jungen Mann gekriegt, vielleicht war der schlecht.«

»Sunny, Mensch, da wird was drin gewesen sein! Wenn überhaupt fangt mit dem Rauchen an«, sagte Jakob aufgebracht, »einen Joint kann man weglegen, wenn's zu dolle wird, bei Hasch-Gebäck kommt der Knall verspätet.«

Am nächsten Morgen, als ich neben den leeren Plätzen der anderen im Klassenraum saß, der Unterricht begonnen hatte und ich unruhig vom Fenster auf den Gehweg guckte, bog Jessi mit langsamen Schritten um die Ecke, den Blick gesenkt, bis sie das Schultor erreichte, dann erst hob sie den Kopf, und ich sah die große schwarze Sonnenbrille, die ihr halbes Gesicht verdeckte.

Sie kam in die Klasse, ohne zu grüßen. Ich sah ihre Augen dunkel im Schwarz der Brillengläser stehen, zwei kleine Punkte in zwei großen Eulenaugen, und die Wangen darunter, am Brillenrand, wo eine lilafarbene Spur wie ein Schatten über ihre Haut lief, bis sie die Brille vorsichtig niedriger schob und die farbigen Flecken verdeckt waren.

Dass mein Vater, meine ganze Familie und ich in einer freundlichen Blase an unserem harmonischen Küchentisch sitzen würden und keine Ahnung hätten, wie das Leben außerhalb wirklich ablaufe, und nicht gut im Vorausschauen wären, eben weil wir keine Ahnung hätten, sagte Jessi später. Dass sie sich über sich selbst ärgere, so dumm gewesen zu sein, auf meinen Vater gehört zu haben und ehrlich gewesen zu sein bei sich zu Hause, obwohl sie doch am besten wusste, was folgen würde, und was folgte.

Erst zwei Tage später kamen Alma und Katharina wieder in die Schule. Sie verloren kein Wort über die Sache, ihr Schweigen hing zwischen uns im Pausenhof.

»Also ziehen wir nicht mehr rum?«, fragte ich. »Nach Schulschluss und die nächsten Tage?«

»Doch«, sagte Jessi, »jetzt erst recht.«

Alma und Katharina perfektionierten zu Hause ihre harmlosen Gesichter, Jessi perfektionierte ihr Lügen.

Jessi übte mit uns, Unwahrheiten zu erzählen, ohne dass ihre Worte und Hände und Augen dabei zu sehr ins Flattern gerieten. Ihre Stimme wurde sicherer, Hände und Augen ruhiger. Die Versuche, die sie dann gelegentlich mit uns unternahm, in denen sie uns Geschichten erzählte und uns raten ließ, ob sie falsch oder wahr waren, gewann Jessi immer. Wenn sie an der Lehrerin übte, den Jungs auf dem Schulhof, dem Fahrkartenkontrolleur oder Passanten, bewunderte ich sie und überlegte, ob es Spaß machen könnte, gut zu lügen. Denn in ihren Augen war danach ein Glitzern, das ich an ihr so nicht kannte. »Wie war ich?«, fragte sie uns. »Wird mein Vater mir jetzt alles glauben?«

Das Klavier

Ich lebe noch immer in derselben Stadt wie früher, im selben Stadtbezirk, beinah im selben Kiez.

Heute ist Sonntag, aber seit Erik nicht mehr bei mir wohnt, unterscheiden sich die Tage nicht. Der Sonntag ist wie der Montag, der Montag ist wie der Samstag, der Samstag ist wie der Freitag. Keiner steht wochentags um sechs Uhr dreißig auf, küsst meine Wange und geht mit Thermoskanne und Butterbrot und Umhängetasche aus dem Haus, keiner bleibt am Samstag und Sonntag so lange wie möglich im Bett. Ich bin allein. Jeden Tag kann ich arbeiten und in mein Atelier gehen, früher oder später, auch sonntags, und warte vergeblich auf den schlafwarmen Arm, der mich davon abhält.

In meiner Wohnung steht ein Klavier, auf dem ich nicht spiele. Ein zusätzliches Möbelstück, das als Ablage dient, zwischen Tür und Schrank. Das Klavier und ich sind im gleichen Halbschlaf. Ich öffne den Vorhang ohne aufzustehen. Die Vorhangringe klirren wie kleine Schellen.

Eines Montagmorgens, gerade als ich zum Atelier gehen wollte und die Wohnungstür öffnete, stand meine Nachbarin mit drei kräftigen Umzugshelfern und ihrem alten Klavier vor meiner Tür.

»Das Klavier kann ich nicht mitnehmen, Sunny«, sagte

sie, »du hast doch erzählt, dass du früher mal gespielt hast, willst du es vielleicht haben?«

Mein Vater sah das Klavier dann irgendwann, eingestaubt und vollgestellt mit Büchern, in meiner Wohnung. »Du hast wieder ein Klavier, wie schön. Diese Melodie, die Jakob dir geschrieben hat, kannst du die noch?«, fragte er dann. Ich war mit irgendetwas beschäftigt und zuckte mit den Schultern. Er wirkte darüber weder traurig noch verärgert. Er lächelte, wie er immer gelächelt hatte. Er blinzelte sein liebevolles Blinzeln.

Mein Vater fand Lappen und Eimer in der Küche, hob die Bücher eins ums andere vorsichtig herab und putzte das Klavier von oben bis unten.

In den Wochen danach staubte das Klavier wieder ein, wurde wieder zur Ablage für meine Bücher und für eine Pflanze, die einen hellen, dauerhaften Fleck auf dem dunklen Holz hinterließ.

Auf der Straße vor meinem Fenster quietscht ein Auto und reißt mich aus meinen Erinnerungen, holt mich von weit her. Es bleibt eine dunkle Rinne in meiner Brust. Ich ziehe die Bettdecke zur Seite. »Warum nich«, denke ich. Meine Arme und Beine sind noch müde, schlurfen hinüber zum Klavier, können nur schlaftrunken ein Buch nach dem anderen herunternehmen. Es staubt. Der Klavierdeckel knarrt, als ich ihn öffne.

Die Töne des Klaviers klingen nicht mehr alle, wie sie klingen sollten. Mit der Zeit sind die tieferen Töne weiter in die Tiefe gewachsen, und zwischen den hohen Tönen gibt es einzelne, die laut hervorspringen. Trotzdem bitte ich meine Hände, sich zu erinnern.

Langsam und zögerlich, aber immer deutlicher fliegen

Tonfolgen durchs Zimmer, die mir bekannt vorkommen. Ich hebe den Blick von den Händen, schließe die Augen und höre, was ich spiele, wie die Melodie, die Jakob vor Langem geschrieben hat, tanzt in ungewöhnlichen, schönen Bögen über dunkle, warme Akkorde. Immer weniger stolpern meine Finger, und die Tonfolgen schmelzen aneinander. »Kannst du das hören, wo auch immer du bist? Kannst du Jakobs schöne Melodie hören?«

In meinem Inneren steigt meinem Vater sein lächelndes Blinzeln ins Gesicht.

Wie es kommt

Mein Vater hatte Philosophie studiert, anschließend promoviert, und als ihm gesagt wurde, er könne nur Professor werden, wenn er in die SED eintritt, die Universitätslaufbahn aufgegeben.

Dann half er in einer Schreinerei. Dort arbeitete er alte Möbel auf, die andere wegwarfen oder vorbeibrachten, und lernte meine Mutter kennen. Auf einem Handkarren zog sie eine Truhe hinter sich her, alt und klapprig, aber aus richtigem Holz und mit kleinen Schnitzereien. Sie mochte die Möbel aus Pressspan nicht, die es überall gab, und hatte die Hoffnung nicht aufgegeben, jemanden zu finden, der ihre Truhe restaurieren würde.

Der Handkarren, die Truhe, die Hände am Karrengriff, das blaue Kleid, das wippende Haar, das strahlende Gesicht, mein Vater blickte von unten auf. Sie hatten sich sofort ineinander verliebt, und die Truhe steht noch heute in der Wohnung meiner Eltern. Als er ihr damals sagte, die Truhe sei eine Reisetruhe aus der Jugendstilzeit, lachte sie fröhlich: »Weit reisen werde ich damit nie.«

»Wer weiß«, sagte mein Vater, »wer weiß, wie es kommt.«

Mit Jessi, Alma und Katharina blieb ich vor hell erleuchteten Schaufenstern stehen, in denen schillernde Plakate für Reisen zu Traumstränden, Traumstädten, den Pyramiden und dem Uluru warben. Wir sahen uns alles ganz genau an. Es war ja nun nicht mehr unmöglich.

Die Nachwendezeit schloss Betriebstore zu, spuckte diesen und jenen auf den freien Markt, eine Masse von Schicksalen. Meine Eltern wurden arbeitslos, Jessis Eltern wurden arbeitslos, Almas Vater und Katharinas Mutter. Bei allen war es das Gleiche, bei allen war es ganz anders. Almas Vater trank jeden Abend mehr, als gut war. Ihre Mutter blieb immer länger im Büro, als gut war. Alma machte das Abendbrot. Wenn sie sich von uns verabschiedete, zählte sie die Münzen in ihrer Tasche für den Einkauf. Sie konnte Kartoffelauflauf und Specknudeln kochen. Ihr Vater aß höchstens eine Gabel.

Jessis Vater fand am schnellsten wieder Arbeit, er durchschaute am besten die neuen Zeiten. »Man muss schneller sein als die andern«, sagte er zu Jessi, »man muss cleverer sein. Die anderen überlisten.« Jessi stand stärker unter Beobachtung als vorher. Ihre Noten waren ihrem Vater immer zu schlecht und ihr Verhalten immer zu kindisch. Ein albernes Mädchen. Eine künftige Verliererin.

Katharinas Vater schrieb Katharinas Mutter einen Brief: »Ich kann euch nicht helfen, hab selbst keinen Job. Gruß F.« Dann wechselte er die Adresse und war nicht mehr zu erreichen.

In der Nähe unserer Straße, in einem Hinterhof, stand ein kleines, einstöckiges Gebäude, schief und moosbewachsen, durch die geborstenen Fenster flogen Tauben und staubiger Wind. »Ich war bei Hannes zu Besuch«, erzählte mein Vater, »ich sah aus seiner Küche aus dem Fenster und diese Hütte hier im Hof stehen.« Mit skeptischen Blicken musterten meine Mutter, meine Brüder und ich den modrigen Hinterhofbau, den er uns zeigte.

Wir traten an die schräg hängende Tür und sahen durch die Bretterritzen, wie Staub und Taubenfedern in einem dünnen Lichtstrahl, der durch ein Loch fiel, tanzten. Dann wanderte das Licht über vergessene Fahrräder, verrottete Blechdosen, abgestellten Sperrmüll und glitt auf die Butzenglasscheibe eines zerfallenen Büfetts. Da leuchtete die Scheibe, in Rot, Gelb, Grün und Blau. »Soll ich hier meine Werkstatt aufbauen?«, fragte mein Vater. »Eine eigene kleine Schreinerei? Würdet ihr das unterstützen?« Wir schauten in das farbige Lichtspiel im Inneren des dunklen Gebäudes, und einer nach dem anderen von uns nickte.

Bruchstücke

Jessi, Alma, Katharina und ich schlenderten durch die Straßen in Mitte, und von einer Brücke aus sahen wir plötzlich meinen älteren Bruder, der neben den S-Bahn-Gleisen vor einer Mauer stand. Er stand mit anderen Jungs dort, von denen ich keinen kannte. Wir hörten sie »Macht schon! Beeilt euch!« rufen. Ihre Hände, die hierhin und dorthin schwenkten, hielten Sprühdosen, aus denen schwarze, grüne, gelbe und goldene Farbe kam. Nach und nach erkannten wir einen großen, verschachtelten Schriftzug auf der Mauer vor ihnen.

Jakob kletterte auf die Schultern eines anderen Jungen. Er wollte die obersten Linien des Schriftzugs verbessern, die Lücken schließen, an die keiner rankam, und die Wackler ausbessern, die wir kaum sahen. Wir guckten alle herunter. Wir sahen die Hinterköpfe und die Rücken der Jungs vor der Mauer. Die ausgestreckten Arme und in den Händen die Farbe versprühenden Dosen.

Alle Aufmerksamkeit lag auf der Mauer und auf den Buchstaben. Nicht auf den Lichtern, die in der Ferne schon zu sehen sein mussten.

Plötzlich schrie Alma auf und zeigte auf die S-Bahn, die schnell und immer schneller näher kam. Wir hielten die Hände an unsere Lippen und schrien zu viert von der Brücke herunter. So laut wir konnten. Und durch den Lärm blieb ein Mann mit einem hinkenden Dackel neben uns stehen, eine Frau und ein Kind und guckten. Die Jungs unten blickten hoch zu uns und dann zu den Gleisen. Sahen die S-Bahn kommen. Sprangen zur Seite, in die Böschung neben die Mauer. Jakob fiel von den Schultern des anderen Jungen, weg von den Gleisen, aber auf einen Haufen Geröll.

Die S-Bahn raste vorbei und fuhr durch die Brücke. Mein Bruder versuchte aufzustehen. Aber sein rechtes langes Jeans-Bein stand ab, als ob es nicht seins wär.

Die Augen blickten von der Brücke, sahen nur Jakob, das Bein, den Turnschuh, das Sehen rauschte, das Hören rauschte, und das Rufen verschwamm.

Die Erinnerung daran ist fleckig. Ein Flecken Telefonstimme. Ein Flecken Blaulicht. Ein Griff an meinem Arm und ein Ziehen an meiner Hand. Ein Flecken Blinzeln meines Vaters. Ein Flecken Mutters blauer Mantel. Ein Flecken Rucksack. Ein Flecken Stimme, Jessis, Almas, Katharinas Stimmen, vermischt. Und das schmerzverzerrte Gesicht meines Bruders an dem leuchtenden Orange einer Jacke. Die Freunde von Jakob, die Menschen auf der Brücke, der Krankenwagen, der Himmel – ein einziger verwischter Fleck. Die Augen und Ohren rissen alles auseinander, vermischten es und rauschten dabei wie ein pulsierendes Meer.

Die Erinnerung ist erst im Zimmer meines Bruders, auf seinem hölzernen Podestbett, wieder ruhig und glatt. Aus einem Guss, wie ein Film der wieder richtig läuft mit abgestimmter Bild- und Tonspur. Nicht verlangsamt, nicht schneller, nicht rissig, nicht verschwommen. Und ohne dieses pochende Rauschen.

Jakob lag in seinen Sportsachen auf der Bettdecke.

»Schreibt was Witziges auf den ollen Gips«, sagte er.

Mein jüngerer Bruder guckte auf das eingegipste Bein. »Was denn?«

Ich fragte, ob auch eine Zeichnung o. k. wär.

Jakob zog seinen Rucksack unter seinem Bett hervor. Mikis und ich saßen neben ihm, auf der Kante und sahen, wie er einen dicken Edding nach dem anderen herausnahm. Das weiße Gipsbein lugte aus der kurzen Sporthose und war gerade bis zum Knöchel. Die Zehen, die herausguckten, stießen an die Wand.

»Was, wenn ich mich verkrakel?«, fragte Mikis, woraufhin Jakob nur entgegnete: »Kannst's ja vorschreiben.« Mikis sprang vom Podestbett, lief zum Schreibtisch und rief: »Wo ist Papier?« Dann sah er es schon und kam zurück, hielt am Bettrand inne und sah unseren Bruder an, drückte seine Hand und sagte: »Bitte nie mehr so dicht an den Gleisen!«

Jessi meinte, sie hätte die Sache urst geil gefunden. »Urst« war ihr altes und »geil« ihr neuestes Wort. »Hätte ich nicht gedacht, bei euch in der Küche, dass dein Bruder so geile Aktionen macht«, fuhr Jessi fort, »wir könnten doch mal mit denen mitgehen. Wenn sein Bein wieder o. k. ist.«

Alma fragte täglich, wie es Jakob ging. »Mir sitzt der Schreck noch in den Gliedern. Diese blöde S-Bahn kommt dauernd in meinen Träumen vor!«

»Ich hätte auch gern Geschwister«, sagte Katharina, »wenigstens eine Schwester.«

Tags. Graffiti. Überall sahen wir es plötzlich. An den Hauswänden über den Garagendächern, an einem U-Bahn-

Waggon, der oberirdisch fuhr. Auf Kniehöhe oder schwindelerregend hoch. An harmlosen und an hochriskanten Plätzen. Seit wann war das überall?

»Welchen Sprüher-Namen hast du denn?«, fragte ich Jakob. »Und welche Namen haben deine Freunde?«

In allen Straßen, durch die wir dann gingen, an jeder besprühten Stelle, versuchten wir die Namen zu entziffern und ob es einer von denen war, die wir jetzt kannten. Wir freuten uns, wenn wir irgendwo, wo wir es gar nicht erwartet hatten, plötzlich darauf stießen, und grinsten. Die Schrift kam uns vor wie eine Geheimschrift, ein heimlicher Gruß, nur an uns gerichtet.

Nach der Sache an den Gleisen kam ich immer etwas früher von meinen Rundgängen nach Hause als zuvor. Wenn ich meinen Rucksack in den Flur geworfen hatte, ging ich zu meinem Bruder. Er lag im Bett und zeichnete in sein Notizbuch mit Finelinern und Eddings in verschiedenen Farben. Meist war auch Mikis schon da, der sich ein Sofakissen mitgebracht hatte, hinter den Rücken an die Wand gestopft, und so aufmerksam die zeichnenden Hände beobachtete, als säße er im Kino.

Es lag eine Ruhe im Zimmer, eine langsame, dahinfließende, wie wir sie in früheren Zeiten gut gekannt hatten. Eine Ruhe in jedem Blick und jeder Bewegung, die die neue Hektik vergaß, in der die Aufmerksamkeit sowohl auf dem Punkt als auch dahinschwebend abwesend sein konnte, weil der tickende Zeitdruck draußen vor der Tür blieb. Eine Ruhe umgab uns, in der das Licht wieder Muster an die Wände zauberte, in der die Stimmen draußen auf der Straße, der Vogel, die Straßenbahn, die Daunendecke, das Bettholz, der Stift, ihre Klänge wieder wie einzelne Akzente setzten. Eine Ruhe, in der die Gedanken so leicht kamen und gingen, wie sie es oft, wenn sie es sollten, nicht mehr taten.

Ich saß am Fußende des Bettes, neben den Zehen, die aus dem bunt bemalten, vollgeschriebenen Gips lugten. Erst wenn Jakob fragte: »Was war denn draußen so los heute, Sunny?«, erzählte ich ihm von meinen Wegen durch die Stadt, von Jessi, Alma und Katharina, diesem und jenem Haus und der einen oder anderen Begegnung.

Von dem besetzten Haus in Mitte, das wir entdeckt hatten, an dem die Rückwand fehlte und in dem ziemlich viel los war, Kunst, Streit, Performance, erzählte ich nicht. Es sollte sich keiner sorgen.

Familienvariationen I

Zwei Wochen nachdem das an der S-Bahn passiert war, brachte mein Vater eine Gitarre mit. Er legte sie Jakob auf den Schoß. »Guck mal. Vielleicht ist das ja was.« Dann schleppte er ein elektronisches Klavier ohne Ständer an und hob die Tastatur auf die Kommode. Dann ein Mikrofon mit einer Anlage. »Könnt ihr doch alle alles mal ausprobieren. Nur möglichst nicht nachts.«

Dann probierten wir reihum, die Fingerspitzen an den Saiten der Gitarre, die Hände auf dem Klavier, unsere Stimmen durch die Anlage und noch einmal reihum, bis schließlich jeder von uns bei dem hängen blieb, was er am meisten mochte.

Einmal wöchentlich hatte ich nun Klavierunterricht bei einer jungen Frau am Ende unserer Straße. Ihre Eltern waren aus Vietnam nach Ostberlin gekommen, und sie hatte sehr lange, glatte schwarze Haare. Ich war ihr noch nie zuvor begegnet, obwohl wir in derselben Straße wohnten, und sie sagte, sie würde täglich zur Straßenbahn gehen, früh am Morgen, schon seit etlichen Jahren. Hatte sie immer ein wenig früher oder später als ich dort gestanden, oder konnte sie in der äußeren Umgebung genauso verschwinden, davontauchen, fortfliegen, wie sie es bei sich im Zimmer tat, wenn sie vor mir am Klavier saß, ihre dünnen, hellen Finger langsam und schnell, zart und kraftvoll über die Tasten gleiten ließ, mit einem

Gesichtsausdruck, als ob sie nichts anderes mehr wahrnähme? Oder trug sie draußen eine Mütze über ihren langen Haaren oder einen Mantel, in den sie sich hüllte, der sie vollkommen veränderte, sodass man sie nicht mehr erkannte?

»Es ist mir einfach lieber«, sagte Linh und lächelte, als ich sie danach fragte, »nicht allzu sehr aufzufallen.«

An den Tagen, an denen ich zum Klavierunterricht ging, hatten Jessi, Alma und Katharina plötzlich auch jede etwas für sich vor. Wir fuhren noch zusammen das Stück mit dem Bus, dann ging jede zu einer anderen Haltestelle. Wir drehten die Köpfe zueinander und liefen rückwärts, bis wir uns nicht mehr sahen.

Bevor ich sie warnen konnte, war Jessi dabei einmal gegen einen Mann gestoßen, der hinter ihr ging. Der Mann kam ins Straucheln und schimpfte, packte sie fest an ihrem Jackenkragen. Ich erschrak über Jessis ängstliche Miene, die so anders war als alle Gesichtsausdrücke, die ich bisher an ihr gesehen hatte. Ich wusste nicht, wie es sich anfühlt, geschüttelt, geschlagen oder gedemütigt zu werden. Ich kannte die Angst nicht, die einen von der Kopfhaut bis zu den Sohlen erfassen konnte und in der man versuchte, in sich selbst zu erstarren, um ihr zu entkommen.

Der Mann, der Jessi festhielt, ließ sie schließlich los. Alma, Katharina und ich nahmen sie in die Arme.

Bevor ich Jessi, Alma und Katharina kannte, dachte ich, dass Familie immer gut war, sah andere Eltern mit ihren Kindern im Park tollen, auf Picknickdecken sitzen, Ball spielen, hörte ihr herüberwehendes Lachen. Wenn mein

Vater mich auf den Gepäckträger nahm, meinen älteren Bruder auf die Fahrradstange und meinen jüngeren Bruder auf seinen Rücken, obwohl wir eigentlich zu groß dafür waren, nur weil er sah, dass wir müde waren, war ich überzeugt davon, dass alle anderen Väter es genauso machen würden. Ich war mir sicher, dass alle Eltern ihre Kinder trugen und schützten und stärkten, wie meine uns. Mein Blick veränderte sich erst, als ich erfuhr, dass es auch anderes geben konnte: sich schwächende, verletzende oder abgrundtief traurige Familien. Plötzlich sah ich sie. Im Park und in der U-Bahn. In der Kaufhalle und auf dem Gehweg. Im Schwimmbad. Überall.

An dem Sonntag, als ich auf dem Flohmarkt mein neues Fahrrad erstanden hatte, traf ich Alma auf der Straße. Erst als sie mich ihm vorstellte, sah ich neben ihr ihren Vater, sein blasses, rundes Gesicht versank in einem hochgeschlagenen Jackenkragen. Sein Blick war auch versunken, auf die Gehwegplatten vor seinen Schuhen gerichtet, deshalb sah ich seine Stirn an, die vielen Falten, die sich darauf entlangzogen. Diese Art Falten und Furchen, die nicht vom Lachen kommen und die statt der blühenden Straßenbäume ringsum den Winter am Boden überdauern sehen.

Ich spürte Almas Gefühl der Scham mir gegenüber schmerzhafter als mein eigenes Unbehagen. Wir waren dreizehn, und ich war irritiert darüber, dass Alma und ihr Vater wirkten, als ginge eine Mutter mit ihrem Sohn spazieren und nicht der Vater mit der Tochter. Alma führte ihn am Arm. Er ließ sich führen. Wo war die zwar ständig vernünftige, aber doch auch fröhliche, lächelnde Alma? Und jetzt stand ich vor ihr, mit meinem neuen Mountainbike. Als würden zwei fremde Welten aufeinanderprallen, als würden wir uns gar nicht wirklich kennen. Ich ließ mein Vorderrad ein wenig vor- und zurückrollen und zupfte mit den Fingern am Gummi des Lenkergriffs.

»Wir sehen uns morgen«, sagte Alma, »wir müssen jetzt weiter.«

Ich erinnere mich, wie schnell ich die Straße hinunterfuhr, wie angenehm der Wind in den Haaren, am Hals und im Gesicht war, als würde er eine unerklärliche Schwere wegpusten, die durch die Begegnung mit Almas Vater auf meiner Haut lag. Und ich schüttelte mich zusätzlich, wie nasse Hunde es tun, damit auch wirklich alles von mir abfiel.

Am Montag vor der Schule sagte Alma dann: »Musstest du so lange bei uns stehen bleiben? Und uns so anstarren?«

»'tschuldigung, kommt nicht wieder vor.«

»Hast 'n neues Fahrrad?«

»Vom Flohmarkt. Kannst auch mal fahren, wenn du willst.«

Ich fahre noch immer sehr gerne Fahrrad durch die Stadt. Jetzt habe ich ein Hollandrad mit einem geflochtenen Korb auf dem Gepäckträger, und wenn die Sonne scheint, fahre ich auch mal den ganzen Weg durch die Häuserschluchten, an den S-Bahn-Gleisen entlang, durch den Park, die Einfamilienhaussiedlung, an alten Villen und hohen Neubauten vorbei bis zum Friedhof mit dem Rad, statt eine Stunde mit den Öffentlichen.

Alma und ich gingen ins Klassenzimmer. Ich saß zwei Reihen vor ihr am Fenster. Alma stand noch einmal auf und kam zu mir an den Tisch. Sie hielt mir einen Karamellbonbon hin. »Vergiss meinen Vater«, flüsterte sie. Ich nickte, und wir sprachen lange nicht über ihn.

Bis sich Alma nach der Schule eine Zigarette ansteckte.

»Seit wann rauchst du?«, fragten Jessi, Katharina und ich.

»Seit gestern«, antwortete Alma, »gestern Abend.«

»Nur mal so?«, hakte ich nach. »Einfach nur mal so?«

Und als wir Alma in die Augen sahen, sahen wir, dass es nicht »einfach nur mal so« gewesen sein konnte. Wir sahen Traurigkeit, Ohnmacht und Wut. Und eine Prise Spott, die sie davorzuschieben versuchte.

Wir gingen schweigend nebeneinander durch die Straßen. In einer Lücke zwischen zwei Häusern, in die der Himmel sein Blau herabrutschen ließ, legten wir uns ins hüfthohe Gras einer wild überwucherten Brache. Inmitten der Gewächse und surrender, krabbelnder und flatternder Getiere waren wir vier Mädchen weit weg von der Stadt.

Alma sah zum Himmel, eine weiße Wolke zog durch ihre Augen. In Almas Händen war die Zigarettenschachtel, sie ließ sie reihum gehen. Ihre Worte warteten schon in dieser Geste. Während sie weg von uns guckte, erfuhren wir, dass ihre Mutter ihr Geld gegeben hatte, für einen schönen Tag mit dem Vater, weil es sein Geburtstag war und die Mutter bis spät am Abend in ihrem Büro bleiben musste. Zuerst war sie in einem neuen Café in der Nähe des Alexanderplatzes ein Eis mit ihm essen gegangen und dann auf die Idee gekommen, einmal den Fernsehturm hochzufahren. Ihr Vater, der oben im Panorama-Café einen Kaffee für sich bestellte und für Alma den Bananen-Kirsch-Saft, den sie so mochte, sah aus dem

Fenster auf die Dächer und Straßen und lächelte auf eine Art, die sie schon als unheilvoll interpretierte. Leise sagte er zu Alma: »Wenn ich das Fenster hier öffnen könnte, würde ich jetzt springen.«

Anschließend erzählte dann Jessi von ihrem Vater, während sie hustend zu rauchen versuchte, weil er sie vor einem Arbeitskollegen, sein »hübsches, aber strohdummes Kind« genannt hatte. »Der könnte von mir aus springen«, sagte Jessi und schnippte mit dem Fingernagel eine Spinne von ihrem Hosenbein, »aber die ganzen wirklichen Arschis, die denken da gar nicht dran.«

In mir drehte sich alles, ich sah von Alma zu Jessi und von Jessi zu Alma. Katharina zog Almas Hand in unsere Mitte, dann meine und Jessis, legte alle übereinander und ihre Hand obendrauf. Wir würden uns immer zur Seite stehen, komme, was wolle, »Howgh!« und »ewiglich«.

Immer, wenn auf der Straße ein Vater seine Tochter an der Hand hielt, drehte sich Katharina noch lange nach ihnen um und guckte hinterher, bis sie nicht mehr zu sehen waren. Danach schimmerten ihre Augen, und der Blick ging weit weg. »War er so?«, fragten wir dann manchmal. »War der da deinem Vater ähnlich?« Aber während unsere Worte um sie herumflirrten, zog sich ihr Schweigen über ihre Haut. »Ich war erst drei, als er wegging«, erklärte sie, wenn wir sie in anderen Momenten nach ihrem Vater fragten, »wie soll ich mich da an ihn erinnern. Er ging weg. Jetzt hab ich meine Mutter. Und euch.«

Skizzen von heute

Ich stehe am Friedhofszaun, dahinter leuchten rote Hagebutten, Herbstblätter fallen gelb und braun durch einen Sonnenstrahl. Ich strecke meinen Arm durch den Zaun, versuche ein Blatt zu fangen, es gelingt mir nicht, und ich sehe zum offenen Friedhofstor. Auch heute gehe ich nicht hindurch.

Vorhin habe ich einen Mann gesehen, auf dem Gehweg, am Blumenladen, der ging dreimal langsam vor dem Friedhof auf und ab, auch an mir vorbei. Kaufte einen Topf Chrysanthemen im Laden, brachte den Chrysanthementopf wieder zurück. Vielleicht war er verrückt. Äußerlich sah er ganz sympathisch aus.

Meine Galeristin sitzt mit mir am Tisch in meinem Atelier. Sie sieht zu den aufgereihten Bildern an der Wand. Ihr Blick wandert über jede Leinwand, über die großen, stillen Farben und Formen, wie über eine Landschaft.

Dann fließen Bewegungen über ihr Gesicht, in denen ihre Empfindungen zu jedem einzelnen der Bilder offen liegen. Strömen Freude und Skepsis, Neugier, Zuneigung und Überraschung in kurzen, kleinen Wellen über ihre Wangen durch ihre schimmernden Pupillen. Dann weiß ich, was sie mir sagen wird, zu diesem und zu jenem Bild, und dass sie grundsätzlich zufrieden ist, bevor sie ein Wort spricht. Die Erleichterung ist schon in mir, steigt mir schon warm und leicht in die Brust, und meine Galeristin dreht sich zu mir um und lächelt, hebt die Kaffeetasse an ihren rot bemalten Mund. Sie sagt, dass sie alle meine Bilder in die Ausstellung nehmen wird, sie sagt, dass sie schön und speziell sind.

Ich antworte, dass ich mich freue, wenn die Bilder hier alle wegkommen, weil ich sie nicht mehr sehen kann. Sie lacht mir herzlich ins Gesicht. Dann legt sie ihren Kopf schief, als wäre sie ein Mädchen, und guckt ernst. Sie sagt, sie wüsste, dass der Verlust meines Vaters ein Albtraum für mich sei und mir die Farben jetzt viel zu leuchtend und die Beweggründe zu hohl vorkämen, aber, sagt sie, andere Menschen würden anders auf die Bilder blicken, sich tief berühren lassen, da sei sie sich ganz sicher.

Mikis und sein Sohn Paul lehnen am Baustellenzaun vor meinem Haus, mein Bruder hält zwei Kaffeebecher to go in den Händen, aus dem Beutel von Paul ragen Tischtennisschläger. Sie lachen durch den Lärm der Baufahrzeuge. Mikis legt seinen warmen Arm um meine Schulter und drückt mir einen der beiden Kaffeebecher in die Hand. Die Faust von Paul stößt zur Begrüßung sanft gegen meine, längst reiche ich ihm gerade noch bis zum Kinn.

Der Bürgermeister unseres Bezirks hat vor drei Jahren überraschend beschlossen, dass auf der letzten großen Brache unserer Gegend keine Bürogebäude errichtet werden sollen. Es ist ein Park entstanden. Es gibt Hügel und Wiesen, die kann man belagern und umrunden. Dazwischen verlaufen Wege aus Sand oder glattem hellgrauen Asphalt. An den Rändern der Wiesen stehen flache Holzgebäude. Sie wurden von Vereinen und der nahen Musikschule angemietet. Paul nimmt dort Schlagzeugunterricht.

»Als ich danach noch 'ne Runde gedreht hab«, sagt er, »hab ich die Tischtennisplatten entdeckt. Gleich sechs nebeneinander. Die sind nur sonntags alle belegt. Jetzt wird bestimmt eine frei sein. Wir können erst mal so locker hin und her spielen, und wenn du 'ne Pause brauchst, spiel ich gegen Papa. Dann kannst du dich auf die Wiese packen, Tante Sunny. Man hört die Musik aus den Baracken da rüberziehen, aber man weiß nie, was man kriegt. Du kannst Beethoven erwischen oder Jazz oder Hip-Hop oder den gerade erst gegründeten Kinderchor.«

Paul lacht und geht mit großen Schritten voran, quer über die Wiese.

Wo man singt

Meine Brüder und ich schleppten damals das E-Piano, die Gitarre und die Anlage wieder aus unserer Wohnung heraus, und mein Vater schloss die Tür zu seiner neuen Schreinerei auf. In den Wochen zuvor hatten sich unsere Nachbarn wiederholt über die laute Musik beschwert. Einer drohte, er würde die Hausverwaltung dazu bringen, uns unsere Wohnung zu kündigen, wenn es so weitergehe. »Drei Kinder, die Musik machen, sind nun wirklich zwei zu viel, bei aller Liebe«, meckerte die alte Frau Schrader. Dabei übten wir immer nur zwischen sechzehn und neunzehn Uhr.

»Wir müssen uns was einfallen lassen, Walter«, sagte meine Mutter zu meinem Vater, »heutzutage ist alles möglich, am Ende fliegen wir hier raus.«

Zwei Wochen später nahm mein Vater uns mit in seine neue Werkstatt, wir gingen durch den Hausflur in den Hinterhof, in das geflickte, reparierte, frisch gestrichene, niedrige Gebäude. Die Fenster saßen jetzt ganz und funkelnd darin, wie freundliche Augen, der beißende Taubenkotgeruch war verflogen, ein Tisch, ein Regal, eine Hobelbank und eine Säge standen in dem Raum, statt Scherben und Sperrmüll.

Wir liebten die friedliche Atmosphäre, die von allem ausging, was einmal in Vaters Werkstatt gelangt war. Die kurzen und langen, dünnen und dicken Leisten, die Holzplatten im Regal, das aufgereihte Werkzeug, die Öle und Pasten in verschiedenen Tönungen, die den von Zeit oder Missachtung stumpf gewordenen alten Möbeln zu neuem Glanz verhalfen, die goldfarbenen Messingbeschläge, die in kleinen Kisten lagen und sich mal in diesem, mal in jenem Moment ein Fünkchen Licht einfingen, die uralten dunkelbraunen Kommoden, die unter Vaters Händen heller und freundlicher wurden, die aus dem kaputten schimmeligen Buffetschrank herausgelösten Butzenglasscheiben, die an beweglichen Schnüren vor einem der Fenster hingen und ihre Farben gegen Mittag quer durch den Raum über die Wände gleiten ließen.

Wir stellten die Instrumente und den Verstärker neben der offenen Tür ab und inhalierten den weichen Holzgeruch und das verlangsamte, milchige Dahinfließen der Zeit. Aber dann folgten wir unserem Vater in die hinterste Ecke, wo es durch eine aufklappbare Luke und über eine schmale Treppe hinunter in einen Kellerraum ging.

Wir hatten damals noch keine Ahnung, was für ein Glück wir hatten. Der Keller war trocken und hatte vier schmale Luftschlitze und außerdem Glasbausteine oben unter der Decke, an der Wand zum Hof, durch die etwas Tageslicht fiel, drei schwarze Kabel verliefen von der Treppe an der Wand und dann an der Decke entlang zu drei alten, aber funktionstüchtigen Glühbirnenfassungen.

Schon einige Tage bevor uns mein Vater den Vorschlag gemacht hatte, aus seinem Keller einen Übungsraum zu machen, war er mit Besen und Kehrschaufel herabgegangen, um die dicksten Staubschichten zu entfernen, die größten Spinnweben und das halb verweste Rattengerippe. Schließlich rollte er über den rissigen Steinboden den ausrangierten Sisalteppich eines guten Freundes. Dann verlegte er Stromkabel mit Mehrfachsteckdosen, und erst als er mit alledem fertig war, sprach er mit mir und meinen Brüdern.

Aber wir drei hatten trotzdem noch alle Hände voll zu tun, liefen jeden Abend in den Keller herunter und versuchten mit allem Möglichen die Wände und die Decke zu dämmen. Jessi, Alma, Katharina und ich hatten mehrere Hundert leere Eierkartons eingesammelt, jede bei sich zu Hause, von den Nachbarn, aus Papiertonnen und auf unseren Streifzügen von irgendwelchen Leuten, während meine Brüder die Eierkartons, die sie schon hatten, ausrangierte Schaumgummiplatten und Styropor an den Wänden mit Nägeln und Klebeband befestigten. Es dauerte lange, bis endlich alles voll war. Dann sah es chaotisch aus.

Weil ich um die verlorene Klarheit der Kellerwände trauerte, ließ sich mein älterer Bruder etwas einfallen. Er sprühte alles, bis auf den Teppich, von oben bis unten silberfarben an.

»So besser, Sunny?«

»Viel besser«, sagte ich, »sieht fast wie ein Studio aus.«

Unsere Mutter war unsere erste Zuhörerin, weil sie meinem Vater einen Tee in die Werkstatt brachte und trotz unserer Dämmung durch die Lukenritzen hören konnte, dass wir dort übten, und sie ihre Neugierde nicht im Zaum halten konnte. Als wir uns umdrehten, saß sie auf der Kellertreppe und klatschte fröhlich in die Hände, und wir befestigten danach ein Schild an der Luke: »Elternfreie Zone!«

Allerdings mussten alle, die zu uns in den Keller wollten, an meinem werkelnden Vater vorbei. Jessi ging schnell, Katharina auf Zehenspitzen, und Alma grüßte im Vorbeigehen. Mein Vater tat, als bemerkte er keine, sah nur auf, wenn er angesprochen wurde. Dann lag das lächelnde Blinzeln in seinem Gesicht, Offenheit in seinen Augen, und er neigte kurz den Kopf, als ob ihm jeder, der vorbeiging, allein schon damit eine riesengroße Freude bereiten würde.

»Das ist euer Vater?«, fragten die Freunde meiner Brüder skeptisch. Aber dann gingen sie von Tag zu Tag langsamer an ihm vorbei, schauten ihm beim Sägen, Schleifen oder Ölen zu, grüßten: »Hallo, Walter«, wechselten ein paar Worte und ließen sich manchmal auch irgendwas erklären. Keiner fragte mich und meine Brüder: »Sollen wir im Hof eine rauchen?«, oder: »Machen wir den Gorbatschow auf?« Weil jeder, der meinen Vater einmal kennengelernt hatte, unbedingt von ihm gemocht werden wollte.

Über seine Möbel gebeugt wirkte mein Vater, als ob er sonst nichts wahrnehmen würde, aber ich wusste immer, dass das nicht stimmte, und eines Tages bekam ich den Beweis.

Wir vier Mädchen waren im Keller verabredet. Jessi kam später und grußlos dazu. Sie trug ihre übergroße Sonnenbrille, und es schimmerte bläulich auf ihrer Wange. »Könnt ihr bitte einfach nichts sagen und auch nichts fragen?«, hatte sie gesagt, als sie von der Treppe aus den Lichtschalter bediente und bis auf eine alle Lampen im Kellerraum löschte. Was hatte es jetzt wieder für einen Grund gegeben für ihren bescheuerten Vater? Wie konnte man in solch ein Gesicht – überhaupt in irgendein Gesicht – schlagen? Sie legte sich rücklings auf den Teppich. Alma fing plötzlich an zu singen. Eine zarte zögerliche Stimme, klar wie Glockenschläge in unseren schnell pulsierenden Ohren.

An diesem Abend hatte mein Vater mir einen Zettel in mein Zimmer gelegt: »Adressen und Anlaufstellen bei häuslicher Gewalt«. Ich gab ihn an Jessi weiter, ohne zu sagen, woher er kam.

Wäre es nicht besser, einen solchen Vater wie den von Jessi zu verlassen? Doch trotz der Demütigungen, der Schimpfwörter, der Schubser, der Schläge, der eskalierenden Streits der Eltern am Abend, der Bevorzugung des kleinen Bruders und des ständigen Hausarrests blieb Jessi dort wohnen und verbat sich so vehement unsere Einmischung, als wären wir es, die ihr schaden wollten.

An einem Wochenende kam mein älterer Bruder mit zwei neuen Freunden, Omar und André, einem Saxofon und allen Teilen eines Schlagzeugs hinunter in den Keller.

Als das Schlagzeug aufgebaut war, begann André darauf zu spielen, und der Rhythmus erfüllte den Raum. Wir griffen nach unseren Instrumenten, als wäre nichts anderes mehr möglich. Mit geschlossenen Augen und wippenden Körpern hielt Jakob die Gitarre, Omar das Saxofon. Ich berührte die Tasten des E-Pianos, und mein jüngerer Bruder nahm das Mikrofon. Mit halbem Verstand und doppeltem Gefühl setzten wir ein und aus und wieder ein, als würden wir den besten Absprung, den besten Ausstieg in einem dahinfließenden Fluss finden, der sich durch Täler windet, über Steine rollt, von Felsen herabstürzt und durch fremde, unentdeckte Gegenden tost.

Als mich Jessi, Alma und Katharina fragten:

»Mit Schlagzeug und Saxofon?«

»So richtig Band-mäßig?«

»Und wie war das?«

Sagte ich nur: »O. k.«

Ich traute mich nicht, ihnen von dem Glücksgefühl zu berichten, das mir während der Session wie warmer, flirrender Sand durch die Adern gerieselt war. Aber als sie wissen wollten, wie denn André und Omar so wären, konnte ich mir ein Lächeln nicht verkneifen und zog ihre ganze lossprudelnde Neugierde auf mich.

André kam jetzt öfter zu uns in den Keller. Er war groß und schlank, und wenn er mit gekrümmtem Rücken und gesenktem Kopf am Schlagzeug saß, fielen ihm die dunklen Locken ins Gesicht. »Ich bin der, der 'ne Fünf in Musik kassiert hat«, so hatte er sich mir am Anfang vorgestellt. Jakob schob ihn von mir weg, zum Schlagzeug, und André hatte dabei seine Hände erhoben, »Schon gut, schon gut« gesagt und laut gelacht. Wenn er nicht spielte, erinnerte er mich an einen Zirkusclown. Er war auf eine ähnliche Weise überdreht. »Aber er sieht aus wie ein griechischer Gott«, schwärmte Jessi, als sie ihn sah. Alma und Katharina flüsterten. Aber Jakob sagte, wer quasseln wolle, könne hoch in den Hof gehen.

Mein jüngerer Bruder hatte eine hohe, klare Stimme, die sich plötzlich veränderte und deren Höhen immer öfter in die Tiefe rutschten, ohne dass er es steuern konnte. Wenn wir nur zu dritt zusammen im Keller waren, versteckte er nicht, wie verunsichert er war, legte mittendrin das Mikro weg und hörte einfach auf zu singen. »Deine Stimme ist schön«, sagte ich leise, »das, was dich stört, hört kein Mensch.« Ich nahm das Mikro, drückte es ihm zurück in die Hände und ging zum Klavier. Mein älterer

Bruder legte die Finger wieder auf die Gitarre. »Really«, sagte er, »ich seh's genauso.«

Streifzüge

Bei unseren Streifzügen durch fremde Straßen gingen Alma, Jessi, Katharina und ich in offene Häuser, folgten Musik- oder Partygeräuschen und landeten in unterschiedlichsten Räumen und Situationen, schließlich vor einer offenen Garage, dem Proberaum der »Eisenherzen«. Die »Eisenherzen« waren immer ganz in Schwarz gekleidet, sodass man sie ohne die nackte Glühbirne an der Decke in ihrer schwarz gestrichenen Garage gar nicht gesehen hätte, und statt eines Schlagzeugs standen leere Ölfässer vor ihnen und vor der Garage ein weiteres Fass, in dem ein Feuer brannte.

Mit zittrig angezündeten Zigaretten setzten wir uns auf eine Treppenstufe, rückten so eng aneinander wie irgend möglich, guckten neugierig in die Garage und zuckten immer wieder zusammen, wenn einer der fünf »Eisenherzen« besonders kraftvoll auf ein Fass schlug oder ins Mikrofon röhrte wie ein Tier. Dabei kribbelte es in mir wie ein Ameisenhaufen, und ich wollte wegrennen und dableiben zugleich.

Die »Eisenherzen« hatten schon ein Publikum. Zwanzig, dreißig Leute kamen an Freitagen und Samstagen durch die Einfahrt zu den Garagen und lehnten an der bröckeligen Hauswand gegenüber der schwarzen Garage neben einem rostigen Motorrad und verrottenden Badewannen. Auf ihren T-Shirts hatten manche ein verzerrtes schwarzes Stacheldrahtherz. Wenn die ersten Biere getrunken waren und ein süßlicher Rauchgeruch in der Luft hing, schlugen die »Eisenherzen« immer wilder auf ihre Fässer. »Wir mögen nichts Selbstgebackenes«, sagte Alma, als eine Tüte mit Keksen reihum ging.

Aus der Sicherheit unserer Treppenstufengemeinschaft beobachteten wir, wie die Leute schließlich anfingen zu hüpfen und zu springen und es ihnen vollkommen egal war, wer ihnen dabei zusah und wie sie dabei aussahen. Manchmal waren die Gesichter der fünf »Eisenherzen« weiß geschminkt und leuchteten im Schein der Feuertonne auf, wie die gruseligen Gesichter von Dämonen.

Nachts traf ich oft meinen älteren Bruder im Bad, weil ich zur gleichen Zeit aufs Klo musste wie er. Ich weiß noch, wie er einmal auf dem Wäschehocker sitzen blieb und mit den Fersen dagegen wippte, während ich auf dem Klo saß. Während mein Bächlein rauschte und seine Fersen klopften, summte ich die Melodie des Liedes, das wir in dieser Zeit übten, in dem Omars Saxofon leise begann und dann in den Gesang von Mikis überging, sich Jakobs Gitarre hineinflocht, wie ein wehender Faden, und bei dem André und ich uns lange ansahen, um gemeinsam unseren Einsatz zu finden.

»Nicht André, Sunny«, sagte Jakob zu mir im Bad.

»Warum nicht?«

»Er ist ein Schürzenjäger, Sunny. Weißt du, was das ist?«

»Ja … ja, ja.«

In dem Haus ohne Rückwand, das Jessi, Alma, Katharina und ich mittlerweile oft besuchten, wurden Skulpturen aus Schrott gebaut, kleine Theaterstücke aufgeführt, Lesungen gehalten, geraucht, getrunken und getanzt. Dahinter lag eine Brache, die genauso rege genutzt wurde wie das große, brüchige Haus. Von hier aus sah man die sechs Etagen und einzelnen Räume, da ihnen die Wand fehlte, wie in einem Bilderbuch. Skulpturen und Gestrüpp verteilten sich über den sandigen Erdboden der Brache, auf dem Jessi, Alma, Katharina und ich an warmen Sommertagen saßen und zu dem offenen Haus hinaufsahen. Es war eine Ruine, blanke Ziegelsteine, bemalte Mauern, bröckelige Balken.

In einem der Räume standen viele Menschen eng auf einem Haufen und besichtigten Bilder, sehr dicht neben dem Abgrund. In dem Raum direkt daneben standen nur ein einziger Mensch und ein Hund und ein Holzklotz. Im obersten Stockwerk saßen Leute auf der Kante und baumelten schwungvoll mit den Beinen. Ich stellte mir vor, was passieren würde, wenn einer fiel, und musste mich wegdrehen.

Auf dem staubigen Boden um uns herum saßen Menschen verteilt, einzeln, in Gruppen, als Paare. Hinter uns hing eine Hängematte zwischen zwei dünnen, gebogenen Bäumen. Im Staub lagen Kronenkorken und Zigarettenkippen. Doch wir störten uns nicht mehr daran, beobachteten einfach, was um uns herum geschah. Wir folgten mit unseren Blicken mal diesem und mal jenem, hörten mal hier und mal da zu, schlossen zwischendrin erschöpft die Augen und lehnten uns aneinander. Wir waren randvoll mit Eindrücken.

André war sechzehn Jahre alt, ein Jahr älter als Jakob und drei Jahre älter als ich. Er hatte bronzefarbene Haut und trug weiße, zerrissene T-Shirts. An dem Abend, als ich einem Maler vor seiner Staffelei hinter dem rückwandlosen Haus lange über die Schulter guckte und Jessi, Alma und Katharina längst gegangen waren, sah ich ein zerrissenes weißes T-Shirt, oben im dritten Stock nah an der Kante und kniff die Augen zusammen, um trotz der Dämmerung besser sehen zu können, auch wenn ich gar nicht wusste, ob ich besser sehen wollte.

Ich sah das weiße T-Shirt verschwinden und später im ersten Stock wieder auftauchen. Der Maler vor mir malte und trug auf einen unruhigen gelben Hintergrund abstrakte Körper in Blau und Orange und ein rotes, gezacktes Rad auf, das dem Verstand in mir merkwürdig und dem Gefühl in mir schön vorkam. Die Bewegung der Pinsel lenkte meine Augen eine Weile ab, sodass sie erst nach einem längeren Moment wieder im Dunkel des Hauses das Weiß des T-Shirt suchten. Es war nicht mehr zu sehen.

Im Durchgang zur Straße drückte mir ein unbekannter Mann ein Bier in die Hand. Die ihm folgende Frau, die einen Bollerwagen mit Bierkästen zog, sagte johlend in mein skeptisches Gesicht, dass ihr »großartiger Ludo« heute einen ausgebe, aufgrund eines guten Geschäftes, von dem jeder etwas abhaben sollte. Ich presste meinen Rücken an die Hauswand.

Dann stand auf einmal André an meiner Seite und legte seinen Arm um meine Taille. Der Kuss, den er mir plötzlich gab, blieb warm und feucht an meinem Mund hängen, und mein Blut toste so heftig durch meine Adern, dass sich noch zu Hause in meinem Zimmer alles um mich herum drehte.

Zwei Wochen danach, im Hof vor unserem Musikkeller hörte ich André zu meinem älteren Bruder sagen: »Ich bin jetzt übrigens mit Tatjana zusammen, der großen Hübschen, aus der Parallel.«

Ich rannte in den Keller. Ich verschloss die Luke. Schritte und das Rütteln am Hebering. Vaters Stimme, die nach meinem Bruder und André rief. Die Augen meines Bruders im Luftschlitz, die mich auf der Kellertreppe sitzen sahen, die Stirn auf die Knie gepresst, beide Hände auf den Ohren. Jakob guckte eine Sekunde lang direkt in meine Augen, sah die geröteten Lider um meinen verschwommenen Blick.

Drei Wochen lang kamen André und Omar dann nicht zur Probe. Bloß meine Brüder und ich waren da, ohne zu reden. Machten nur Musik.

An einem verregneten Nachmittag sahen wir André und Omar dann wieder. Sie trugen durchgeweichte T-Shirts, und ihre Schuhe hinterließen dunkle Flecken auf der Kellertreppe und auf dem Teppich. Sie bauten das Schlagzeug ab, räumten ihre Flaschen, Noten, Pullis zusammen und trugen alles Stück für Stück nach oben. André grinste mich unter seinen regennassen, ihm ins Gesicht fallenden Haaren an.

»Man sieht sich immer zweimal, Sunny«, sagte er.

Aber Jakob schob mich die Treppe hinauf, durch die Werkstatt und in den Hof.

»Geht er wegen mir?«, fragte ich.

»Nein.«

»Hast du sie rausgeschmissen?«

»Die haben jetzt 'ne andere Band, Sunny.«

Geschwister I

Heute betrete ich den Konzertsaal der alten Glasfabrik, und es ist stockfinster. Ich bin mit Mikis und seinem Sohn Paul verabredet und sehe nur schemenhafte Köpfe und unzählige Augen. Auf der Bühne ist Licht, davor Stimmengewirr und Dunkelheit. Zu wem die Augen gehören und ob Mikis und Pauls Augen darunter sind, kann ich nicht erkennen.

»Schön, dass ihr alle da seid, wir legen gleich mal los!«

Die schemenhaften Köpfe und unzähligen Augen, die eng und in Bewegung durcheinander im Saal stehen, drehen sich zur Bühne. Dort stehen jetzt fünf Menschen im Scheinwerferlicht, einer davon ist Jakob mit seiner Gitarre. Er blinzelt in die Dunkelheit. Vielleicht versucht er zu erkennen, wer wirklich gekommen ist von all denen, die kommen wollten. Mikis und Paul stehen seitlich an der Bar, halten sich die Taschenlampe ihrer Handys kurz unter die Gesichter, sodass sie plötzlich zu sehen sind. Ich hole mein Handy aus der Tasche und mache es ihnen nach.

Es sieht so aus, als würde Jakob mich ansehen und Mikis und Paul. Dann nickt er dem Schlagzeuger zu, und der hebt seine Sticks. Der Rhythmus setzt ein, die Saxofonistin mit dem langen, schlaksigen Körper tritt näher ans Mikrofon. Ihre Töne schweben in den Saal. Bringen die schemenhaften Köpfe und die unzähligen Augen in der Dunkelheit zum Wippen. Der Kontrabass setzt ein. Das Klavier. Und mit langsamen, klaren Akzenten Jakobs Gitarre.

Die offene Pizzaschachtel geht einmal reihum. Der Kies knirscht unter den Schuhen. Es war ein schönes Konzert. Für die Musiker, für die Gäste, für den Veranstalter, für Jakob, Mikis, Paul und mich. Wir konnten die Traurigkeit einen Moment lang verdrängen. Es war nicht klar, ob das gelingen kann. Oder ob alles anders sein würde als zuvor.

Wir heben unsere Bierflaschen und stoßen mit ihm an: »Es war großartig, Jakob!« Mikis und Paul ziehen die Zweige der Sträucher auseinander, Jakob leuchtet mit der Handytaschenlampe auf den Boden. Wir gehen durch das Gestrüpp hinter der alten Glasfabrik auf einem überwucherten Trampelpfad, den wir noch von früher kennen, an ein verstecktes Uferstück am Kanal. Der Platz kommt uns kleiner vor als früher, aber genauso schön.

Es gibt kein Licht in der Nähe, die Sterne sind hell. Der Kanal ist so dunkel, dass auch dort der Himmel hängt und die Sterne darin schwimmen. Der Große Wagen, der Mond. Die Nacht ist kalt, und wir rücken aneinander. Mein Gesicht friert, doch meine Arme sind warm an den Armen der anderen. Die Wärme ist ein Schutzschild. Über unseren Köpfen liegt das offene Universum. Unfassbar und weit. Das Geheimnisvolle, von dem keiner wirklich weiß, welche Wunder es birgt, wodurch auch nichts auszuschließen ist, bis es widerlegt ist.

Jakobs Auto ist ein großer Kastenwagen mit drei Kindersitzen, Werkzeug und Gitarren, Kabeln und Technik. Der

Beifahrersitz ist ein Doppelsitz, doch ich mache mich trotzdem ganz schmal, neben einem dicken Rucksack, einem Teddybären und einem kunstvoll gefalteten Saurier aus Packpapier.

»Ich kann's immer noch nicht fassen«, fängt Jakob an, »wenn plötzlich die Tür aufginge und Papa käme rein, fände ich es ganz selbstverständlich. Ich kann mir manchmal einbilden, er ist gar nicht tot und kommt gleich zu Besuch. Er würde den Kopf schief legen, lächeln und blinzeln. Er würde Klärchen huckepack nehmen und Max und Lotti an die Hand und würde mit ihnen im Garten verschwinden und irgendetwas werkeln und bauen.« Jakob steuert das Auto, dreht den Kopf zu mir. Seine Augen flackern, ich nicke und sage leise: »So geht's mir auch.« Ich lege meine Hand auf seine Schulter und kneife mit meinen Fingern fest in seinen Arm. So, wie ich ihn früher gekniffen habe, wenn er mit irgendetwas absolut recht hatte und ich froh, verärgert oder traurig darüber war. Er zuckt kurz zusammen. Doch dann lacht er, leicht und hell, wie er damals immer gelacht hat. Und auf seinem Gesicht bleibt ein Lächeln, bis wir vor meinem Haus sind.

»Ich glaube, dass Papa heute irgendwie dabei war«, sage ich. Und: »Grüß Hanne und die Kinder von mir!«

Dann werfe ich die Autotür zu, drehe mich um und suche meinen Schlüssel, ich muss ihn lange suchen. Schließlich beuge ich mich zum Schlüsselloch, das irgendeinen Defekt hat, sodass man den Schlüssel mehrmals hineinschieben muss, damit die Tür aufgeht. Als sie sich endlich öffnet, drehe ich den Kopf. Jakobs Auto steht immer noch da, ich sehe sein Gesicht. Er hebt seine Hand mit emporgestrecktem Daumen. Erst als ich im Hausflur bin, startet er den Motor. Ich laufe die Treppen hinauf. Mir steigt eine Melodie aus dem Konzert in den Kopf, mein Mantel riecht nach Nachtluft, Ufer und Geschwistern.

Dieser eine Tag

Unsere Familien formten Alma, Katharina, Jessi und mich, und unsere Erlebnisse brannten sich mal sanft, mal schmerzhaft, mal oberflächlich und mal abgrundtief in uns ein. In dem Jahr, in dem wir alle vierzehn wurden, zog Almas Familie in eine kleinere Wohnung. »Ein Typi hat die Wohnung gekauft«, erzählte sie, »die neue Wohnung ist ein Schuhkarton. Ich höre den Fernseher, als würde er bei mir stehen und Papas Rülpsen, als säße er mit mir an meinem Schreibtisch.«

»Lass die Gardinen zu«, flüsterte Almas Vater in Almas Ohr, »da steht ein Kerl mit einem Fernglas auf dem Dach. Ein amerikanischer Spion und sein Mumifizierter beobachten uns jede Sekunde.« Alma ließ die Gardinen zu, die tauchten das gesamte Zimmer in ein diesiges Braun. »Dich auch, meine Liebe«, flüsterte ihr Vater, »dich beobachten sie auch«, und bat sie, auch bei sich im Zimmer den Vorhang zuzuziehen. Ihr Zimmer war seitdem dunkelblau.

»Und hinter den Spiegeln, da hocken sie genauso, da gucken sie auch hindurch. Du darfst nicht hineinsehen, du musst sie ignorieren. Nur wenn das Licht aus ist, sehen sie dich nicht, das Licht muss aus sein, lass die Lampe aus.« Alma betrachtete im dunklen Flur im Spiegel ihr welliges Haar, ihr rundes Gesicht, den schmalen Mund und schloss die Augen.

Die ganze Stadt brodelte und bebte. Straßen und Häuser, halb auseinandergebrochen, halb zusammengeklebt. Kräne wuchsen aus den Brachen, setzten Glas- und Betontürme in Niemandsländer, die Sonne einfingen und große Schatten warfen. Die Bagger stürzten sich auf jede Lücke. Und die Augen, die alledem nicht folgen konnten, überschlugen sich. Der Puls raste. Wo Veränderungen hetzen, kommt er nicht zur Ruhe. Ein Haus wurde hier aufgebaut, ein Haus wurde dort abgerissen, die Neubauten passten mal gut, meist schlecht in ihr Umfeld. Sie sahen erschrocken aus und trugen die Schnelligkeit ihrer Entstehung noch auf den Fassaden.

Und die Menschen bewegten sich in Windeseile durch die Stadt und spürten das Brodeln unter den Füßen, das durch ihre Körper in ihre Herzen und von den Herzen in die Köpfe stieg und dort fieberte, pochte und bebte.

Auch das Haus, in dem ich mit meinen Eltern und meinen Brüdern lebte, von dem der Putz und die Ziegel fielen, in dem Einschusslöcher aus der Kriegszeit in den Wänden und Risse aus der Neuzeit in den Böden klafften, wurde saniert. Nicht sorgfältig und gründlich, wie es heute oft geschieht, sondern schnell und überhastet. Kaum zu sehen in dieser Eile, dass märchenhafter Stuck die Decken umrundete und sich Figuren um die Säulen vor dem Eingang schlangen. Die Arbeiter hoben die Hämmer ohne hinzuschauen und ließen den Putz nur so fliegen, weil sie mit dem Zeitdruck im Nacken die Schönheit, die vor ihnen lag, nicht sahen.

Mein Vater lief mit Portemonnaie und Einkaufsnetz die Treppe hinab, ich rutschte auf dem Geländer hinterher. Die Arbeiter standen an den hohen Säulen vor unserer Haustür, und ihre Gesichter waren über und über weiß vom Staub der herumwirbelnden Hämmer. Vom Putz. Von zermahlenen Figuren. Das Einkaufsnetz meines Vaters zitterte, die Hämmer der Männer wurden still. Mein Vater hob seine Hände, in seinen Augen sammelten sich Tränen, seine Stimme war dünn.

»Doch bitte nicht so«, sagte er. Die Arbeiter wischten sich ratlos mit den Handrücken über die Stirnen, guckten unter mehlweißen Wimpern zu uns. »Wie denn dann?«, fragte der eine und ließ seinen eisernen Hammerkopf gegen ein lockeres Stück Putz knallen. Er stemmte die andere Hand in seine Hüfte, und noch ein Stück Putz fiel ganz von alleine mit einem schleifenden Geräusch von der Säule vor unsere Füße. Vater sah, dass es schon zu spät war, dass nur noch von einer der Säulenfiguren ein geschwungener Arm übrig war, von einer der Säulenfiguren ein nasenloser Kopf. »Behutsam«, sagte er deshalb nur, »behutsam, mit mehr Umsicht und mehr Zeit.«

Als vor den Häuserlücken, vor den Brachen, zu denen Jessi, Katharina, Alma und ich am liebsten gingen, auf denen wir am liebsten im Dickicht versteckt dicht beieinandersaßen und rauchten und redeten, Zäune für Baustellen errichtet wurden, erkundeten wir die Grünstreifen und Parks unserer Stadt und entdeckten die Friedhöfe.

Die Friedhöfe ließen den Straßenlärm nicht rein, hielten ihm Mauern und groß gewachsene Bäume entgegen, Reihen von Büschen und Sträuchern. Fern war das Rattern der Autos und Busse, fern die Hektik der vorangeschrittenen Nachmittage, fern alle Menschen. Die Wege waren verschlungen, Labyrinthe manchmal. Über den Gräbern flatterten Schmetterlinge. Die Steine verstreuten ihre Ruhe. Wir lasen Namen und Jahreszahlen. Wenn wir einen unserer Vor- oder Nachnamen lasen, guckten wir, ob uns das Grab gefallen würde. Ich mochte die unbehauenen Steine am liebsten, Alma den hellen, glattpolierten Marmor. Jessi mochte Kreuze aus Eisen und steinerne Engel, Katharina die Kreuze aus Holz.

»Bitte keine große Gruft«, sagte Alma einmal, »es sei denn, ihr wollt neben mir liegen. Meine Eltern da unten noch bei mir zu haben, wäre meine absolute Höllenqual.« Sie schüttelte sich von Kopf bis Fuß, die dünnen Arme, das wellige Haar, ihre Jeansjacke rutschte von den Schultern. »Versteht mich nicht falsch«, erklärte sie, »ich mag meine Eltern. Nur, meine Mutter ist immer weg, und mein Vater … ja irgendwie auch.«

Wir liefen nebeneinander, legten uns die Arme um die Hüften, bis das Wippen unserer Schritte im gleichen Tempo auf und ab ging, verschmolzen miteinander und versprachen uns Freundschaft bis ans Lebensende.

»Wenn ich achtzehn bin, steige ich in ein Flugzeug und fliege nach Australien«, verkündete Alma, »oder zu den Pyramiden, oder nach Kanada. Hauptsache ganz weit weg.« Während wir zu viert über den Friedhof liefen, versprachen wir, wir würden mitkommen. »Auf den Himalaya!«, »Nach Hawaii!«, »Viva Mauritius!«, riefen wir. Und Jessi zählte auf, was und wen sie alles nicht mitnehmen würde: »Meinen Vater nicht und meinen Bruder nicht, die Schule nicht und nicht die starren Blicke meiner Mutter.«

»Ich will noch in Ruhe für die Mathearbeit lernen«, sagte Alma eines Tages, nachdem wir uns im neu eröffneten Eisladen neben unserer Schule jede fünf Kugeln Eis gekauft hatten und träge auf einer Spielplatzwippe saßen.

Sie stieg in den Bus nach Kreuzberg. In einem Stoffbeutel über der Schulter hatte sie Hefte und Bücher. Es war ein sonniger Tag.

Wir hatten bis zu diesem Tag gedacht, Friedhöfe wären friedliche Orte und gar nicht in der Lage auf ihren Böden, zwischen ihren Grabreihen, Böses zuzulassen. Wir hatten bis zu diesem Tag gedacht, Friedhöfe wären auf eine verwunschene, natürliche Art Schonplätze, Schutzoasen. Wir hatten bis zu diesem Tag gedacht, für eine Einzelne von uns gilt das genauso wie für uns zusammen. Wir hatten bis zu diesem Tag gedacht, in langen Hosen und langärmeligen T-Shirts passiert uns so etwas nicht. Passiert so etwas keiner von uns.

Neben uns

»Ich werde nach Cottbus ziehen, zu meiner Tante«, sagte Alma leise, »meine Eltern sagen, da ist es besser. Da gibt es solche Übergriffe nicht. Da ist die Welt noch in Ordnung. Und alles überschaubar.«

Wir saßen das erste Mal zu viert in ihrem Zimmer. Sahen das Blau der dunklen Vorhänge aus ihren Erzählungen, als wäre es uns vertraut, auf den Wänden, dem Schreibtisch, dem Schrank und dem Bett. Alma saß in ihrem Wintermantel auf dem Bett und flüsterte: »Ich freue mich, wenn ich hier wegkomm.« Sie setzte eine Mütze auf den Kopf und schob ihre Haare darunter. Wir umringten sie und trauten uns nicht, sie zu berühren wie sonst.

Almas Gesicht stand graublau unter der Mütze und sah alt aus. Ihre Beine waren verschwunden, waren unterm Mantel. Wir schoben unsere Hände immer näher, ließen sie ganz dicht links und rechts neben ihr und vor ihr liegen, um ihr zu signalisieren, dass wir einander halten würden, wie vorher, wenn sie das wollte. »Wir finden den«, sagten wir, »wir finden dieses Arschloch! Wie sah er aus?«

Jessi, Katharina und ich lagen im Musikkeller auf dem Boden, jede einen Block Zeichenpapier vor sich, und schrieben Blatt für Blatt einen detailreichen Steckbrief. Dann fuhren wir nach Kreuzberg und befestigten die Zettel mit

Klebeband und Reißzwecken an den Laternen vor dem Friedhof, der Mauer und den Bäumen. Wir musterten jeden jungen Mann mit Goldkette und dunklen Haaren, der nicht größer war als wir, und spannten unsere Körper an, zu allem bereit, falls bei einem von denen ein erbsengroßes Muttermal im Bartflaum saß. »Und wenn wir ihn dann aus Versehen töten?«, fragte Katharina. »Dann ist das so«, beschloss Jessi, »lieber Täter als Opfer.«

Als wir am nächsten Tag wieder zum Friedhof fuhren, waren alle Zettel weg, und wir schrieben und befestigten neue und legten uns im Dunkeln auf die Lauer. Es waren alte, schlurfende Männer, die die Blätter, eins ums andere, abrissen.

»Alle Männer sind Schweine«, flüsterte Jessi, »einer wie der andere.«

»Is' so«, stimmte Katharina zu.

»Mit ein paar Ausnahmen«, sagte ich leise und wich den Blicken der beiden aus.

Momentaufnahmen

Der Arbeitstag meiner Mutter beginnt wochentags Viertel vor neun. Ihr Teeladen liegt an einer Ecke, an der zwei schmale Kopfsteinpflasterstraßen aufeinandertreffen. Nur drei- oder vierstöckig sind die Häuser dieser Gegend, stuckverzierte Giebel und Veranden, kleine Remisen mit hohen Holztoren in den Gärten, als gälte hier noch eine andere Zeit. Ich schließe mein Fahrrad an, ein Mann geht in den Laden. Hinter der Schaufensterscheibe läuft die Jacke des Chrysanthemen-Mannes zum Tresen. Meine Mutter deutet auf einen Tisch am Fenster. Ich drehe schnell mein Gesicht weg. Wenn ich wieder gehen wollte, hätte ich eine Sekunde, um nicht entdeckt zu werden. Der Herbstwind fährt mir zittrig durch die Beine. Dann gehe ich doch auf die Ladentür zu und hinein.

Meine Mutter bringt zwei Tassen Tee, der weiße Dampf duftet nach Sommer und fliegt aufwärts in ihr grau meliertes Haar. Ich strecke ihr meine kalten Hände entgegen. Die warme Tasse ist eine Heizung, ist aus demselben tannenfarbenen Grün, wie es der Kachelofen in Vaters Schreinerei gewesen war. Meine Mutter lächelt und nippt an ihrem Tee. Ich horche, ohne es zu wollen, hinter mich, der Löffel klappert in der Tasse des Chrysanthemen-Mannes.

»Kann ich Ihnen noch etwas bringen?«, fragt meine

Mutter, die alten Dielen knarren unter ihren flachen Schuhen. Sie räumt die leere Tasse des Mannes ab. »Ein Stück Hefezopf oder ein Stück Shortbread vielleicht?«

»Nein danke«, antwortet er. Seine Stimme klingt weich und normal, nicht wie die eines Mannes, der aus Verrücktheit oder schlimmeren Gründen vorm Friedhof auf und ab geht. »Ich komme bestimmt bald wieder«, schiebt er hinterher, »schön, dass ich Ihren Laden hier gefunden hab.«

»Hast du noch eins von unseren Kärtchen, Sunny?«, ruft meine Mutter, »für den jungen Mann hier, mit unseren Öffnungszeiten?«

»Nein«, sage ich, »du musst mal wieder welche drucken lassen, Mama.«

Sein Kopf dreht sich um, er sieht mich an, seine Augen leuchtend wie Monde, grünblau wie Seen.

In meinem Atelier steht die Vormittagssonne im Raum. Die Leinwand ist dunkel, die Wand dahinter hell, ein leuchtender Bilderrahmen. Man könnte heute doch noch einmal hellere Farbe verwenden, denke ich, und sie, wenn es einem dann falsch vorkäme, wieder in dunklerer versinken lassen.

Ich ziehe mein Malerhemd an. Das Hemd ist ein übergroßes Männerhemd, lang wie ein Kleid. Auf der Vorderseite, wo einmal Streifen waren, laufen alle Farben vergangener Jahre ineinander. Und dann, als meine Hände alle kleinen Knöpfe zugeknöpft haben, greifen sie nach den Tuben. Die Hände drücken Ocker, Sienna und Zitronengelb auf die Palette und zweifeln, anders als der Kopf, heute nicht daran, heller zu malen.

Gerade als ich mir mittags die Badewanne einlasse, ruft mich mein großer Neffe an, der sich seit Neuestem gegen den Klimawandel engagiert. »Auf geht's, Tante Sunny«, sagt er, »heute kommst du mal mit auf die Straße.« Das Badewasser duftet nach Thymian. Während ich früher euphorisch auf Demos gegangen bin, überwog in den letzten Jahren meine Bequemlichkeit, und Pauls Stimme gleicht dem schrillen Klingeln eines Weckers, der einem den angenehmen Tagtraum zerreißt.

Paul wartet vor dem U-Bahnhof, neben ihm stehen zwei Jungs und drei Mädchen. Die neue Generation, junge Menschen mit geschmackvoller Kleidung, modischen Frisuren und großen, bemalten Schildern aus Karton. Vielleicht erreichen sie mal mehr als wir.

Mikis kneift mich in den Arm und grinst verschwörerisch, als er mit seiner Frau Steffi zur Demo dazustößt und wir in einer engen Reihe mit seinem Sohn und dessen Freunden durch die Straßen gehen, als wäre das ganz selbstverständlich.

Meine Brüder und ich hatten sehr liebevolle Eltern, aber das, was uns bewegte, hätten wir nicht mit ihnen geteilt. Jakob und Mikis hatten jeweils ihre Freunde, und ich hatte Jessi, Alma und Katharina, mit denen ich durch die ausufernde Stadt zog und die wie ich mit brennenden, übervollen Augen in diese wacklige, rauschende Zeit sahen.

Väter

Vor Almas Vergewaltigung auf dem Friedhof waren Alma, Jessi, Katharina und ich ein eingeschworenes Quartett gewesen, das Arm in Arm und mit erhobenen Köpfen durch die Straßen ging. Wir fühlten uns gewappnet und geschützt gegen alles, was von außen kam.

Wenn wir zusammen waren, schauten wir aus sicheren Augen auf unsere äußere Umgebung, begutachteten die Skater und Breakdancer auf dem Alexanderplatz und die engen Plastikketten, die jetzt viele Mädchen trugen, lachten über die in Mode gekommenen dicken Schuhsohlen. Wenn wir Seite an Seite über die Bürgersteige gingen, sahen die anderen vier selbstbewusste, selbstsichere Mädchen. Wir spürten die Blicke der anderen Mädchen, die uns mit Abstand beobachteten. Wir genossen es, reichten demonstrativ meinen Walkman mit den neuen, großen Kopfhörern reihum, Jessis Gameboy, die neuesten Kassetten, schüttelten unsere Haare und Ohrringe und lachten und tuschelten.

Dass es in unserem Inneren viel unsicherer aussehen konnte, wussten nur wir.

Katharinas Mund war auf eine so besondere Art geschwungen, dass wir ihn immer, wenn sie redete, ansehen mussten. Er hätte aus einem Gemälde, einem Film oder von einer Skulptur stammen können. Wenn sie merkte, dass wir ihr alle auf den Mund starrten, hörte sie mitten im Satz auf zu reden, und als sie einen schwarzen Lippenstift im Drogeriemarkt entdeckte, malte sie sich die Lippen immer morgens auf dem Schulklo schwarz an, was ihren Mund zwar etwas schmaler wirken ließ, aber den besonderen Schwung nicht überdeckte. Dazwischen standen schneeweiße Zähne und eine blutrote Zunge. Nachmittags sahen wir ihre Zigarette dort ein Stück weit verschwinden und hellen weißen Rauch daraus hervorquellen.

»Ich hab die Lippen meines Vaters«, rutschte es ihr einmal heraus, sie legte ihren Kopf in den Nacken und guckte in den Himmel.

»Lebt er in Berlin?«, fragten wir, aber Katharina starrte einfach weiter in den Himmel. Wir rückten an sie heran und legten ihr die Arme um die Schultern und strichen die vom Wind in die Augen gewehten Haarsträhnen aus ihrem Gesicht.

»Ich weiß nicht, wo er jetzt wohnt. Aber irgendwann hat er mal hier gewohnt. Ist umgezogen. Wir wissen nicht wohin.« Sie senkte den Blick, sah sich in der Spiegelung einer Schaufensterscheibe, musterte sich und seufzte tief.

»Du siehst toll aus Katharina. Auch mit seinem Mund. Gerade mit seinem Mund. Gut, dass du ihm den geklaut hast. Du hast dir das Beste genommen«, sagten wir.

Wir wussten, dass Katharina alles, was wir von unseren Vätern erzählten, abwog, um letztendlich herauszufinden, ob das Aufwachsen ohne einen Vater mehr Vor- oder mehr Nachteile hatte. Wenn mein Vater uns abends mit dem Auto – jetzt war es ein gebrauchter roter Lada – wieder irgendwo aufgabelte und, statt uns auszufragen oder zu schimpfen, die Heizung aufdrehte, Wasser verteilte, leise die immer gleiche Eric-Clapton-Kassette laufen ließ, wurden auch Jessi und Alma sehr still.

»Wir können ihn teilen«, sagte ich später, »ich teile meinen Vater mit euch.« Aber Jessi, Alma und Katharina wussten, genau wie ich, dass ich das nicht tat, dass das nicht ging, nicht gehen würde, niemals das Gleiche wäre.

Wir hörten »Layla« und »Tears in Heaven« während mein Vater durch die Straßen fuhr und ließen die Augen durch die Dunkelheit gleiten.

Je länger wir uns kannten, desto mehr glichen wir uns in unserer Kleidung, unseren Stimmen und unserem Lachen an. Doch wir kamen jeden Morgen aus anderen Familien und gingen jeden Abend in andere zurück. Auf jeden Winkel der Stadt, auf jede x-beliebige Situation, auf jede Szene, schauten wir ein klein wenig anders, jede für sich in der Art, die wir gelernt hatten, die uns von klein auf mitgegeben worden war.

»Hattest du jemals einen Streit mit deinem Vater?«

»Klar«, sagte ich und konnte keinen nennen.

Erst später kam es zu Konflikten zwischen meinem Vater und mir, genau genommen zu dreien, in drei unterschiedlichen Jahren.

Es gab den Brot-Streit, als ich ein ganzes, frisches Brot mit Sesam in den Mülleimer geworfen hatte, weil ich Sesam nicht mochte und hoffte, so würde einfach ein anderes gekauft. Es gab den Bettlerinnen-Streit, als ich die Hand einer Bettlerin grob weggeschoben hatte, obwohl ich gerade ein kleines Stipendium erhalten und ausreichend Cent in der Tasche hatte, nur weil die Bettlerin roch und ich sie aufdringlich fand. Und es gab den Galerie-Streit, als ich behauptet hatte, es bis hierhin zu bringen wäre ganz einfach, das könne jeder, der es wirklich wollte. Es waren keine Streits im herkömmlichen Sinne, eher deutliche Kritik meines Vaters an meinem Verhalten, weil ich die Dinge und die Menschen und mein Talent wertschätzen und dankbar und hilfsbereit sein sollte statt arrogant.

Ich sagte jedes Mal: »Du nervst!«

Er sagte jedes Mal: »Ich weiß.«

Und immer zeitversetzt verstand ich, was er meinte.

Als Jugendliche kam mir mein Vater manchmal unerträglich gut vor. So gut und fehlerlos, dass er wie auf einem Podest stand, mit seiner immer verständnisvollen, immer ruhigen und immer moralisch einwandfreien Art. Musste ich genauso sein wie er, fragte ich mich damals, und, konnte mir das überhaupt gelingen? Manchmal saßen wir am Küchentisch, und ich sah zu, wie er mit Bedacht und dankbarem Gesichtsausdruck sein Brot belegte, und fand es plötzlich unglaublich anstrengend, ihn in seiner ganzen ruhigen Art und Achtsamkeit zu beobachten. Dann konnte es passieren, dass ich mit Absicht meine Tasse umwarf oder aufstand und das Radio anstellte und so lange an den Knöpfen herumdrehte, bis die nervigsten Lieder von »Modern Talking« zu hören waren und »Cheri, Cheri Lady« oder »You're My Heart, You're My Soul« dünn, aber laut unsere Küche erfüllten. Ich wippte dann provozierend zu den Rhythmen mit meinem Kopf, mit meinen schabenden Schuhabsätzen oder mit meinem ganzen Stuhl. Er fragte dann: »Kannst du das ausmachen, bitte?« Ich erwiderte: »Komme leider nicht ran«, und fühlte mich unglaublich cool und provozierend.

Lose

Ein halbes Jahr bevor auch Alma und Katharina und ich uns körperlich veränderten, war Jessis Körper gewachsen. Als hätten unsichtbare Schnüre sie in die Länge gezogen. Ihre langen, dünnen Arme und Beine hatten etwas Suchendes, Ungelenkes. Wenn wir auf ein Garagendach kletterten, über eine Absperrung sprangen, verhedderte sie sich manchmal und fiel hin. Wenn wir sie umarmten, spürten wir ihre Brüste und schraken zurück und vergewisserten uns, ob es auch wirklich Jessi war, die wir da drückten.

Sie erzählte uns damals, dass ihr Vater sie eines Morgens über seine Zeitung hinweg angesehen hatte und dann laut und schallend gelacht hatte. Seitdem trug sie weite T-Shirts und weite Jacken und einen gepolsterten BH, der ihre Brustwarzen verbarg. Viel stärker als wir später haderte sie mit ihrem Körper, fand ihre Augen zu schmal, ihre Nase zu groß und ihre Taille zu breit, obwohl alles an ihr irgendwann so aufeinander abgestimmt, so ins Gleichgewicht gekommen war, dass sich sowohl Jungen als auch andere Mädchen nach ihr umsahen. Aber sie wollte nicht den Jungs und Mädchen gefallen, nicht mir und Katharina und Alma. Sie wollte von ihrem Vater gesehen werden, von ihm als hübsch befunden, wie früher, obwohl sie ihn hasste.

»Warum ist dir das so wichtig?«, fragte ich sie damals.

Aber irgendwann verstand ich, dass sie nicht anders konnte, dass sie mit ihrem Vater verbunden war, wie ich es mit meinem war, und sich nach seiner Liebe sehnte, wie ich sie von meinem bekam. Aber im Gegensatz zur Liebe meines Vaters war die Liebe ihres Vaters nicht selbstverständlich, sondern ein flüchtiger, fluider Hauch, der mühsam errungen werden musste und, sobald man ihn spürte, schon wieder entglitt.

»Vielleicht sollte ich Journalistin werden«, überlegte Jessi, »dann steh ich in der Zeitung, die er sich morgens vors Gesicht hält.«

Einmal brachte Jessi die Tageszeitung sogar mit, die ihr Vater abonniert hatte, um herauszufinden wie der Schreibstil war. Nach einem halben Artikel gab sie die Politik, das Feuilleton, Sport und Wirtschaft an uns weiter. Während Alma, Katharina und ich in je einem längeren Text versanken, sprang Jessi in der Kategorie Vermischtes hin und her, zur Werbung und dann zu den Kontaktanzeigen.

»Ey, einer sucht 'ne Sahneschnitte, mit der er alles Erdenkliche tun kann«, lachte sie.

»Ihh, ›Herta mag's härter‹, und hier, ›Heißer Hengst sucht Abwechslung‹«, las sie vor und verstummte dann plötzlich. Als wir fragten: »Was is'? Zu eklig?«, sah Jessi uns mit starren Augen an. »Das ist die Durchwahl meines Vaters. Warum steht diese Scheiße da?« Sie zerriss das Zeitungspapier in ihrer Hand und warf es in den Wind, bis jeder Schnipsel fort war. Dann weinte sie. Wir versuchten sie zu trösten. »Vielleicht hast du die Nummer von ihm gar nicht richtig im Kopf.«

»Vielleicht war's ein Kollege.« Aber dann fragten wir leise: »Sagst du's deiner Mutter?«

Manche glauben ja, dass man sich seine Eltern aussucht. Dass sich Kinder, bevor sie auf die Welt kommen, entscheiden: Diese Eltern nehm ich. Ich glaube das nicht. Ich glaube, dass Eltern das wichtigste Los der ungerechten Verlosungen sind, die zur Geburt eines jeden Menschen anstehen, wichtiger als Ort-, Zeit- und Vermögensverlosung. Ich glaube, dass unsere Eltern uns prägen, nicht unumstößlich, nicht unveränderbar, aber hartnäckig.

Was ich für ein Losglück hatte, wurde mir erst klar, als ich Jessis blaue Flecken unter der Brille sah, den trüben Blick von Almas Vater, die zugezogenen Vorhänge vor den Fenstern. Und die Sehnsucht von Katharina, die ihr, obwohl ihre Mutter eine liebevolle Mutter war, bei jedem Anblick eines Vaters, der sein Kind von der Schule abholte, sein Kind auf den Arm nahm, und auch beim Anblick meines Vaters, deutlich auf die Stirn geschrieben stand.

Augenblicke

Nach der Vergewaltigung auf dem Friedhof zog Alma zu ihrer Tante nach Cottbus. Ihre Tante hatte ein Telefon, und wir riefen täglich an, bis die Tante meinte, alle zwei Wochen müsse reichen, sonst würde Alma sich nie richtig eingewöhnen, an sie gewöhnen und an Cottbus. Cottbus war nicht weit weg, aber weit genug, um Alma skeptischer auf Berlin gucken zu lassen: »Stromert ihr immer noch durch die Straßen?«, und in ihre sanfte, klare Stimme den hohen Singsang ihrer Tante einzustreuen.

Aber die Erinnerungen an umeinander gelegte Arme, zusammengesteckte Köpfe und gemeinsam Erlebtes verhinderten den Bruch unserer Freundschaft, auch als die Unterschiede zwischen uns immer größer wurden und die Momente, in denen wir uns sprachen oder gar sahen, immer weniger.

In dem Schuhkarton, in dem ich alle meine Fotos aufbewahre, gibt es ein Foto von Alma mit ihrem Abiturzeugnis in der Hand, und auf dem T-Shirt des Jungen, der neben ihr lehnt, steht in großen weißen Buchstaben »Sieger!«. Wäre das der Alma, die damals mit uns um die Häuser gezogen war, nicht unangenehm gewesen?

Ich ziehe den Schuhkarton aus dem Regal. Tausende Augen auf Dutzenden Fotografien sehen mich an. Die schönen großen Augen meiner Brüder, als sie noch klein waren, die Augen meiner Freundinnen, meiner Mutter, meines Vaters.

Fotografien sind Zauberblätter. Es gibt Blicke darauf, die noch lebendig sind. Die einen angucken. Die einen mitten ins Herz treffen. Minutenlang blicke ich in die Augen meines Vaters, der auf seinen Schultern ein lächelndes Kind trägt, mich. Wenn es eine Art Himmel tatsächlich gäbe, würde er dort die Schalthebel bedienen, für eine liebevollere Welt.

Ich kann mich nicht beschweren. Meine Kindheit und Jugend waren beschützt und schön. Meine Streifzüge waren bunt, manchmal gefährlich, meine Ideen verrückt, manchmal riskant. Aber ich hatte immer einen Hafen.

Gestern stand plötzlich mein älterer Bruder mit einem Picknickkorb vor meiner Tür. Er hatte seine drei kleinen Kinder, zwei, fünf und sieben Jahre alt, dabei und seine Frau Hanne, die einen Kopf größer ist als er. »Überfall, Schwesterlein«, lachte er mich an, »wenn Sunny nicht in die Uckermark kommt, kommt die Uckermark eben zu Sunny.« Als alle in meinem Zimmer standen, fing es draußen vor dem Fenster an zu schütten. »Dann eben Zimmerpicknick, oder?«, fragte Hanne. »Du müsstest nur noch den Kaffee beisteuern, liebste Schwägerin.«

Jakobs Kinder sind immer erst zurückhaltend, dann neugierig. Klärchens Bein war geheilt, sie kletterte auf meinen Schoß. Lotti fragte höflich, ob sie die Kissen wieder nehmen dürften, Max zeigte fragend und still auf die Kommode. Die beiden bauten aus den Sofakissen eine Höhle, die ziemlich groß war. In der untersten Schublade meiner Kommode bewahre ich Spielzeug und Krimskrams für sie auf. Lotti und Max schleppten die schwere Schublade in die fertige Höhle und wollten auf gar keinen Fall unsere Hilfe. Hinter einem dünnen weißen Tuch nahmen sie die Sachen aus der Schublade und unterhielten sich darüber, als würden wir nichts hören.

Dann fiel ihnen Klärchen ein, und sie holten sie zu sich in die Höhle. Sie drückten ihr den Klapperball und einen Schlüsselbund in die kleinen Hände. Wir reichten ihnen Kakao in Schnabeltassen, den sie kichernd schlürften. Wir sahen sie die Spieltiere aufstellen, Schächtelchen und Holzschienen. Ein Kreisel und ein Jonglierball kullerten zu uns.

Die Zeit sprang vor und zurück. Als Jakob an seiner Kaffeetasse nippte, blinzelte er und hatte für einen kurzen Augenblick die lächelnden Wangen meines Vaters. Und er sagte, ich gucke oft wie er. Wir sahen uns auf die Kinder blicken, einen Teller abräumen, vom Fußboden aufstehen und entdeckten ineinander eine Spur von ihm.

Erst spät am Abend trugen wir die schlafenden Kinder die Treppen herunter und setzten sie in ihre Autositze, so vorsichtig wie möglich, damit sie nicht erwachten. Bis zur Ecke winkte mein Bruder aus dem Beifahrerfenster.

Ich stand in meinem Zimmer und schaute auf die Kissenhöhle und das verstreute Spielzeug und ließ bis zum nächsten Morgen alles genau so, wie es war.

Fünfzehnjährig

In dem Jahr nach Almas Umzug wurden wir alle fünfzehn. Jessi, Katharina und ich guckten zu dritt in die Spiegel der Umkleidekabinen und verglichen Haare, Beine, Hüften, den Sitz unserer BHs und enger Kleider.

Wenn die Damen der Parfümabteilungen es anboten, ließen wir uns schminken und versuchten uns die Farben und Bewegungen der Pinsel zu merken, die weich und zügig über unsere Gesichter strichen. Bevor wir nach Hause gingen, würden wir alles wieder abwischen, und so fuhren wir erst mal geschminkt und mit kunstvoll aufgebauschten Mähnen mit der längsten U-Bahn-Linie der Stadt von Anfang bis Ende und zählten die Männer, die uns dabei zuzwinkerten. Wir musterten sie unter halb geschlossenen Lidern, wandten uns von den alten, schmierigen, demonstrativ ab, wenn sie zu nah kamen, und den jüngeren lächelnd zu, genau in dem gefahrenfreien Moment, indem sie ausgestiegen waren und die Türen sich schlossen.

Wir kamen mindestens auf zwanzig, dreißig zwinkernde Männer pro Fahrt, nicht wenige mit Eheringen an den Fingern und die Hälfte so alt wie unsere Väter. Aufgedrehtheit, Übelkeit, Euphorie und Erschöpfung waren nur vier der tausend Gefühle, die uns danach in einem wilden Durcheinander überfielen.

Und diesem Gefühlsdurcheinander begegnete jetzt

jede von uns auch alleine. Wir waren ein Viererkleeblatt gewesen und, als Alma gegangen war, immer noch ein Dreiergespann, aber wir gingen jetzt öfter auch alleine unserer Wege, mal hier, mal dort. Gingen mal jede für sich und ohne Schminke durch die Straßen, getroffen von diesen und jenen Blicken. Unangenehmen und schönen. Wussten aber diesmal, wer und was von uns wirklich gemeint war.

Wir erzählten einander unsere Begegnungen, warnten uns vor Gegenden, Typen und U-Bahn-Stationen. Wir berieten uns bei Kleidern, Schuhen und Hosen. Manchmal verschwieg ich meinen Freundinnen Erlebnisse, die ich selbst nicht einordnen konnte oder die so aufblitzend schön gewesen waren, dass sie hätten neidisch werden können.

Wenn wir zu dritt unterwegs waren und jemand pfiff, drehten wir uns demonstrativ nicht um. »Das waren die Bauarbeiter!«, »Nein, die Jungs von der Halfpipe«, »Nein, der schlaksige Kellner«, tuschelten wir. Wenn am Abend jemand sagte: »Die nächste Runde für die Mädels geht auf mich«, schüttelten wir lachend unsere Köpfe und achteten darauf, nicht alleine zu den Toiletten, ins dunkle Treppenhaus, in die Hausflure zu gehen. Wenn uns jemand unangenehm berührte, erschraken wir, gaben einander Zeichen und gingen. Wir beobachteten, wie die Jungs und Männer glasigere Augen bekamen, einige uns wie Stiere anglotzten, andere wie Karpfen, andere wie Lämmer. Wir versuchten nie mehr als zwei Biere pro Abend zu trinken.

Und manchmal riefen wir noch immer meinen Vater an, der mit dem Auto dann unauffällig eine Ecke weiter wartete, sodass wir ganz cool aus den offenen Häusern in die Nacht stolzieren konnten und dann außer Sichtweite erschöpft in seine Sitze fielen.

Schließlich probierten wir andere Getränke aus und rauchten auch anderes als Zigaretten. Dadurch verloren wir uns manchmal aus den Augen, wenn die Menschen zwischen denen wir standen, vor einer Bühne, in einem Club, auf einer Wiese, zu einem wogenden Menschenmeer angeschwollen waren, das jede von uns in eine andere Richtung mit sich riss. »Achtzehn glaubt uns keiner«, überlegten wir, »wir sagen sechzehn, wenn uns einer fragt.« Aber es fragte uns niemand, kein einziges Mal.

Einmal bat Jessi meine Brüder, eine Party in unserem Musikkeller zu veranstalten. »Aber cool und mit Livemusik!« Jakob und Mikis lehnten erst ab, dann stimmten sie zu. Vaters Werkbänke wurden zur Seite gerückt, man durfte auch oben sitzen. Ich schrieb auf ein Pappschild: »Nur draußen rauchen«, Jakob schrieb auf ein Schild an der Klotür »WC«. Alle schleppten Bierkästen und Sektflaschen herein und ein paar Flaschen Wasser und Saft. Über die Hobelbank meines Vaters legten Katharina und ich ein Laken und stellten Salate und Knabberzeug darauf.

Ein älteres Mädchen, das ich nicht kannte, hievte die Teile eines Schlagzeugs in den Keller und wollte auf gar keinen Fall Unterstützung. Zusammen mit Mikis und Jakob besprachen wir die Reihenfolge der Songs, und das Mädchen legte mir den Arm um die Schulter, als wären wir beste Freundinnen. Schließlich trudelten die Gäste ein, und wir fingen an zu spielen.

Jessi begann als Erste zu tanzen und animierte andere,

es ihr gleichzutun. Ich freute mich, dass so viele tanzten, und war trotzdem absolut aufgeregt. Ich machte Fehler am Klavier, die ich sonst nicht machte. Ich hörte doppelt so laut, was bei mir falsch klang. Ich sah mich unsicher um, zu Jakob, zu Mikis, zu dem mir unbekannten Mädchen am Schlagzeug. Aber alle nickten mir aufmunternd zu, und das Mädchen hob zuzwinkernd den Daumen.

Paul hätte auch gerne so einen Keller wie Mikis, Jakob und ich ihn früher hatten, nur sind solche Räume heute schwer zu finden. Es gibt keine Brachen in Häuserlücken, keine leer stehenden Häuser, keine verwaisten Hinterhöfe mehr. Aber die jungen Menschen pilgern zusammen in die Parks, auf die Grünflächen und öffentlichen Plätze, besetzen mit Bier und Pizza und Musikboxen die Tischtennisplatten, die Bänke, die Treppen, die Wiesen und nehmen sich einfach den letzten, auch für sie noch immer offenen, planlosen, kostenlosen Raum.

Der modrige Keller, der unter meinem Atelier liegt, der durch eine wurmstichige Bodenluke in den Dielen und eine zwei Hände breite, bröckelnde Treppe zu erreichen ist, ist das verkommene Gegenteil unseres Musikkellers damals, in dem die Wände und der Boden trocken waren und etwas Tageslicht und Frischluft durch die Lüftungsschlitze fiel. Trotzdem war ich enttäuscht, als Mikis, Jakob und ein Gutachter meine Einschätzung eindeutig bestätigten: Keine Chance für eine Nutzung des feuchten, schimmeligen Kellers, ohne unbezahlbare Investitionen. Als wir durch die Luke wieder nach oben kletterten, sah ich Paul, der damals vielleicht dreizehn war, an meinem kleinen Ofen sitzen und uns erwartungsvoll ansehen. Er sah das »Nein« auf unseren Gesichtern und die Enttäuschung in meinem Blick. »Mach dir nichts draus, Tante Sunny«, sagte er, als müsste er mich trösten und nicht ich ihn, »ich komme dich trotzdem sehr gerne besuchen. Und vielleicht krieg ich ja auch mal Lust zu malen.«

Unterwegs

Wenn Jessi und Katharina nachmittags beide verplant waren, ging ich manchmal alleine zum rückwandlosen Haus und sah den Malern dort über die Schultern.

Von einem Mann mit schütterem Haar und seinem jungen Kollegen bekam ich schließlich eine Leinwand und einen Pinsel in die Hand gedrückt. »Probier's«, lachte der Jüngere, »hier!« Auf einem mir zugeschobenen Backblech schimmerten frische, hingegossene Farben, und ich sah sie sich schon mischen und fließen und formen, obwohl sie es noch gar nicht taten.

»So geht es mir auch, wenn wir in der Schul-AG nähen«, sagte Alma am Telefon, »dann seh ich schon das fertige Kissen vor meinen Augen. Oder den Einkaufsbeutel. Und dann kann ich es gar nicht erwarten, endlich zu beginnen.« Sie erzählte stolz, dass sie immer die Erste war. »Ich konzentriere mich auf nichts anderes und schaffe die saubersten Nähte. Tante Rita ist vollends begeistert. Ich hab ihr ein Kissen zum Geburtstag geschenkt und konnte richtig sehen, wie's sie gefreut hat.« Dann klang ihre Stimme plötzlich ganz anders.

»Aber manchmal überkommt mich ein schlechtes Gewissen, wenn ich an meinen Vater denke, der zu Hause hockt. Ich weiß nicht, ob ich zurückkommen sollte.«

»Willst du denn zurückkommen? Oder würdest du nur wegen ihm kommen?«, fragte ich und dachte: Oder auch unseretwegen? Wir versprachen uns, dass unsere Freundschaft alles überdauern würde. Wir wussten, dass wir uns längst verändert hatten und unsere Freundschaft sich mit uns. Aber dennoch war es ehrlich gemeint, wenn wir uns zum Abschied versicherten: »Ich wünsch dir nur das Beste, meine Liebe.« »Es ist schön, dass es dich gibt!« »Es ist schön, dass es dir gut geht!« »Pass auf dich auf!« »Passt ihr auf euch auf!«

»Sie klingt wie eine Nonne im Kloster«, lästerte Jessi.

»Und du wie's Gegenteil, wenn du betrunken bist«, konterte Katharina.

Als Jessi in den jungen »Mister Blue Monday« hinter einer improvisierten Bar verliebt war, mussten wir sie davon abhalten, sich alles hinunterzukippen, was er ihr hinstellte. Jessi hatte nur Augen für ihn und versuchte uns grob und deutlich von sich wegzuschieben. »Und ihr wollt meine Freundinnen sein?«, lallte sie. »Ihr seid ja schlimmer als mein Vater.« »Komm mit raus«, drängten wir, »komm jetzt.« »Ganz kurz noch«, wimmerte sie.

Wir standen andauernd vor unseren Grenzen. Wir testeten sie aus, gingen vor und zurück. Mit dem Wissen, dass es schiefgehen konnte, stiegen wir auf Häuserdächer und kletterten Baustellengerüste hoch. Wir balancierten auf Straßenbahnschienen, zogen uns gerade noch rechtzeitig zur Seite, tanzten zu Punk, zu Rock und, wenn gar nichts anderes los war, auch zu Techno. Wir ließen fremde Menschen raten, wie alt wir sind.

Und dennoch versuchten wir einander zu schützen, wenn es nötig war. Zu dritt waren wir stark. Eine von uns hatte immer ihre Antennen auf Empfang, und warnte die anderen, wenn ihr Bauchgefühl anschlug, wenn Schuhe in unseren Rücken klapperten, Männer in langen Mänteln in dunklen Hauseingängen standen, Gruppen auf uns zu kamen. »Da hält ein Bus, los rein da«, riefen wir dann, stiegen ein und fuhren in irgendeine Richtung. Oder: »Auf die Fahrbahn, lauft auf die Fahrbahn, nichts wie weg hier, von diesem dunklen Weg.«

Wir taten vor uns selbst so, als ob das alles ein irres Spiel wäre, aus dem wir jederzeit aussteigen könnten, wenn wir wollten. Wir mussten clever und vorausschauend sein, weil Männer immer kräftiger sein würden als wir. Das wussten wir durch Jessis Vater, durch Almas Vergewaltigung und ich durch meine Brüder, mit denen ich früher oft zum Spaß gerangelt hatte, gekabbelt, bis irgendwann nur noch ein Arm und ein Knie von ihnen reichte, um mich zum Stillstand zu bringen, bis nur ein Arm und ein Knie von ihnen stärker war als alle meine Muskeln zusammen.

Wir waren hin- und hergerissen, Männern zu misstrauen und uns zu ihnen hingezogen zu fühlen, keine von uns hatte Almas Erlebnis vergessen, aber immer wieder blendeten wir es aus. Und begutachteten die Herren der Schöpfung. »Der sieht nett aus oder vielleicht der«, flüsterten wir. »Aber der da ist sicherlich ein Arschloch.«

Freitags entwendete Jessi ihrer Mutter den Videotheksausweis, und wir liehen uns wöchentlich »Dirty Dancing« aus, bis wir alle Blicke, Sprüche und Schritte so verinnerlicht hatten, als wären es unsere eigenen. Wir sahen »Dirty Dancing« auf dem Fernseher und »Bodyguard« und »Forrest Gump« im Kino, weil wir genauso gehoben, umtanzt, beschützt und geliebt werden wollten wie die

Frauenfiguren in diesen Filmen. Wir kannten unsere Träume. Wir wollten zusammenhalten, wie die Nonnen in »Sister Act«, hakten uns im Kinosaal unter und sangen im Dunkeln mit dem Nonnenchor. Wir weinten zusammen im Film »Schindlers Liste«. Gingen danach jede für sich zu unseren Großeltern, denen, die noch lebten, und fragten: »Was hast du damals gemacht, Opa? Was hast du damals gewusst, Oma? Wo warst du damals? Auf welcher Seite?«

Wir fragten Alma: »Läuft ›Schindlers Liste‹ auch bei euch in Cottbus? Hast du den Film gesehen?« Alma erzählte, dass sie mit ihrer ganzen Klasse in dem Film gewesen war, zusammen mit ihrer Geschichtslehrerin Frau Humpe. Und dass genau an der Stelle, wo der kleine rote Mantel zwischen den Leichen lag und sie sich die Hände vor die Augen hielt und weinte, einer der Jungs seine Popcorntüte nach vorne warf und ein anderer sie auffing und von dort zurückwarf, sodass die Tüte über mehrere Sitzreihen hin- und herflog, bis jeder Popcorn in den Haaren und auf den Schultern hatte.

Frau Humpe schimpfte minutenlang erfolglos, erzählte Alma. Aber auch die Mädchen und Jungs, die gerade noch still gewesen waren, waren plötzlich aufgesprungen, hatten das Popcorn von den Sitzen, den Schultern, aus den Haaren geklaubt und herumgeworfen, nach irgendwem. Ein paar ältere Kinobesucher waren daraufhin aufgestanden und gegangen, erzählte Alma, hatten verärgert zu Frau Humpe geguckt, und Frau Humpes Gesicht war puterrot geworden, ganz fleckig, auch der Hals.

Nie wieder

Bei uns im Kiez, auf dem Bürgersteig der größten Straße, lief seit einigen Tagen eine Gruppe Jungs auf und ab, der wir in unserem Viertel noch nie begegnet waren, mit kahl rasierten Köpfen und Springerstiefeln. Sie gingen nebeneinander und johlten wie betrunken, wenn jemand auf die viel befahrene Fahrbahn ausweichen musste, um an ihnen vorbeizukommen.

Mein jüngerer Bruder hatte ihnen nicht ausweichen wollen und kam eines Abends mit drei gebrochenen Rippen und einem Gesicht nach Hause, das so rot und geschwollen war, dass wir ihn kaum erkannten.

»Warum bist du nicht ausgewichen?«, fragte ich schluchzend.

»Sonst werden die noch dreister.«

Meine Mutter schlug sich die Hände vor den Mund. »O Gott!«

»Nie wieder!«, murmelte mein Vater.

Mein älterer Bruder, seine Freunde und Jessi, Katharina und ich lauerten nun täglich mit zwei Fotoapparaten in der großen Straße, dem Abschnitt dieser Straße, der durch unseren Kiez führte, aber die Gruppe Kahlrasierter ließ sich nicht mehr blicken. Waren nach Weißensee weitergezogen. Oder nach Pankow, nach Mitte, nach Friedrichshain oder in die Stadtrandbezirke.

Die Stadtrandbezirke, die wir nicht kannten, über

die wir nur Vermutungen anstellen konnten, da wir auf unseren Streifzügen noch nie bis dorthin vorgedrungen waren.

Jakob und ich beobachteten tagelang das Gesicht unseres Bruders. Das langsame Zurückgehen der Schwellung, die sich erst lila, dann braun, dann grün, dann gelb färbenden Flecken. Immer wenn Mikis husten musste oder lachen wollte, sahen wir den Schmerz als wässerigen Glanz in seinen Augen. Warum waren wir nicht da gewesen? Bei ihm, als das passierte? »Bleib liegen!«, sagten wir zu ihm, wenn er aufstehen wollte. »Was können wir dir bringen? Die ›Bravo‹? Bratkartoffeln? Kassetten? Schokolade?«

Wir Geschwister hatten da längst jeder ein eigenes Zimmer, und unsere Eltern schliefen im Wohnzimmer. Aber wir blieben in dieser Zeit abends bei unserem lädierten Bruder, bis ihm die Augen zufielen. »Er schläft«, sagten wir. »Ich schlafe nicht«, murmelte er.

»Wir sollten die Typen genauso zurichten«, flüsterte ich, als wir uns leise aus dem Zimmer schlichen. »Dann wären wir im Mittelalter«, gab Jakob zurück. Wir gingen auf den Balkon, der an mein Zimmer grenzte und rauchten jeder eine Zigarette bis zum Filter. Dann blieben wir noch sitzen.

»Willst du mal Kinder haben, Sunny?«

»Auf jeden Fall!«

»Hattest du nicht Angst?«

»Vor der Geburt?«

»Dass ihnen was zustößt.«

»Darüber hab ich noch nie nachgedacht.«

»Darüber denke ich gerade nach.«

Als es meinem Bruder besser ging, wollte er in den

Musikkeller. Sein Gang war wacklig, als ob er vom tagelangen Liegen alt geworden wäre, wir nahmen ihn in unsere Mitte. Nur langsam kamen wir vorwärts, warfen jedem vernichtende Blicke zu, der Mikis' Gang beäugte, Mikis' Gesicht anstarrte, seine Wangen waren noch grünlich gelb.

Wir halfen Mikis die Kellertreppe hinunter, wir schoben ihn auf einen Stuhl. Als Mikis sein Mikro nahm, hatte ich Zweifel, ob es gut war, dass er schon hier war. Seine linke Hand lag schützend auf seinen Rippen, seitlich, unter seinem Arm. Ich setzte mich trotzdem ans Klavier. Wenn er unbedingt singen wollte, würde ich ihn begleiten, sobald er damit anfing. Die Stille hing lange im Raum. Dann schloss Mikis die Augen, holte vorsichtig Luft und sang.

Seine Stimme klang anders als zuvor, seine Vorsicht färbte die Töne milchig, hob sie leiser und leichter empor. Und trotzdem war die Stimme kraftvoll. Als wäre unser Bruder tatsächlich älter geworden, kein greiser Mann, aber drei vier Jahre älter, und seine Stimme reif. Jakob schluckte und guckte mich an. Ich nickte und wusste, dass auch er sich diese Veränderung mit Mikis' Überfall erklärte, mit dem Einschnitt, der damit einherging, und wir legten unsere Finger auf die Instrumente und begleiteten Mikis so gut es ging.

Vielerlei Farben

Der Chrysanthemen-Mann war gestern wieder zur gleichen Zeit wie ich vor dem Friedhof und hat mich zwischen dem Blumenladen und dem Tor, zwischen denen er auf und ab geht, am Zaun lehnen sehen und freundlich gegrüßt. Er hat gesagt, es gebe nur altertümliche Blumen in diesem Blumenladen dorthinten, nur Oma-Blumen. Ich sagte, von hier aus sehe die Auslage auf dem grauen Bürgersteig schön aus, wie ein buntes, hingetupftes Feld.

Welche Blumen ich am schönsten fände, fragte er daraufhin, welche ich kaufen würde, wenn ich welche kaufen wollte, und ob ich vielleicht mitkommen könnte, einen Blumentopf auszuwählen. Etwas Besonderes suche er, das aber nicht künstlich aussehe, keine dickfleischigen Blätter, kein wie Lack glänzender Blütenkopf. »Etwas Zartes, Hohes, Weites, worin sich das Herbstlicht noch einmal verfängt.« Alles andere sei schon dunkel genug.

»Ich mag flirrende Blumen«, sagte ich leise.

Ein Mann mit einem Kind lief auf uns zu, das Kind fing an zu rennen, als der Chrysanthemen-Mann es sah und mit weiten, offenen Armen in die Hocke ging.

Der Chrysanthemen-Mann drehte sich mit dem Kind, stieß mich dabei beinah an. Die blauen Kinderstiefel wirbelten im Kreis herum. Der andere Mann kam hinzu. Er legte seine Arme um das Menschenkarussell und der Kopf des Chrysanthemen-Mannes sank auf seine Schulter, vielleicht waren sie gute Freunde, vielleicht Brüder, vielleicht ein Paar.

Diese flackernden, rauschenden Jahre nach der Wende, als alles in Berlin im Umbruch war, als die Menschen Häuser, Industriehallen und Fabriketagen besetzten, Kunsträume aus dem Boden stampften, Keller, Garagen und Bunker zum Leben erweckten. Jessi, Katharina und ich stürmten durch all die Freiräume wie im Fieber. »Es gibt auch in dieser Zeit Gutes und Schlechtes«, sagte mein Vater oft zu mir, »pass auf dich auf, Sunny. Geh nicht verloren.« Ich schloss die Badtür ab und tuschte meine Wimpern, bis sie schwarz, lang und dicht waren. Meine Zigaretten bewahrte ich in einer kleinen, zerkratzten Teedose auf, die ich erst aus der Tasche holte, wenn ich ganz am Ende unserer Straße um die Ecke bog. Die Warnungen meines Vaters waren mir wichtig, aber ich vergaß sie sofort, wenn ich ihn nicht mehr sah. Jeder Nachmittag war bunt und einmalig, übervoll von Neuem und Skurrilem.

Oft war ich jetzt schon alleine bei den beiden Malern im Haus ohne Rückwand gewesen, wo der jüngere mir immer lächelnd das Backblech mit den Farben in die Mitte zwischen seine und meine Leinwand schob. Wir machten Pause, ohne viel zu reden, und teilten trockene Brötchen, Tütenmilch und Zigaretten, saßen auf der hohen offenen Hauskante und ließen die Beine baumeln. Manchmal dicht nebeneinander, und ich konnte dann seine Haut und seinen Atem spüren. »Was ist das?«, fragte ich mich dann. »Ist es das?«

Immer wieder war ich überrascht über die Wirkung eines Pinselstrichs, die plötzliche Veränderung, die sich dadurch ergab, die mich berührte, erfreute, erfüllte oder erschreckte. Für mich war das Malen vergleichbar mit den Sessions in unserem Übungskeller, nur dass ich hier alle Instrumente selbst spielen konnte, selbst komponierte und auch selber sang.

Und während ich manchmal einen Farbton von der Palette des älteren Malers nachmischte oder einen Bogen, eine Linie, einen Schwung von der Leinwand des jüngeren abmalte, guckten die beiden zu mir, sahen mich an und übertrugen irgendein Detail von meinem Rücken, meinem Profil, meiner Hand auf ihre Leinwände, das ich erst dadurch sah. Sie verfremdeten alles durch andere Farben und eckigere Formen, aber ich konnte es erkennen.

Es war ein warmer Sommertag in diesen flackernden, rauschenden Jahren, als der jüngere der beiden Maler schon eine Weile nicht mehr da gewesen war, ich mir das Backblech alleine zurechtschob und den älteren Maler um die Tuben und Tiegel mit den Farben bat. Mein unkonzentrierter Blick wanderte immer wieder zur offenen Tür, und ich hoffte, dass gleich der wirre blonde Haarschopf die Treppen heraufkam und meine pochende Sehnsucht sich beruhigte.

Der ältere Maler legte schließlich seinen Pinsel zur Seite, weil er diese unruhige Zappelei an mir nicht kannte, deshalb sah er mich an und verschränkte die Arme, seufzte und fragte: »Was ist los mit dir?« Mir schoss die Glut in die Wangen, so sichtbar, dass der Ältere, ohne dass ich noch etwas sagen musste, plötzlich begriff, was mit mir los war.

Ich weiß nicht, ob er wusste, was ich zu sehen kriegen würde. Er brachte mich nur bis zur Haustür und ging.

Die Haustür war besprüht und offen, dahinter lag ein

langer Hausflur und ein bunt bemaltes Treppenhaus, auf dessen Stufen Leute saßen und rauchten, lagen und lachten. Neben Menschen mit bunten Haaren und vielen Ohrringen saßen auch Leute mit Kragenhemd und Topfhaarschnitt. Dazwischen ein paar ganz in Schwarz gekleidete, blass geschminkte Männer und Frauen, die sich mit schwarz lackierten Fingernägeln durch schwarz gefärbte Haare fuhren. Ich musste an Katharinas Lippen denken, ihren schwarz geschminkten, schön geschwungenen Mund.

Auf jedem Treppenabsatz, zu dem ich gelangte, standen die Türen offen, und Menschen gingen hinein und hinaus oder standen im Türrahmen dicht aneinander. Wo auch immer ich hineinging war keiner verwundert, bot mir der ein oder andere ein Bier an.

In manchen Zimmern standen Stühle und Tische, in manchen saßen die Menschen auf dem Boden. In den Zimmern, in denen Matratzen lagen oder zerrissene Teppiche, waren die Türen manchmal angelehnt, und man sah ineinander verschlungene Menschenknäuel, verrutschte T-Shirts und bloße Oberkörper unterlegt mit Techno-, Punk- oder Gitarrenmusik, die aus irgendwelchen Boxen drang.

Ich wich einem torkelnden Grufti aus und einem Mann, der ein orangenes Gewand anhatte, eine orangene Holzperlenkette um den Hals trug, aus einem Sitzkreis mit anderen orange gekleideten Menschen aufstand und mit glasigen Augen auf mich zukam.

Ich drehte auch der Küche den Rücken zu, in der eine bunt gemischte Gruppe an einem Tisch saß, sich gerade ein untersetzter Mann mit Anzug und zurückgegelten Haaren das Hemd aufzuknöpfen begann und dessen Nachbarin so aussah, als kippte sie gleich in ihr Teeglas.

Aber ich blieb eine Weile bei einer Frau mit Gitarre. Zehn, zwölf Leute hockten um sie herum. Wir hörten ihr zu, ihren Liedern und ihrer Stimme, die samtweich und warm und melancholisch war und nicht zu ihren kantigen Gesichtszügen passte. Wir lernten, dass es doch passen konnte. Wir lernten, dass Töne, die tief und melancholisch waren, auch Glück ausstrahlen konnten, zumindest, wenn sie aus dieser einen Kehle kamen. Dass »madness«, »longing« und »pain« einem wie Federn über die Haut gleiten konnten, obwohl die gleichen Worte, von anderen gesungen, sich auch um die Brust legen konnten wie ein Gurt aus Stein.

Ich hätte dort sitzen bleiben sollen.

Ich ging noch eine Treppe höher. Ich kam an eine selbst gezimmerte Bar mit flackernden Kerzen auf Ziegelsteinen und in Einweckgläsern. An den Fenstern hingen Tücher, und es war warm und dämmrig, Menschen lagen und saßen auf Matratzen und dem Boden. Gespräche mischten sich, Musik und das Geräusch klappernder Gläser, der Rauch von Zigaretten und anderem Rauchwerk schwang zwischen alledem wie dichter Nebel. Er tauchte Gesichter, Münder, Arme und Beine in ein milchiges Weiß.

Über Füße, Matratzen, Kerzen und Flaschen stieg ich zum Bartresen und weiter, blickte durch den Türspalt einer angrenzenden Tür und sah den jungen Maler, den, nach dem ich gesucht hatte, splitternackt auf einem anderen nackten Mann.

Die Frau an der improvisierten Theke fragte mich nicht, wie alt ich war, füllte mir das Wasserglas randvoll mit Schnaps, wie ich sie gebeten hatte und nahm die Münzen, die ich ihr gab. Ich saß im Nebel an der Bar und wollte mehr trinken, als ich vertrug. »Noch mal«, krächzte ich. »Gegen die Bilder im Kopf. Kannst du da Zucker reinschütten? Sirup? Das brennt wie Feuer, verätzt das was? Macht aber nichts.«

»Lehn dich an die Wand, setz dich runter«, sagte die Frau an der Theke irgendwann.

Und ich stolperte über die Sitzenden und Liegenden, sank zusammen und fragte mich: »Wand? Welche Wand?«

Als irgendjemand an meinem Hosenbund zerrte, kam ich wieder zu mir. Zwei Augen in einem fetten Gesicht glotzten mich an, in einem halb geöffneten Mund hing eine triefende Zunge. »Hau ab«, wollte ich sagen. »Runter«, wollte ich schreien. Nur ein Lallen konnte ich hervorbringen.

Ich hatte mich zu drehen versucht und zu entkommen. Dann die Füße krampfhaft verschränkt, um die Beine zusammenzupressen. Ich hatte versucht, den Kopf zu drehen und im dämmerigen Nebel, dem flackernden Kerzenlicht, irgendeinen der anderen zu erkennen. Ich hatte versucht, meine Arme zu befreien und um mich herumzutasten, irgendeinen Ärmel zu fassen und auf mich aufmerksam zu machen. Ich hatte in das schwitzende Gesicht über meinem geguckt, in die glubschigen Augen gestarrt, meinen Abscheu und meine Wut gebündelt und all meinen Hass in meinen Blick gelegt. Ich ekelte mich vor den Poren, der Zungenspitze und der schwitzenden Stirn, dann sah ich an alledem seitlich vorbei.

Ein Gesicht, mit hohem blauen Irokesenschnitt tauchte plötzlich hinter dem Kopf des anderen auf und sah mich direkt an. »Lass sie, die will doch nich', sieht man doch.«

Der schwere fremde Körper wurde von mir heruntergezogen, obwohl dieser heftig protestierte und mir mein dünnes T-Shirt von oben bis unten zerriss.

Ich erinnere mich unscharf daran, dass der Mann mit dem blauen Irokesenschnitt mir seine Jacke gab, die voller Anstecker und Sicherheitsnadeln war, die aneinanderklackerten, wenn ich mich bewegte.

»Trink wat, hier is Wasser, iss wat«, drang an mein Ohr. Ich lehnte an einer warmen, zusammengeknüllten Decke, während ich Wasser trank, das er mir reichte, und Baguette aß, das er mir gab.

Ich sah zu, wie der Mann mit dem blauen Irokesenschnitt sein Totenkopf-Halstuch abnahm und es mir um die große, knopflose Jacke band, damit sie nicht ständig aufging.

Ich erinnere mich daran, wie er dann leise fragte, wie weit weg ich denn wohnen würde und ob ich jetzt mal in der Lage wäre aufzustehen, wenn er mich stützte. Ich erinnere mich daran, dass ich meine Arme um seinen Hals schlang und mich hinstellen ließ, auf der Treppe beinah fiel und er mich auffing und sagte, er würde mich lieber noch begleiten, und mich vor sich auf den Lenker seines Fahrrads setzte und mich mit klapperndem Schutzblech durch die Stadt fuhr.

Ich erinnere mich daran, wie der Abgasgeruch der Autos mir mit der Hochsommerluft warm ins Gesicht fiel und der Mann, an den ich meinen Rücken lehnte, in mein Ohr fragte: »Rechts oder links, jetze, Madame?«

Erst ein Jahr später ließ er sich überreden, mit mir zusammen zu sein, denn er hatte sich meinen Ausweis zeigen lassen und gesagt: »Vor sechzehn nich'.« Dass er mich warten ließ, nahm ich ihm damals ziemlich übel, später fand ich es romantisch.

Morgen und Tag

Kurz nach dem Vorfall in dem besetzten Haus, nach meinem Wechselbad der Gefühle, der Erkenntnis, der Beinah-Katastrophe, der Rettung, ging ich mit Jessi und Katharina auf eine Party und sah zu, wie Jessi schnell wieder zu viel trank und Katharina mit ihren Schuhspitzen wippte und ernste Gespräche mit ihren Sitznachbarn führte, und es war mir plötzlich unmöglich, ihnen meine Erlebnisse zu erzählen. Als Katharina sich zu mir drehte und fragte, ob ich noch was trinken wolle, schüttelte ich den Kopf und stand auf und ging zur Tanzfläche, damit sie mein Gesicht nicht sah und nicht fragte: »Wie geht es dir eigentlich?«

Wir blieben bis in die Morgenstunden, tanzten nacheinander und miteinander, hüpften, wiegten und schüttelten uns und sangen die meisten Songs laut mit.

Ich sagte: »Trink jetzt mal Wasser, Jessi.«

Ich sagte: »Jessi, kein weiteres Bier mehr.«

Wenn Jessi betrunken war, bekam ihre Stimme einen Tonfall, der dem ihres Vaters sehr ähnlich war, der wie bei ihm eine Spur zu laut und latent aggressiv war, die Augen weitestgehend verengt, die Mundwinkel spöttisch verzogen.

»Was geht dich an, wie viel ich trinke?«, zischte sie mich an. »Anders als du hab ich Spaß, meine Liebe!«

Als sie sich übergeben musste, blieben wir bei ihr.

Um fünf Uhr morgens führte uns Katharina auf eine Wiese, die in einem Park auf einem Hang lag, um »die Stadt erwachen zu sehen«, wie sie sagte.

Jessi kuschelte sich in ihre Jacke und flüsterte:

»Ich hab euch so lieb.«

Wir sagten, wir hätten sie auch lieb.

Aber Jessi wischte sich über die Augen, unter denen die Wimperntusche schon auf den Wangen hing und dunkle Schatten hinterlassen hatte wie schwarzes Rouge. »Aber nicht so wie ich euch.«

Wir legten unsere Arme um ihren gekrümmten Rücken, fuhren mit den Fingern durch ihr verschwitztes Haar, streichelten ihre Hände.

»Doch«, sagte Katharina.

»Doch«, sagte ich.

Aber ich fühlte mich wie eine Heuchlerin, denn meine Gedanken waren nicht hier und nicht bei ihr.

Wir sahen hinter unseren ausgestreckten Schuhen die Dächer der nächstgelegenen Häuser. Das Licht kam und bemalte Kanten und Giebel. Und nahm Weiß und Gelb und Blau und Orange. Und strich das Orange über den Himmel. Die Kälte der Wiese war uns in die Knochen gezogen, wir waren müde, wackelig und nüchtern. Schließlich schob die Sonne ein Stück Wärme zu uns hin, auf unsere Füße, unsere Körper, unsere Gesichter, und wir seufzten und wurden ganz still.

»Wie ein Streicheln«, sagte Jessi und lachte dann plötzlich schrill.

»Das Leben ist schön«, befand Katharina.

Jessi nickte und flüsterte: »Jetzt gerade.«

Ich schloss die Augen und dachte: »Ja.«

Ich ging alleine in die Werkstatt meines Vaters. Der Schlüssel lag in einer Kerbe zwischen zwei Steinen in der Wand.

Mein Blick wandert über das Werkzeug, über die sorgfältig sortierten Schrauben und Nägel, über die der Größe nach aufgereihten Tiegel. Vielleicht würde die äußere Ordnung auf mich übergehen können und das Chaos in meinem Inneren sortieren. Würde die Ruhe und Gelassenheit, die in Vaters Umgebung herrschte, auch ohne dass er selbst hier sein musste, in meine aufgewühlten Adern übergehen. Denn ständig wirbelten die Erinnerungen an die Stunden in dem besetzten Haus durch meinen Kopf, als zerrissene Fragmente, kleine Fetzen, vollkommen durcheinander und zerpflückt. Todmüde war ich schon, die Ruhe von Vaters Werkstatt floss jetzt einlullend hinzu, ich öffnete die Luke zum Musikkeller und stieg langsam, Schritt für Schritt, hinab.

Mein älterer Bruder sagte, ich habe wie ein nasser Sack am Klavier gesessen, den Kopf auf den Tasten, und hätte gezuckt zwischendrin, als ob ich elektrisch aufgeladen wär. Ich murmelte, so ähnlich hätte ich mich auch gefühlt, und bedankte mich fürs Umbetten auf den Fußboden und fürs Zudecken. Er grinste. Dann spielte er weiter Gitarre, die leisen Klänge hatten mich zuvor ganz sacht geweckt. Jetzt spielte er lauter. Er sagte, es wäre ja schön, dass ich mal wieder den Weg in den Musikkeller gefunden hätte, sie würden mich beim Proben oft vermissen, aber, lachte er, ob ich in diesem übermüdeten Zustand in der Lage wäre, mich produktiv einzubringen, sei doch äußerst fraglich. Hier bleiben dürfte ich aber trotzdem.

»Wo ist Mikis?«

»Holt Frühstück.«

Vaters Werkstatt ist heute eine Eigentumswohnung, der Keller darunter ist ausgebaut. Der Verkauf fand später und die Sanierung behutsamer statt als bei allen anderen Remisen in unserem Kiez, die Ziegelfassade ist erhalten geblieben, das Dach begrünt, drei Einschlusslöcher, zwei krakelige Sprüche, ein kleines eingeritztes Herz durften als Zeichen der Zeit an der Außenwand bleiben, man entdeckt sie nicht auf den ersten, erst auf den zweiten Blick.

Zwei Werkbänke haben die neuen Eigentümer meinem Vater abgekauft und zu einem originellen Esstisch zusammengeschraubt. Er fand keine neue bezahlbare Werkstatt. Und weil er keine neue bezahlbare Werkstatt fand, nahm er die Hobelbank, ein kleines Regal und sein wichtigstes Werkzeug mit nach Hause. Und arbeitete von da an in der Küche.

Weil in der Küche wenig Platz war, nahm er nur noch kleinere Aufträge für Kommoden, Truhen, Tischlein, Nachtschränkchen und Stühle an. Dann stand das Küchenfenster sperrangelweit offen. Wenn wir zu Besuch kamen, begutachteten wir die Leisten, die Vater erneuert, die Kanten, die er geschliffen, die Bretter, die er ersetzt hatte, und sahen in den Möbeln, die nun um uns herumstanden, weitere Gäste, die sich die Küche und die Stunden mit unseren Eltern teilten. Wir gewöhnten uns an jedes Möbelstück, was länger zwischen Eckbank und Küchenschrank, Herd und Wäschekammer stand, weil es aufwendiger restauriert werden musste, und erschraken fast, wenn es plötzlich weg war. Im Teeladen meiner Mutter ist jeder Stuhl und jeder Tisch von meinem Vater, er hatte alle in den Händen gehabt, und jeder stand zuvor in unserer Küche. Dass allein aufgrund des Platzmangels in unserer Küche im Laden bloß kleine Tische stehen, wissen nur wir. Jeder Stuhl, jeder Tisch und auch die hölzerne Theke, über der sich die großen dunkelgrünen Teedosen mit den säuberlich beschrifteten Etiketten aufreihen, blinzelt mir vertraulich zu. Nur mir und meiner Mutter und meinen Brüdern.

Heute hat meine Mutter mich gebeten, mit ihr zusammen für den Laden vier Kartons abzuholen. Vier Kartons mit irgendwas, wofür ihr Fahrradkorb allein nicht ausreicht. Solche Dinge hat sonst immer mein Vater transportiert, meine Mutter und ich haben keinen Führerschein. »Da muss nicht extra Jakob aus der Uckermark kommen«, hat meine Mutter gesagt, »und bei Mikis ist Land unter auf der Arbeit.«

Die Kartons sind zu groß für unsere Fahrradkörbe, wir legen sie trotzdem darauf und binden sie fest, sie wackeln, darum schieben wir die Räder über den Bürgersteig.

Wir gehen nebeneinander, weichen den Baumwurzeln aus. An einer Bordsteinkante fällt der schwere Karton beinah von Mutters Fahrrad. Ihr Arm hält den Karton, die linke Hand bringt mit Einsatz des ganzen Körpers das Fahrrad mühsam wieder ins Gleichgewicht und von der Kopfsteinpflasterstraße hinauf auf den Gehweg. Aber in ihren Augen bleibt das Gleichgewicht noch einen Moment verloren, weil mein Vater jetzt und immer und überall unfassbar fehlt, auch bei den praktischen Dingen. Ich will mein Fahrrad anlehnen und sie in den Arm nehmen. Meine Kartons kommen ins Rutschen, ich strauchle, mein Rad fällt scheppernd um. Ich gucke in die Kartons, ob etwas kaputtgegangen ist, staple sie auf dem Boden und lehne mein Fahrrad an einen Baum. Ich hebe den

Karton von Mutters Fahrradkorb, stelle ihn zu meinen, lehne ihr Rad an mein Rad, nehme sie in den Arm. Und ihr Haar duftet nach Tee und Blütenblättern und ihr Hals nach der herben, fettreichen Creme, die eigentlich nur mein Vater benutzte. Mit der er sich nach der Arbeit die Hände einrieb, die rissige, aufgeraute Haut. Und die sich jetzt meine Mutter, eine Fingerspitze nur, allmorgendlich an ihren Hals tupft.

Wir kommen zu spät, doch die Kundin, die vor dem verschlossenen Laden wartet, ist nicht verärgert. Sie lächelt und hilft uns. Sie weiß von dem Tod meines Vaters. Die Kundin ist schon alt, sie hat ihren Mann vor vielen Jahren verloren, vor fast zwei Jahrzehnten. Sie trinkt täglich Jasmintee in Mutters Laden und sitzt immer am hinteren Fenster. Neuerdings hebt sie manchmal ihre Tasse und sagt verschwörerisch zu meiner Mutter: »Wir haben geliebt, und wir wurden geliebt. Das kann uns keiner nehmen.«

Und meine Mutter nickt.

Wäre doch gelacht

Im Erdgeschossfenster unseres Hauses stand immer ein Gesicht mit rosa Lockenwicklern, das zu Frau Schrader gehörte und alles beobachtete. Wenn man die Hand hob und »Guten Morgen!« oder »Gute Nacht!« rief, verschwand das Gesicht hinter den Stickereien der Gardine, und das Blumenmuster von Frau Schraders Schürze leuchtete rot und blau durch den dünnen, vergilbten Stoff. Wenn man es eilig hatte, vergaß man, dass sie dastand.

Ich weiß nicht, was sie gedacht hatte, als mein Vater mich, meinen jüngeren und meinen älteren Bruder gleichzeitig trug, uns Frühling für Frühling in tagelanger Arbeit die verwinterten Räder wieder flottmachte, uns in den frühen Jahren oft morgens zur Schule begleitete und in den späteren Jahren nachts von irgendwoher abholte und nach Hause brachte, manchmal stützen musste, als er die Gitarre, das E-Piano, den Verstärker zu uns ins Haus und schließlich wieder hinausschleppte.

Alles, was an einem Tag geschehen war, wusste am nächsten Tag jeder unserer Nachbarn. Wenn man neue Rollschuhe gekauft hatte, hing kurz darauf ein Zettel im Hausflur: »Rollschuhfahren im Hinterhof verboten!« Meine Brüder und ich fuhren dann auf dem Bürgersteig vor dem Haus und dem Fenster von Frau Schrader mit unseren Rollschuhen auf und ab und ließen unsere Schlüsselbunde dabei außen an unseren Gürteln hängen, damit sie bei jeder Bewegung laut rasselnd und klappernd gegen unsere Oberschenkel stießen.

Erst zwanzig Jahre später beantragte mein Vater Einsicht in seine Stasiakte, und wir lasen Frau Schraders Art und Weise, Vorgänge präzise zu beschreiben. Die Uhrzeit, zu der meine Eltern 89 mit Demoplakaten das Haus verlassen hatten, wurde genauso sekundengenau notiert wie, wann welche Freunde uns besuchen kamen. Dass wir in unserer Wohnung keine Möbel hätten und sich unser ganzes Leben auf dem Fußboden abspielen würde, war eine ulkige Vermutung von ihr, die uns sehr amüsierte und wahrscheinlich unserem kindlichen Herumtoben geschuldet war.

Aber davon wussten wir lange nichts.

Die Blicke, die sie mir, meinen Eltern und meinen Brüdern zuwarf, als ich schließlich regelmäßig mit einem jungen Mann mit blauem Irokesenschnitt vor unserem Haus stand und das Haus betrat, waren voller Abscheu und Entsetzen. Sie verzog angewidert die Mundwinkel, sie schüttelte den Kopf, sie musterte meinen Freund demonstrativ von oben bis unten.

Im Hausflur hing irgendwann ein Zettel: »Das Haus ist sauber zu halten.« Ihr Verhalten war verletzend und blieb es und war auch durch das wohlwollende, vorurteilsfreie Verhalten meines Vaters, meiner Mutter und meiner Brüder nicht immer zu revidieren. »Is' nich zu glauben, dass die und deine Familie, dass die und du, in ein und demselben Haus wohnen«, sagte er und blickte mich lächelnd an und hinter seinem Lächeln stand etwas Ernstes und Trauriges. »Du bist zu gut und zu schön für mich.«

»Ich bin nicht besser und nicht schöner als du«, antwortete ich.

Immer öfter nahm er mich dann lieber mit zu seinem ausgebauten Bauwagen, stellte zwei alte Holzstühle und einen Plastiktisch davor und legte ein weiches Schaffell auf den Stuhl für mich. Ich setzte mich hin und fror meistens trotz Fell, ein ständiger schneidender Wind zog um alle Ecken. Seine Hände stapelten schon Holz und Stöcke in eine eiserne Schale und füllten Wasser in einen Kessel, bevor ich etwas sagte. Ich bildete mir ein, dass wir ganz allein wären, ohne die anderen Wagen und Hütten, nur er und ich, an einem schönen kleinen See oder auf einer schönen Wiese. Ich zog die Füße auf den Stuhl, die Knie an die Brust und guckte auf seine Hände. Das Streichholz, das er an ein Knäuel Zeitungspapier hielt, ging immer wieder aus, aber er gab nicht auf. Dennoch waren meine Hände rot vor Kälte und mein Nacken steif, als der fertige Tee in den Tassen mit den abgebrochenen Henkeln dampfte.

Irgendwann wollte ich lieber im Inneren des Wagens sitzen. Irgendwann wollte ich lieber unter seine Decke.

Ich brachte von zu Hause einen Eimer, einen Handbesen, Putzlappen und Scheuerpulver mit und sagte: »Gegen Ameisen, Spinnen und angeranzte Flecken«, woraufhin Aaron seinen blauen Irokesenschnitt durch die Türöffnung schob, die Tür schloss. »Nich' so laut.« Ihm war es vor den anderen unangenehm, dass ich putzen wollte. Er küsste mich, guckte aus dem kleinen Wagenfenster und sagte, die anderen würden alles argwöhnisch beäugen, was ich hier mache. Ich glaubte ihm nicht: »Warum denn?«, versuchte aber unauffälliger und leiser zu säubern und hängte einen Kissenbezug vor das Fensterchen.

Als jemand an der Wagentür klopfte, stellte ich die Putzsachen hinter den Bettkasten und hielt den Türknauf fest, um niemanden hereinzulassen. Aaron lächelte mich an, zog dann meine Hand sanft vom Türknauf weg. »Das geht hier nicht, Sunny, wir sind eine Gemeinschaft.«

Der Korb mit den Lebensmitteln, den meine Eltern mir mitgegeben hatten, wurde mit allen geteilt. Der Kuchen in Herzform, den ich für Aaron gebacken und auf den ich mühevoll mit blauer Lebensmittelfarbe das Profil seines Gesichts gemalt hatte, wurde belacht und auseinandergebrochen.

»Zuckerbrot von Aarons Prinzessin«, sagten sie.

»Zuckerbrot für alle.«

»Spießerkuchen«, lachten sie.

»Mit Bier schmeckt's trotzdem.«

Ich saß auf dem Trittbrett vor der Bauwagentür und schaute in die Runde am Feuer um meinen Korb, um meinen Kuchen. Vor mir saß Aaron. Er flüsterte: »Mach dir nichts draus.« Und als ich zurückflüsterte: »Mach du dir nichts draus«, hob er kurz den Kopf, guckte mich an, als wären wir ganz alleine, drehte den Kopf wieder weg, weil er seinen Namen rufen hörte, und ich dachte: »Wäre doch gelacht, wenn wir das nicht aushalten würden.«

Hütten und Paläste

Ich kam am liebsten an Regentagen zu Aaron, Kapuze und Regenschirm überm Kopf, wenn keiner der anderen draußen war und Aaron das Bauwagenbett schon mit Wärmflaschen bestückt und vorgewärmt hatte. Eng umschlungen lauschten wir dem Prasseln auf dem Blechdach, während wir uns Geschichten aus dem Leben erzählten, wie mein Vater seine Schreinerei aufgebaut hatte und wir dort unseren Musikkeller bekamen, wie sein Vater ihn Tag für Tag angeschrien hatte und er schließlich einfach davonlief. »Nur mit diesem Rucksack da, einfach geradeaus«, sagte Aaron und presste seine Stirn an meinen Hals.

»Die hier ham mich aufgenommen.«, sagte er einmal, »die ham mich durchgefüttert.«

»Ich werde versuchen, sie auszuhalten, sie irgendwie zu mögen, weil du sie magst.«

Wir standen nebeneinander auf Zehenspitzen auf dem Bett und wischten mit Zitronensaft und Salz die Stockflecken von der Wagendecke, bis die unzähligen kleinen dunklen Punkte schließlich verschwanden und ein warmes Orange zum Vorschein kam. Wir zogen die Plane von der Bettdecke, die wir zum Schutz darüber gespannt hatten und legten uns wieder hin.

Und ich spürte das Glück in mir sprudeln, das laut Jessi und Katharina sowieso »unverschämt oft« auf meinem Gesicht lag. Das geflochtene Lederband, das mir Aaron geschenkt hatte, trug ich Tag und Nacht. Ich erwähnte Jessi und Katharina gegenüber nicht, dass es von ihm war, fuhr aber mit den Fingerspitzen darüber, wenn sie nicht hinsahen.

Dass es beinah auch ganz anders, wie bei Alma, für mich hätte kommen können, wussten nur Aaron und ich. Ich hatte wieder einmal Glück gehabt. Ein fremder Fettsack hätte der Erste sein können und wurde es nicht. Der Schnaps hätte mich vergiften können und tat es nicht. Ich hätte schon oft an schlechte Menschen geraten können und war es nicht. Ich hätte Dutzende Male auf Straßenbahnschienen, von Geländern und Dächern fallen können und war es nicht. Ich hätte an schlechte Eltern, gemeine Brüder, in eine lieblose Familie geraten können und war es nicht.

Seltener als zuvor zogen Jessi, Katharina und ich jetzt zusammen durch die Stadt. Jessi noch immer in übergroßen Jacken, die ihre angeblich »blöde Figur« kaschieren sollten. Katharina mit ihrem prüfenden Blick zu Vätern im Umgang mit ihren Kindern. Und der feine, nur für uns spürbare Unterschied zwischen uns, der von Anbeginn da war, lief auch mit uns mit. Und das Wissen, dass ausgerechnet ich nun einen Menschen mehr hatte, der mich liebte, von dem ich extra wenig erzählte, wodurch Jessi und Katharina allerdings, zu Recht, annahmen, dass mein Glück noch größer war, als ich vor ihnen zugab.

Viele der offenen, besetzten Häuser Berlins waren von der Polizei schon geräumt worden. Einmal hielten Polizeiwagen vor Aarons Wagenburg und ließen drei Dutzend Punks aussteigen, die uns irritiert und fragend ansahen und zu denen wir irritiert und fragend zurücksahen. Die Polizei hatte sie aus einem besetzten Haus gedrängt und hierhergebracht und war dann grinsend weggefahren, während wir einander ansahen. Jeder, der noch ein Zelt oder Bretter oder Planen in seinem Wagen hatte, brachte sie heraus.

Während Aaron dann half, Zelte aufzubauen und Unterstände zu zimmern, belegte ich Vollkornbrote mit Käse, Salatblättern und Schinken. Am Abend bekam ich günstiges Obst von den Verkäufern des Wochenmarktes in der Nähe, die gerade dabei waren, ihre Stände abzubauen und froh waren, noch dieses und jenes loszuwerden.

Weil manche Wagennachbarn von Aaron vor Hunger kurz vergaßen, dass sie mich nicht mögen wollten, sagten sie: »Danke, Sunny«, und fragten, ob ich noch Tee kochen könnte. Nachdem mir Aaron geholfen hatte, das Feuer in der Eisenschale anzumachen, befestigte ich einen großen, schweren Kessel darüber und gab die duftende Teemischung hinein, die meine Mutter »Goldener Oktober« nannte.

Ich trug alle Stühle zusammen, verteilte dann Tassen und Gläser, und Lilly, die Bewohnerin des kleinen blauen Schäferwagens am Eingang der Wagenburg meinte, wenn ich mir ein paar Ohrlöcher mehr stechen lassen, das lange blonde Haar kurz schneiden und färben und meine klassischen Stiefel gegen Springerstiefel tauschen würde, würde ich hier vielleicht doch noch akzeptiert werden. Sie hielt mir ein weiteres Mal ihre Tasse hin, nahm Obst und Brot von den Tellern, die ich herumtrug, lächelte mich an und musterte mich. Aber ihr Blick war kalt.

Später am Abend zog ich mich in Aarons Bauwagen zurück und beugte den Kopf über die Hausaufgaben, die mir im Vergleich zu alldem anderen um mich herum angenehm ruhig und strukturiert vorkamen. Ich hoffte, dass Aaron gleich zu mir kommen und das flackernde Gefühl aufflammen würde, das entstand, wenn wir nur zu zweit waren und uns jenseits der Blicke der anderen ansahen und berührten. Ich wusste schon, dass auch die schönsten Momente vergehen konnten und dass man ihnen helfen musste, zu entstehen und zu glühen, solange man noch Einfluss darauf hatte.

Aaron begleitete mich oft zur Werkstatt meines Vaters und zum Musikkeller. Mein Vater und meine Brüder begrüßten ihn fröhlich und herzlich. Wir wurden dort von niemandem argwöhnisch beobachtet und alberten herum, schlangen die Arme umeinander, wenn uns danach war, und fühlten uns so leicht wie sonst nur, wenn wir allein waren. Keiner von uns verstellte sich, und alle Gespräche und Diskussionen waren voller Wohlwollen und echtem Interesse.

Im Musikkeller sprachen wir nicht mehr. Aaron setzte sich. Wenn die Stimme von Mikis, die Gitarre von Jakob und mein Piano erklang, neigte Aaron den Kopf, hob nur den Blick und sah mich an.

Über zwanzig Jahre sind seitdem vergangen. Heute Morgen kam eines der Lieder im Radio, die Jakob, Mikis und ich damals gecovert hatten. Ich stand mit der Kaffeetasse am Küchenfenster und blickte auf die Straße, die noch schläfrig zwischen ihren Häusern lag. Plötzlich drangen die mir gut bekannten Töne an mein Ohr. Nach einer kurzen Orientierungslosigkeit versank meine Gegenwart in meiner Erinnerung, und Augenblick um Augenblick war wieder da.

Einer steigt aus

Ich wollte mir nicht die Haare kürzer schneiden und färben. Wollte keine anderen Klamotten anziehen und mir nicht noch mehr Ohrlöcher stechen. Wollte mich nicht zu einer anderen machen lassen. Mich nicht verbiegen.

Wenn ich mit Aaron alleine im Bauwagen war, sah er mir gerne beim Haarekämmen zu. Wenn wir draußen bei den anderen waren, sollte ich die Haarbürste nicht rausholen. Ich verbarg meinen Ärger darüber nicht.

»Ist Haare hochzugelen oder zu färben denn weniger eitel?«, provozierte ich.

»Sunny, bitte nich so laut.«

Er entschied sich für seine Wagenburggemeinschaft, als ich ihm vorschlug, dass wir zusammenziehen könnten, dass wir uns eine Wohnung suchen sollten und ich mir einen Job suchen würde, den ich nach der Schule noch machen könnte. Und dass er mit der Abendschule wieder anfangen könnte, neben seinem Fahrradkurierdienst. Auf dem Kopfkissen an meiner Seite dachte er ernsthaft über meinen Vorschlag nach. »Kannst du dir das wirklich vorstellen, Sunny? Mit mir?« Aber dann schwenkte er um, kaum waren wir draußen.

Mit der Kaffeetasse in der Hand, in die ihm Lilly einen Schuss Schnaps goss, verfiel Aaron zwischen den anderen in eine finstere Stimmung und guckte mich an, als ob ich ihm fremd wäre, ein Eindringling, als ob ich es schlecht mit ihm meinen würde und ihn gegen seinen Willen aus seinem Schutznest ziehen wollte. »Sunny, wir passen nich zusammen. guck dich an, guck mich an. Ich geh hier niemals weg.«

Ich blieb noch. Ich suchte noch das Weiche in Aarons Augen, das Lächeln und die ausgestreckte Hand, das Mich-Halten, das Mich-zurückhalten-Wollen, das Zittern der Lippen, das Auf-mich-Zugehen, das Wir, und fand es nicht.

»Dann gehe ich.«

»Is' besser«, mischte Lilly sich ein.

»Aaron?«, fragte ich.

»Ja«, sagte er und sah an mir vorbei.

Abends war ich nun wieder zu Hause und lag auf meinem eigenen Bett und rauchte auf meinem Balkon, während meine Eltern und meine Brüder ab und zu an meiner Zimmertür klopften, um irgendetwas Belangloses zu fragen.

Ich hob das Telefon ab, wählte Jessis, Almas, Katharinas Nummer und legte wieder auf. Wie hätte ich meinen Freundinnen erklären können, was ich so schmerzhaft vermisste, wo ich mit meinen Gedanken war, wie es mir ging. Wenn ich ihnen nie erzählt hatte, wie schön sich Haut auf Haut anfühlen konnte und der Blick eines so innig Geliebten. Wie hätte ich davon berichten können, während Jessi unglücklich in einen Barmann, Alma unglücklich in einen Mitschüler und Katharina noch nie verliebt gewesen war. Wir hatten uns versprochen, uns alles zu erzählen, uns alles detailreich zu berichten. Ich würde meinen Freundinnen alles erzählen, hatte ich vorher gedacht. Aber ich hab mein Versprechen gebrochen.

Ich hatte alle Details für mich behalten, und jetzt behielt ich meine Traurigkeit.

Als ich elf Jahre alt gewesen war, hielt eine alte Frau mit faltigem Gesicht, dickem grauen Dutt und schwarzem Hund, der ich vor dem U-Bahnhof eine Münze in den vergilbten Becher gelegt hatte, meine Hand fest und starrte mich an. Ich wusste nicht, ob ich ängstlich oder neugierig sein sollte. Und auch nicht, ob ich ihr runzeliges Gesicht an- oder wegsehen sollte. Ich hatte erst vor Kurzem zum ersten Mal Bettler gesehen, nach der Wende. Als die Frau mit leiser, krächzender Stimme zu sprechen anfing: »Soll ich für dich deine Aura lesen?«, sah ich ihr in die kleinen grünen Augen, lächelte und zuckte mit den Schultern. Und wartete. »Ist schön«, sagte sie schließlich flüsternd, »ist Gold.« Ich hatte blonde Haare, ihr eine goldfarbene Münze gegeben und dachte, ihre Aussage würde damit zusammenhängen, oder sie würde das Gleiche zu jedem sagen, der ihr etwas gab, also zog ich meine Hand aus ihrer und nickte höflich. »Danke schön.«

Warum dachte ich ausgerechnet in diesem Moment, als ich mit Liebeskummer auf dem Balkon saß, an diese Situation? »Ist schön«, klang wieder die Stimme der Frau in meinen Ohren, »ist Gold.« Eine bloße Behauptung, wie die der Horoskope, die die Zeitschriftenredaktionen mal eben so nebenbei schreiben. Diese Horoskope, die zu jedem Menschen passen, die immer richtig sind und nie falsch sein können. »Ist schön«, »ist Gold«, rieselte trotzdem als warmes Mantra durch meinen Kopf, ließ mich ruhiger und selbstbewusster werden und lenkte mich von meinem Kummer ab.

Der Chrysanthemen-Mann

Heute Morgen bin ich dem Chrysanthemen-Mann zufällig begegnet. An einer Bushaltestelle weit weg vom Friedhof. Seine Hand winkte vor meinem Gesicht. Ich erschrak. »Entschuldige!« Er bekam ein glühendes Rot auf den Wangen und knöpfte die Knöpfe seines Mantels der Reihe nach auf und wieder zu. »Macht nichts«, sagte ich, meine Stimme war zittrig, vielleicht von der Kälte, als ich mit ihm sprach. Die Bushaltestelle hatte keine Rückwand, wie manch andere. Der Wind wackelte an den Wartenden. Meine Haare flogen mir ins Gesicht. Ich schob sie zur Seite und in meinen Schal.

An der Ecke, wo der Bus um die Kurve kommen würde, gab es ein winziges Café. Es bestand nur aus einem einzigen Raum, an zwei Seiten je eine schmale Bank, an der dritten Seite eine Kaffeemaschine auf einer Theke, an der vierten die Glastür, durch die wir hereinkamen. Unter der linken Bank war eine Heizung, unter der rechten Bank lag ein großer grauer Hund. Mit rot gefrorenen Fingern deutete der Chrysanthemen-Mann auf die Bank über der Heizung und sah mich an.

»Wollen wir dahin?«

»Ja.«

»Kaffee?«

»Ja.«

Später, als wir unsere Tassen in den Händen hielten, fuhr der Bus an uns vorbei, den ich hatte nehmen wollen. Kurz danach fuhr der Bus, den er hatte nehmen wollen, in die andere Richtung. Der graue Hund, der unter der Bank lag, stand auf und legte sich auf meine Schuhe.

Dann brummte mein Handy in der Tasche meines Mantels, dann hörte es auf, dann brummte es erneut. Meine Galeristin fragte, wo ich denn bliebe. Man hörte ihre sorgenvolle Stimme auch neben dem Telefon, ihre Frage flog quer durch den Raum. »Ich komme schon, ich hab den Bus verpasst.«

Der Chrysanthemen-Mann heißt eigentlich Jonas.

Familienvariationen II

Jessi hatte einen jüngeren Bruder, ein eigenes Zimmer, ein Fenster im ersten Stock zum Hof hin. An den Tagen, an denen ihr Vater auf Dienstreise, ihre Mutter beim Einkauf und ihr Bruder verabredet war, öffnete Jessi uns die Wohnungstür. »Zwei Stunden«, sagte Jessi mit roten Wangen, »zwei Stunden sind die jetzt mit Sicherheit weg.«

Katharina und mir klopfte das Herz trotzdem bis in den Hals, und wir erstarrten bei jedem kleinen Geräusch, als würde uns gleich die Apokalypse drohen. Durch diese Anspannung blieb alles, was wir taten, oberflächlich. Auch unsere Gespräche. Wir ließen die Jacken und Schuhe neben uns liegen, um sie notfalls schnell wieder anzuziehen. Wir saßen in Jessis Zimmer nicht, als wäre das ihr Zimmer, sondern als säßen wir in einem Bunker, in dem wir uns verstecken mussten.

Jessi zuliebe blieben wir trotzdem, bestaunten die Poster an ihren Wänden mit einem leise hingehauchten »Wow«, und dann bestätigten wir ihr die Ähnlichkeit des von ihr so angehimmelten Barmanns »Mister Blue Monday« mit dem Schauspieler Johnny Depp.

In der Küche, aus der wir uns hastig etwas zu trinken holten, glänzten die Arbeitsplatte und der Küchentisch wie nie benutzt. Im Flur standen Fotos der Eltern, Fotos des Bruders und Fotos von Jessi auf einer langen weißen Kommode. »Heile-Welt-Galerie«, wie Jessi es nannte.

Aber Katharina und ich sahen die zweite, andere Ebene, hinter den Fassaden der Fotogesichter, weil wir davon wussten. Das Lächeln von Jessis Mutter sah müde aus. Das ihres Vaters herabschauend. Seine Augen schienen uns zu fixieren, wenn wir vorbeigingen, abfällig und zynisch.

Als ich von der Toilette kam, fühlte ich mich von seinen Bildern so angestarrt, dass ich sie allesamt umgeklappt hinlegte, mit dem Gesicht nach unten. Jessi stellte sie mit zusammengepressten Lippen wieder auf.

»Es ist mein Zuhause, nicht deins«, zischte sie, »führ dich nicht auf, als ob du was Besseres wärst.«

»Aber du leidest doch unter diesem Typen!«

»Dieser Typ ist kein Typ, sondern mein Vater!«

Jessis Gespräche mit ihrer Familie bestanden vor allem aus Vorwürfen. Warum ist noch nicht eingekauft? Wo warst du so lange? Deck dir den Pickel ab. Wofür brauchst du Taschengeld? Die Dusche ist nicht trocken. Räum dein Zimmer auf. Solange ich das Geld verdiene, kaufst du dir keinen Quatsch. Kannst du dir kein Beispiel an deinem Bruder nehmen? Schon wieder eine Fünf. Was soll aus dir werden? Streng dich gefälligst an. Ich schäme mich für dich auf den Elternabenden. Die meisten deiner Gene, Jessica, hast du eindeutig von deiner Mutter, sagte ihr Vater.

Obwohl Jessi, wenn sie vor uns die Sätze ihres Vaters wiederholte, den Kopf schüttelte und lachte, sahen Katharina und ich sie die Hände in den Hosentaschen zu Fäusten ballen und die Lippen schmaler werden. »Hau ab von dem«, hätte ich am liebsten gesagt, »so weit weg, wie's geht.« »Rauchen wir eine?«, fragte ich stattdessen, »am offenen Fenster?« Wenigstens Betäubung.

Ich wusste, dass Jessi meine Ratschläge nicht wollte, weil ich in einer Blase lebte, aus der heraus ich sie nicht verstehen konnte, wie sie sagte, nicht wirklich verstehen und darum ihr auch nichts raten. Und wahrscheinlich hatte sie damit sogar recht.

Aus Jessis Wohnung, die ganz anders unheimlich war als die von Almas Eltern, konnte ich einfach wieder herausgehen, an den Blicken der Fotografien vorbei, durch die Tür und raus, während Jessi blieb, das Gefühl hatte, bleiben zu müssen, aus Gründen, die nur sie verstand. Meine Füße gingen schneller, rannten, sobald Jessi mich nicht mehr sah. Katharina rannte neben mir, genauso blass, an der dritten Kreuzung bog sie in ihre Richtung ab. Wir hoben nur die Hände zum Abschied, die Kehlen waren zu trocken für ein Wort. Ich sehnte mich nach meiner Familie, obwohl ich nur drei Stunden weg gewesen war. Der Schritt über die Schwelle unserer Wohnung war beruhigend: »Hallo?«, rief ich laut. »Is' jemand da?«

Ich war heilfroh nicht Jessi zu sein. Und weil mir vor ihr mein ständiges Glück am allermeisten unfair vorkam, erzählte ich ihr, in dem Moment als es mich schon nicht mehr schmerzte, als Erster von meiner Trennung von Aaron. Dass er seine Wagenburg nicht für mich verlassen wollte. Dass er nicht mit mir zusammenziehen wollte. Dass er mich widerstandslos hatte weggehen lassen. Dass es sich so angefühlt hatte, als würde mich jemand von Kopf bis Fuß und links nach rechts zerreißen.

Jessis Bruder war jünger als sie, aber genauso gemein wie ihr Vater. Er redete im gleichen Ton wie er mit ihr und machte sich über sie lustig. Jede schlechte Note kommentierte er. Die Bindenpackung im Bad. Die Zeitschriften in ihrem Zimmer. Die Poster an ihren Wänden. Trat in ihr Zimmer, ohne zu klopfen und wann immer er Lust dazu hatte. Manchmal schob Jessi ihren Schrank vor die Tür. Für den Preis einer Standpauke am Abend.

Jessi rächte sich an ihrem Bruder auf ihre Weise. Immer unauffällig und zeitversetzt, damit niemand auf sie kam. Ein unauswaschbarer Fleck auf seinem Lieblingspullover, der Fahrradschlüssel unauffindbar hinter dem Sockel der Flurkommode. Sein Schülerticket versehentlich mitgewaschen, die Telefonnummer des neuen Kumpels – plötzlich weg. Zur Tür des Zimmers ihres Bruders gab es einen Schlüssel, den er immer mitnahm, aber eines Tages probierte Jessi einen gewöhnlichen Dietrich aus, und der passte.

Einige Zeit später traten Katharina und ich dann mit noch größerem Herzklopfen, flaueren Mägen und schwitzigeren Händen als sonst mit Jessi ins Zimmer ihres Bruders. In dieser Situation wünschte ich mir, winzig zu sein, eine winzig kleine Maus. Ich befürchtete jeden Moment, es würde jemand kommen und die Tür hinter uns zusperren. Ich wollte nicht im Bett und im Schrank eines mir Fremden stöbern, nicht die Videokassetten und Zeitschriften betrachten. Aber ein unmissverständlicher Blick von Jessi verriet mir, dass unsere Freundschaft aus wäre, wenn wir sie jetzt allein lassen würden.

Wir sahen, wie Jessi mit fiebrigen Augen CDs zerkratzte, Video- und Musikkassettenbänder einriss, eine im Schulrucksack vergessene Banane darin zerquetschte, und hielten sie nicht davon ab.

»Ich muss jetzt wirklich nach Hause«, sagte Katharina schließlich. Und ich sagte: »Is' auch schon fast sechse.«

Wenn ich Jessis Verhältnis zu ihrem Bruder nicht gekannt hätte, hätte ich dann jemals geglaubt, dass Geschwister sich auch hassen können? Dass dieselben Eltern ein Kind bevorzugen und ein anderes deutlich benachteiligen können? Und dass das bevorzugte Kind dem benachteiligten nicht zwangsläufig beispringt?

Wenn Mikis und Jakob zu meinen Ausstellungen kommen, wenn wir nach einem Konzert von Jakob noch lange beieinandersitzen und reden, wenn Mikis' großer Sohn meine Rückhand beim Tischtennisspielen verbessern will und wenn Mikis und ich täglich bei Jakob anrufen, weil Lotti eine Lungenentzündung hat, dann weiß ich heute, dass das nicht selbstverständlich ist. Dass Geschwister einander nicht immer stärken, sondern ebenso schwächen und ignorieren können. Dass Geschwister uns prägen, wie unsere Eltern.

Jetzt ist mir bewusst, welches Glück ich hatte, dass der Zufall mir Brüder gab, mit denen ich mich streiten und vertragen, knuddeln und raufen, fluchen und lachen, rennen und reden konnte. Von denen ich lernte, wie Jungs sein konnten, und die von mir lernten, wie Mädchen sein können. Denen ich vertraue. Die demselben Elternhaus und derselben Zeit entsprungen sind wie ich und die oft wissen, was ich denke, bevor ich es ausgesprochen habe, und von denen ich oft weiß, was sie denken, bevor sie es sagen. Die mir länger als manche Freundschaften, länger als manche Beziehungen, länger als meine Eltern bleiben.

Jessis Laune war nach der Zimmeraktion tagelang bestens. Aber aus dieser Laune heraus wuchs plötzlich, völlig zusammenhanglos, eine ungute Idee: Kokain. Nur einmal ein klitzekleines bisschen, nur einmal ein wenig davon ausprobieren. Oft hatte uns schon jemand gefragt: »Wollt ihr auch was?«, und sich nach einer Prise vor uns gut gelaunt verhalten, von schüchtern in selbstbewusst verwandelt, von zögernd in spontan.

Jede von uns nur eine winzige Prise durch ein Nasenloch.

Dann fühlten wir uns tatsächlich unverwundbar, obwohl zumindest ich kräftiges Nasenbluten bekam. Wir fühlten uns allen überlegen und liefen untergehakt und laut »It's Raining Men« singend mitten auf der Karl-Marx-Allee, obwohl die Autos hupten und die Autofahrer schimpften, dass es bis sonst wohin zu hören gewesen sein musste.

Es war Zufall, dass wir an einer Bushaltestelle ein riesiges Plakat mit Johnny Depp sahen und Jessi es unbedingt haben wollte. Wir schabten und rissen wie Wilde an dem Bild. »Wir kriegen dich!«, schrien wir durch die Nacht. Aber bevor wir das Filmplakat vollständig ablösten, kriegte uns die Polizei.

Zum Glück hatten wir auch viel getrunken. Der Polizist, der das Promille-Gerät ablas, in das wir pusten mussten, durchsuchte unsere Jacken, brachte uns Wasser und fragte uns, ob wir bescheuert seien. »Kommt nicht wieder vor«, gelobte ich, »echt jetzt. Darf ich unsern Vater anrufen?« Jessi verbarg ihren Kopf in ihrer Jacke und sah so elend aus, als wäre sie eine vollkommen andere Person als die, die gerade das Plakat abreißen wollte. »Bitte!«, flehte Katharina. »Mitkommen«, raunte der Polizist.

Der Raum, in den er uns brachte, war schmal, kahl und kalt, hatte zwei hochgelegene, vergitterte Fenster und je zwei Holzpritschen an jeder Wand. Wir mussten die Schnürsenkel aus unseren Schuhen ziehen. Als der

Polizist durch die Tür ging, baumelten die Schnürsenkel in seiner Hand, der Schlüsselbund klapperte an seinem Hosenbund, und die Tür fiel krachend ins Schloss.

Als mein Vater schließlich in der Tür stand, riefen wir alle drei zugleich: »Papa!«, und Jessi schluchzte: »Nich böse sein!« Mein Vater sah uns der Reihe nach an, müde, erschrocken, mein armer Vater, aber er verstand sofort, was ihm die Blicke, die wir ihm zuwarfen, sagen sollten.

»Sie haben eene Aufsichtspflicht, Herr Dr. Walter Bauer. Noch ma will ick Ihre Mädels hier nich' sehen! Dann verjessen wa dit Janze.«

Erst da sah ich, dass mein Vater seinen besten Anzug trug, den, den er sonst nur noch im Schrank hängen hatte, seit er seiner Unikarriere den Rücken kehren musste. Als der Polizist ihn ansah, versuchte mein Vater sehr streng auszusehen.

»Das wird Konsequenzen haben, Kinder!«, sagte er zu uns. »Eine Woche Zimmerarrest für jede von euch.«

»Und Ihnen noch eine gute Nacht, Herr Wachtmeister«, sagte er, »bleiben Sie so umsichtig, wie Sie sind.«

Wir murmelten irgendetwas Unverständliches und folgten eilig meinem Vater. Draußen raunte Jessi: »Stubenarrest. Dit heißt doch Stubenarrest, Walter!«, und hielt Ausschau nach dem Lada meines Vaters. Aber er war diesmal zu Fuß gekommen. Keine von uns fragte ihn warum.

Es regnete. Er spannte zwei Regenschirme auf, einen für Jessi und Katharina und einen für mich und ihn. Ich hängte mich an seinen grauen Jackettärmel und guckte auf die breite Karl-Marx-Allee und auf die weit entfernten hohen Lichter des Fernsehturms an dem nicht erkennbaren Ende. Wir setzten schweigend, seufzend und gähnend einen Fuß vor den anderen. Wir aßen die Schokoladenstücke, die mein Vater uns gab. Wir brachten Jessi bis vor ihre Haustür, dann Katharina vor ihre, und danach gingen wir zu uns.

Nicht in Versuchung

Am nächsten Tag verdeckte die große, runde Sonnenbrille wieder Jessis schimmernde Wangen, obwohl ihr Vater weder auf Drogenmissbrauch noch Ruhestörung oder Sachbeschädigung gekommen war, geschweige denn auf unseren Aufenthalt bei der Polizei. Er hatte lediglich Jessis Zuspätkommen bestraft, ihren Gehorsam erzwingen wollen und erreichte dadurch, wie jedes Mal zuvor, ohne es zu ahnen, das Gegenteil.

Als wir ein paar Wochen später abends wieder um die Häuser zogen, zeigte Jessi uns den Fünfzig-Mark-Schein in ihrem Portemonnaie, den sie im Wäschekorb gefunden hatte, in der Hosentasche ihres Vaters. Sie warf triumphierend ihren Kopf nach hinten. »Wiedergutmachung!« Sie legte ihre Arme um Katharina und mich und lachte.

In dem Club, in den wir gegangen waren, verschwand Jessi in der Menge, tauchte plötzlich wieder auf und hielt ein Tütchen in ihren Händen. »Weil's voriges Mal so lustig war!« Sie musste uns nicht sagen, was das für ein weißes Pulver war und was sie vorhatte. Wir sahen sie an und ihrem Blick hinterher, der umherwanderte, einen Platz suchte, der dunkel und abseits genug sein würde.

Ich war hin- und hergerissen, ich hatte das Gefühl der Unverwundbarkeit vom vorigen Mal stark und sprudelnd in Erinnerung. Die Verlockung war groß, sich noch einmal so zu fühlen, verdrängt und vergessen waren der

Ärger mit der Polizei und auch die depressive Stimmung nach dem aufregenden Rausch. Aber ich blieb stehen, wo ich gerade stand, und folgte Jessi nicht in die dunkle Ecke, weil ich plötzlich die Augen meines Vater auf dem Polizeirevier vor mir sah, die so traurig, angstvoll und verzweifelt guckten, dass mir ein glühendes Rad in den Hals stieg. Ich wusste Katharina noch neben mir und schüttelte langsam den Kopf. Sie sah mich an und sagte: »Ich auch nich'.«

Als Erik mich verlassen hatte, mein Vater im Krankenhaus kaum noch ansprechbar war und ich zwei Flaschen Rotwein alleine trinken wollte, musste ich wieder an diesen traurigen, angstvollen Blick meines Vaters im Polizeirevier denken. Und wieder hielt mich die Erinnerung davon ab, mir selbst zu schaden.

Stattdessen fuhr ich damals in mein Atelier und sortierte meine Farben nach ihren Abstufungen, reihte alle Tuben mit Acrylfarben auf meinem großen Tisch nebeneinander, Falz an der Kante, Öffnung zur Tischmitte, zu einer langen Regenbogenlinie auf. Dann ordnete ich meine Pigmentfarben, dann die Ölfarben. Die Kreiden. Dann sortierte ich meine Pinsel, erst nach ihrer Breite und dann nach ihrer Weichheit, und dann rückte ich meine Leinwände zurecht, sodass sie schließlich in Reih und Glied aneinanderstanden.

Ich sortierte und ordnete und sortierte und ordnete und war damit gerade genug beschäftigt, mich von Trauer und Schmerz abzulenken, und gerade anspruchslos genug beschäftigt, mich keinem neuen Stress zu unterwerfen, nicht produktiv sein zu müssen, und kam tatsächlich irgendwann zur Ruhe. Ich überlegte, ob das Ordnen meinen Vater auch immer so beruhigt hatte und dachte an die Werkstatt, das Werkzeug und die Tiegel und an das bunte Licht, das durch die kleine, pendelnde Butzenglasscheibe, die neben dem Fenster hing, wackelnd an die Wand fiel. Ich sah Vaters Rücken vor mir, wie einen Bogen über ein Möbelstück gebeugt, sein kurzes Aufschauen, sein Lächeln, sein Blinzeln.

An manchen Tagen ahme ich jetzt meinen Vater nach. Wenn ich bei irgendetwas nicht weiterweiß, frage ich mich, was er getan hätte, wie er reagiert hätte. Meistens läuft es darauf hinaus, dass ich denke, er hätte besonnen reagiert, er wäre ruhig geblieben, er hätte nachgefragt, beobachtet, zugehört.

»Diese blöde Nelli kriegt jetzt wirklich was zu hören«, rief ich einmal lauthals durch den Flur, als mich eine Mitschülerin, mit der ich gemeinsam einen Vortrag halten sollte, ohne Vorankündigung sitzen ließ, sodass ich nur mit der Hälfte der zu erreichenden Punktzahl aber mit ordentlich viel Wut im Kopf, nach Hause und Richtung Telefon stürmte. »Du hast recht, Sunny«, sagte mein Vater damals, »du hast recht. Aber warte noch kurz, bevor du sie anrufst. Magst du vielleicht erst einen Kaffee?«

Binnen- und andere Bilder

Oft schiebt sich der Chrysanthemen-Mann Jonas jetzt auch schleichend in meine Gedanken. Ganz plötzlich, ohne Vorankündigung und ohne offensichtlichen Grund. Sein Gesicht erscheint in meinem Kopf und lenkt mich ab, sein Blick, seine Hände, seine Lippen. »Wie bitte?«, frage ich, als eine Frau mich irritiert anguckt, die mir einen Zettel unter die Nase hält und mich anscheinend gerade mehrmals nach dem Weg gefragt hat. »Wartburgstraße? Weiß ich nicht, Entschuldigung«, murmle ich und weiß in diesem Moment wirklich nicht, wo die gesuchte, mir gut bekannte Straße liegt, weil mein Kopf verwirrt ist. Später fällt es mir ein, aber die Frau ist weg. Ich schüttle den Kopf über mich selbst und muss lachen. Ein Kitzeln steigt in meine Brust. Rinnt mir durch die kleinsten Adern und fährt mir von Kopf bis Fuß über die Haut.

Als wieder einmal Weihnachten war, bekam Jessi einen Fernseher, Alma in Cottbus einen Welpen und Katharina eine Karte von ihrem verschollenen Vater, mit vielen Grüßen, aber ohne Absender. Ich bekam selbst gebaute Leinwände in unterschiedlichen Größen, eine Staffelei und verschiedene Acryl- und Pigmentfarben und Pinsel. Mein Zimmer, aber auch unsere Küche und das Bad, verwandelten sich in mein Atelier, in Reinigungs- und Stauraum.

Jakob saß mir an einem Tag Modell, ich hatte seinen Kopf erst bis zur Nasenspitze skizziert, da klingelte ein Freund von ihm und holte ihn ab. Mikis war bereit, sich an seiner statt still vor mich hinzusetzen, mit seinem ganz anderen, schmaleren Kinn, und den anders geformten Lippen, sodass eine Symbiose aus beiden entstand, die uns zum Lachen brachte, aber jeden Besuch, der in mein Zimmer trat, anscheinend irgendwie faszinierte.

Ein alter Freund meines Vaters fragte meine Eltern: »Wieso kann sie so malen?« Dabei musterte er meine Bilder in der Küche, meine Bilder im Flur und die Skizzen in der Kammer. Die wässrig blauen Augen unter seinen weißen Augenbrauen spiegelten Verwunderung, Erstaunen und Neugierde und ruhten kurz und skeptisch auf mir, dann auf meinen Eltern. »Ich weiß nicht«, sagte mein Vater. »Ich weiß nicht«, sagte auch meine Mutter.

»Bisschen arrogant war der, fandeste nich', Papa?«

»Bisschen eitel vielleicht. Aber er würde dich unterrichten, wenn du das möchtest, Sunny.«

Abends auf meinem Balkon dachte ich an die Maler im Haus ohne Rückwand, den alten und den jungen. Vor allem an den jungen und zwang mich, die Situation, in der ich ihn dann später gesehen hatte, nicht hervorzurufen und auch das Danach nicht. Erst ab Auftritt Aaron ließ ich meine Erinnerungen wieder frei, bis zu den Wagenburgnächten. Dann wurde ich traurig und sehnte mich nach Aaron. Und dankte dem hellsten Stern am grauen Großstadthimmel für alles, was schön gewesen war.

Es war ein nasskalter Winter und wir Freundinnen jede viel mehr mit sich selbst beschäftigt als miteinander. Jeder Nachmittag, den wir nun zusammen verbrachten, war länger im Voraus geplant, örtlich und zeitlich eingegrenzt und rundum weniger spontan. An einem Ferientag im Februar trafen wir uns dennoch einmal wieder von ganz früh morgens bis ganz spät abends, weil wir alleine in der Werkstatt meines Vaters und in dem Musikkeller sein konnten und weil Alma aus Cottbus zu Besuch gekommen war. Jessi hatte einen Prosecco mitgebracht, Katharina belegte Brötchen, ich kochte Kaffee und Tee.

»Übrigens«, sagte Katharina plötzlich, »ich hab jetzt einen Freund.«

»Waaas? Erzähl! Einen, den wir kennen?«

Wir waren jetzt alle siebzehn und alle oft begutachtete Frauen, guckten aber nie den gleichen Jungs hinterher und achteten auf ganz verschiedene Eigenschaften, obwohl uns oft dieselben Typen hinterherschauten. Jede hatte ihre eigenen Anziehungsmagnete. Mit den muskulösen Jungs, die vor Selbstbewusstsein strotzen, liebäugelte Jessi, bei mir punkteten Männer, die sich sozial verhielten und trotzdem irgendwie cool wirkten, Katharina redete am liebsten mit älteren Jungs, die schon studierten oder in die Lehre gingen, und wenn wir sie dabei erlebten, klangen ihre Sätze immer so, als wäre sie viel älter als wir. Ein Junge in einem karierten Hemd, ein Junge an einem nigelnagelneuen Auto waren auf den Fotos zu sehen, die Alma uns zeigte, der eine aus ihrer Klasse und der andere aus dem Nachbarhaus, in die sie nacheinander, aber bisher vergeblich, verliebt gewesen war.

»Nee«, sagte Katharina, »ihr kennt ihn nicht.« Wir löcherten sie mit Fragen. Er war schon Ende zwanzig, also in unseren Augen uralt. Wir musterten unsere Freundin Katharina, irritiert und fasziniert zugleich, ihre geschwungenen Lippen, die sie sich jetzt nicht mehr schwarz schminkte, ihren langen, hellen Hals, der aus ihrem dunkelblauen Wollpullover ragte, die zarten Fingernägel an ihren schmalen Händen, und nahmen sie für diesen einen Moment so wahr, wie andere sie wohl wahrnahmen, Jungs, Männer, ihr neuer Freund.

Als Jessi klagte, dass ihr bitterkalt sei, begutachtete ich den Kachelofen oben in der Schreinerei. Mein Vater hatte einen Anleitungszettel an den Kohleeimer geklebt, als ob er gewusst hätte, dass wir zum Ofen gehen würden.

Wir lasen seine schöne, ordentliche Handschrift: dass man als Erstes um ein einzelnes Brikett und einen Anzünder ein »Zelt aus trockenem Holz« herumbauen musste, wann die Drosselklappe am Ofenrohr, wann die Aschetür, wann die vordere und die hintere Feuerungstür geöffnet und geschlossen werden mussten, dass das Holzfeuer hörbar »prasseln und fauchen« sollte, bevor man die Kohlebriketts drauflegen würde. »Legen, nicht schmeißen, um die Schamottewand ganz hinten nicht kaputt zu machen.«

»Wir haben auch noch solche Öfen«, erzählte Katharina, die allerdings immer ihre Mutter befeuern würde, sehr früh am Morgen, wenn sie selbst noch fest schlafe. »Sie liefert ja viertel viere schon die Zeitungen aus«, erklärte Katharina und las sich Vaters Heiz-Anleitung noch einmal durch. »Märchenhaft. Klingt bei dem immer alles so märchenhaft. Der hatte bestimmt immer nur Glück in seinem Leben.«

Ich schüttelte den Kopf, dachte an die Erzählungen meines Vaters von seiner Kindheit, dass er gehungert hatte und bitterlich gefroren, dass er Mutproben verweigert hatte und dafür verprügelt wurde, dass er verträumt war und dafür verprügelt wurde, dass er Streitereien schlichten, Kätzchen retten, Äpfel und Brot klauen wollte und dafür verprügelt wurde. Ich sah an Katharina vorbei ins Feuer, ohne ihr davon zu erzählen.

Wir lehnten unsere Rücken an den Ofen und unsere Schultern aneinander, aßen belegte Brötchen und tranken den »Heile-Welt-Tee« mit Rooibos, Rosenblütenblättern und Vanille von meiner Mutter. Jessi schüttete sich Sekt in ihren Tee, bis sie rote Wangen bekam und anzüglich lachte. Sie stellte Katharina und mir viele Fragen. Katharina sagte, bei ihr hätte es wehgetan, aber dann sei es besser und besser geworden. Sie erzählte Jessi, Alma und mir, was sie am meisten mochte und was nicht und was ihr Freund am meisten mochte. »Und du Sunny? Und ihr?«, wollte Jessi wissen, doch ich erzählte nichts. Jessi passte das nicht. »Voll egoistisch! Voll unfair!«

Als mein älterer Bruder mich fragte, wie lange Frauen eigentlich ihre Tage hätten, ob es wehtun würde, in dieser Zeit miteinander zu schlafen, und was so grundsätzlich top oder ein No-Go wäre, antwortete ich, dachte aber an Katharinas und meine eigenen Erfahrungen und sagte: »Am besten, du fragst sie einfach direkt. Bei jeder von uns is' es doch vollkommen unterschiedlich«, denn ich hatte anderes als schön empfunden als Katharina und war mir seit ihrem Bericht sicher, dass man da nichts verallgemeinern konnte.

An dem Tag am Ofen regnete es, und wir sahen die Tropfen an die Fenster fallen und an ihnen hinabfließen, und manchmal schwiegen wir plötzlich mitten im Reden für einen Moment, und jede hing ihren eigenen Gedanken nach. Als Alma tief seufzte und wir sie fragten, was denn sei, zuckte sie nur mit den Schultern, zog ihre Jeanshosenknie dicht an ihren Körper und legte ihre Stirn auf die Knie. »Ich weiß nich'. Ich weiß selbst nich', was is'.«

Wir legten unsere Arme um ihre Schultern und strichen ihr zögernd und behutsam über das zu einem Knoten zusammengebundene Haar, betrachteten ihr Profil, die gerade lange Nase, die kräftigen Wangen, die Ohren mit den roséfarbenen Creolen. »Du siehst toll aus«, sagten wir. »Nähst du eigentlich noch?«, fragte ich. Alma nickte, ohne den Kopf zu heben, und tippte auf ihre hellgraue Bluse. »Die hast du selbst genäht?«, rief ich, ehrlich überrascht, »das gibt's doch nicht. Die ist der absolute Hammer!«

Immer, wenn sie sich in einen Jungen verliebte, sagte Alma, würde sie sich danach sehnen, in seinen Armen zu liegen, und hätte zugleich vor nichts größere Angst. »Wenn ich einem von denen davon erzählen würde, würde der sich doch gleich wieder abwenden, hin zu einer anderen, wo alles viel lockerer und leichter is'.«

»Nicht, wenn er dich liebt«, sagten wir, »dann schreckt den das nich'.« Aber wir waren uns nicht sicher, ob das stimmte.

Am nächsten Tag trafen wir uns vor Almas Elternhaus, wo im zweiten Stock noch immer die Gardinen zugezogen waren, um Almas Hund anzusehen, den sie zu Weihnachten bekommen hatte. Mit einem Lächeln im Gesicht präsentierte Alma uns ihren flauschigen Mischling: »Sein Fell ist weich wie Seide, hier, fühlt mal.«

Wir versicherten ihr, noch nie einen so süßen Hund gesehen zu haben. Alma lachte und nahm ihren kleinen Hund auf den Arm, der sein mit grauem, weißem und braunem Fell bedecktes Köpfchen sogleich an ihren Hals und unter ihr Haar schob und sich dort versteckte. Sie schuckelte ihn wie ein kleines Baby. »Um drei viertel zwölf fährt unser Zug, kommt ihr noch eine Runde mit um'n Block?«

Zusammen vor dem Tor

Auf dem Gesicht von Jonas, der mit dem Rücken am Friedhofszaun lehnt und den Blick auf seine Hände gerichtet hat, liegen Einsamkeit und Trauer, bevor er mich kommen sieht. Seine Schultern sind hochgezogen, und er hat einen dicken Schal um Hals und Kinn geschlungen. Sein Anblick rührt mich und rutscht mir ins Herz. Seine Augen blicken auf, als ich vor ihm stehe, ein Lächeln fliegt auf sein Gesicht.

Mehrmals setze ich an zu fragen, warum er hier ist, vor dem Friedhof, so wie ich. Aber ich weiß nicht, ob die Geschichte, die er dazu zu erzählen hätte, schmerzhafter ist, als er zurzeit verkraftet. Es sind die zwei kleinen Falten auf seiner Stirn, die mich abhalten. Deshalb fange ich schließlich selbst an zu erzählen, dass mein Vater gestorben ist. Und dass er der wunderbarste Vater auf diesem ganzen verflixten Erdball gewesen war. Die Augen in Jonas Gesicht gucken mich so direkt an, als würden sie in mich hineinschauen.

Eine ganze Stunde sitzt Jonas neben mir und hört zu. Er könne ungefähr verstehen, wie es mir gehe, sagt er dann schließlich leise. Er habe seine Schwester durch einen Unfall verloren, die er sehr liebe. Das habe ihn vollkommen aus der Bahn geworfen, das bringe ihn ziemlich oft ins Schlingern. Es gebe auch Stunden und Tage, da komme er nicht ins Schlingern und dann wieder ganz plötzlich wie aus dem Nichts, »Krawumm«, ohne jede Warnung.

»Dann ist es eisig und grau«, sagt Jonas. »Nur wenn man sich dann irgendwie ablenkt, kommt man da wieder raus, hat mein Schwager gesagt. Deshalb bin ich froh, wenn er Emma mitbringt, meine kleine Nichte. Weil wir zusammen auf den Spielplatz gehen und dabei manchmal kurz vergessen können, dass ihre Mutter nicht mehr da ist. Oder ich bilde mir ein, sie wäre da, säße unsichtbar auf dem hohen Kletterturm, sieht uns zusammen toben und freut sich darüber.«

Jonas legt den Kopf in den Nacken und guckt in die kahlen Zweige der Kastanie auf dem Gehweg. »Ich glaube plötzlich an den Himmel und das alles«, sagt Jonas. Ich sehe die Kastanienzweige in seinen grünblauen Augen. Der Himmel oben ist weiß, aber er hat kleine Risse, durch die das Blau blitzt. Die Einfamilienhäuser gegenüber sind bunt, rot und gelb und blau gestrichen, wollen dem Winter etwas entgegensetzen und dem Friedhof.

»Warum stehst du immer vor dem Zaun und gehst nie rein?«, frage ich leise.

»Wenn ich dir sage warum, lachst du mich aus.«

»Ich lach dich nicht aus.«

»Immer, wenn ich durch das Tor gehen will, sitzt dort oben, auf der Pappel, wo man nichts sitzen sieht, ein Geier. Ein Geier mit hartem Schnabel, der auf mich herabstürzt, sobald ich hereinkomme, und auf mich einhackt. Der hackt mir in die Brust, das Herz, die Schläfen, bis ich zurückgehe, dann verschwindet er.« Jonas deutet mit dem Kopf und dem Zeigefinger seiner rechten Hand auf die hohen Pappeln am Friedhofstor. Genau dort, wo er immer den Geier auf sich herabstürzen fühlt, steht für mich immer der Riese mit dem Vorschlaghammer bereit.

Das gibt's nicht, denke ich. Hier ist jemand, dem es genauso geht wie mir, der genauso skurril ist wie ich und diesen verhexten Friedhof einfach nicht betreten kann. Ich muss lachen. Das Lachen gluckst mir, gegen meinen Willen, laut aus der Kehle. Jonas guckt mich an und dreht den Kopf zur Seite und presst die Lippen fest aufeinander.

»Ich lache dich nicht aus, Jonas! Ich lache nicht über dich! Mir geht es nur genauso! Genauso wie dir! Nur schlägt auf mich ein unsichtbarer Riese ein, erbarmungslos, brutal und unaufhörlich, beim ersten meiner Schritte durch dieses blöde Tor.«

Eine leichte Wärme geht von Jonas aus. Ich spüre sie. Trotz unserer dicken Mäntel, trotz der Kälte fliegt sie von ihm zu mir. Und bleibt zwischen seinem und meinem Mantelärmel hängen, die nebeneinandergehen.

Wir gehen spazieren. Wir gehen einfach durch die Gegend des Friedhofs und dann Richtung Innenstadt. Beinah planlos wie ich mit meinen Freundinnen früher. Auch wenn der Blick auf die Stadt, die Häuser, die Straßen nicht mehr der gleiche ist wie damals. Wie auch die Stadt, die Häuser, die Straßen nicht mehr die gleichen sind, weil sich alles um mich herum weiter und weiter verändert, wie ich mich weiter und weiter verändere.

Es ist die abwesende Einsamkeit, die das Schönste an alledem ist, schöner als die Herbstsonne, die plötzlich glitzernd hervorbricht. In den grünblauen Augen, aus denen Jonas mich anblickt, schwebt ein sicheres Lächeln. Ich nehme seine Hand.

Offene Welt

Im Sommer 95 fuhr ich mit meinen Brüdern mit den Rädern ins Regierungsviertel, wo von überall her die Menschen hinströmten, um den von oben bis unten mit silbernem Stoff verhüllten Reichstag zu sehen. Verblüfft über die Menschenmassen, sagte mein älterer Bruder zu Mikis und mir: »Falls wir uns verlieren, treffen wir uns hier an dieser Litfaßsäule.« Wir schlossen die Räder an und ließen uns nicht aus den Augen.

Doch plötzlich entdeckte ich Katharinas Jacke, die ich durch das weiße, selbst gemalte Peace-Zeichen auf dem Rücken, bei dem ich die Schablone gehalten hatte, aus einer Million bemalter Jacken sofort erkennen würde. Sie stand auf dem Gepäckträger eines fahrenden Fahrrads wie eine Artistin. Auf dem Sattel saß ein junger Mann. In der Art, wie sie ihre Hände auf seine Schultern legte, sich den Fahrtwind ins Gesicht blasen ließ und von oben über die Köpfe lachte, lag das ganze leichte Glück, das Liebe hervorzuzaubern vermag. »Ich freue mich so für dich«, hätte ich ihr gerne gesagt und schluckte die Sehnsucht nach Aaron und meiner eigenen Verliebtheit so kräftig herunter, wie es irgend ging.

Ich hielt mich am Jackenärmel meines älteren und am T-Shirt meines jüngeren Bruders fest, ließ mich mitziehen und Katharinas Peace-Zeichen-Rücken verschwand in der Menge.

Später, als wir auf der Wiese saßen, sah ich Katharina noch einmal, weit von uns entfernt, Hand in Hand mit ihrem Freund in der langen Schlange für die Stoffstückchen anstehen. Man konnte kleine silberne Quadrate des Stoffs kaufen, mit dem der Reichstag verhüllt war. Und Skizzen. Und Kalender. Als Erinnerung.

Meine Brüder und ich saßen mit Bier, Wassermelone und Fladenbrot auf der Wiese zwischen Abertausenden von fröhlichen Menschen und fühlten uns als Teil einer besonderen Bewegung, einmalig, beschwingt und beseelt. Schräg hinter uns sang eine Frau zu ihrer Gitarre: »We Shall Overcome«, vor uns schallte aus einem Gettoblaster »Imagine« übertönt von einem Nirvana-Song und einer Trommel, die irgendjemand schlug.

»Wenn wir nich' leben würden, würden wir ganz schön was verpassen«, sagte Mikis.

Jakob nickte. »Wir ham echt ganz schön Schwein.«

Wir wollten in diesem Sommer in keiner anderen Stadt, in keinem anderen Land und an keinem Prospektstrand sein. Wir wollten genau in dieser Stadt, genau in diesem Moment und genau auf dieser Wiese sein. Wir waren glücklich, genau so, wie es gerade war. Wir spürten die Sommerhitze. Wir hörten die Stadt. Wir drehten uns um, wenn fremde Sprachen zu hören waren, und guckten, zu wem sie gehörten. Wir dachten, die ganze Welt wäre zu uns zu Besuch gekommen. Wir waren hier zu Hause und der Mittelpunkt der Welt.

Oft steigt dieses Gefühl von damals, diese Zufriedenheit, genau in dieser Stadt, genau in dieser Zeit zu sein, auch heute plötzlich in mir auf, nur wegen Kleinigkeiten. Ein seichter Wind reicht dafür aus, der überraschend warm über die Haut fährt. Oder Musik, die aus der Ferne durch Häuserzeilen klingt. Oder Gelächter. Das verschwommene Stimmen- und Sprachengewirr der großen Stadt. Spanisch? Griechisch? Alles fließt raunend ineinander, um einen herum, mit einem mit.

Am Leben sein

Manchmal versuche ich, dieses Gefühl auf die Leinwand zu bannen. Eile direkt in mein Atelier zu meinen Farben. Nehme eine blanke Leinwand und hebe sie auf die Staffelei. Versuche, mich nicht zu beeilen, obwohl ich das Gefühl habe, mich beeilen zu müssen, weil ich weiß, dass Eile nicht das ist, was ich malen will. Ich muss stillstehen, atmen, zur Ruhe kommen. Ich betrachte die Leinwand, horche in mich hinein und überlege, welche Farben und Formen mein Zustand eben hatte.

Welche Farbe hat tiefe Zufriedenheit, welche Form gelassene Lebendigkeit?

Als ich im Sommer 95 Alma anrief, um ihr von der Verhüllung des Reichstags zu erzählen, hörte sie nicht zu. Ich beschrieb ihr die Stimmung, die von Tausenden Menschen bevölkerte Wiese, das Sprachengewirr und die Lieder, ohne dass es sie interessierte.

»Und der Stoff«, sagte ich schließlich und wollte damit das Gespräch beenden, »ist ein silbriges Alu-Gewebe. Der reflektiert die Farben des Himmels und verändert seine Falten mit dem Wind.«

»Das«, meinte Alma plötzlich, als wäre sie aus weiter Ferne mit einem großen Sprung zu mir herangekommen, »hört sich schön an.«

Hätte ich schon vorher wissen können, dass Alma

sich ebenfalls für Farben interessiert? Nachdem ich den Stoff des Reichstags erwähnt hatte, beschrieb sie mir die Stoffe auf ihrem Nähtisch. Ob ich wüsste, wie lindgrüne Wildseide schimmern würde? Perlmuttknöpfe? Naturbelassenes Leinen, beerenfarbenen Wollstoff und die Verschiedenheit von Blau je nachdem, ob Baumwolle, Polyester oder Seide vor einem liegen würde, konnte ich mir vorstellen, als stünde ich neben Alma. Sie lachte.

Vor fünf Minuten hätte ich am liebsten aufgelegt. Jetzt telefonierten wir noch über eine Stunde.

Männer und Frauen

Von einem Tag auf den anderen zog Jessis Vater zu einer anderen Frau, von der wir nicht wussten, ob er sie über eine Annonce, auf der Arbeit oder sonst wie kennengelernt hatte.

Jessis völlig überrumpelte Mutter saß tagelang reglos am Tisch in ihrer Küche, die Augen starr auf die Tapete gerichtet. An dem Vormittag, als Jessis Vater sein wichtigstes Hab und Gut aus der Wohnung in einen Transporter hatte räumen lassen, war sie nicht da gewesen und Jessi in der Schule. Nur ihr Bruder wusste Bescheid, bekam von seinem Vater die Miete für eine eigene, kleine Wohnung. »Ich bin dann auch mal weg«, sagte er nur wenige Tage später. Doch obwohl wir wussten, dass Jessis Vater ein Idiot war und ihr Bruder ihm ähnelte, konnten wir das alles gar nicht glauben. Also beorderte Jessi uns, mit ihr mitzukommen und die »ganze Scheiße« mit eigenen Augen zu sehen.

Katharina war eigentlich mit ihrem Freund verabredet, und ich hatte eigentlich Unterrichtsstunden bei dem alten Maler-Freund meiner Eltern, aber wir waren bereit, alles abzusagen. Wegen Jessis rot geweinter Augen. Wegen Jessis hektischer Wut, wegen Jessis zitternder Arme, der Arme, die an den Handgelenken von früheren Zeiten mit feinen weißen Narben übersät waren und jetzt unaufhörlich bebten. Was würden wir bloß für sie tun können?

»Wir kommen mit, Jessi«, sagten wir, »beruhige dich. Wir begleiten dich. Wir sagen alles ab, wir können auch bei dir bleiben, über Nacht, wenn du willst«, sagten wir, »oder du schläfst bei einer von uns, wenn dir das lieber ist.«

Es war genauso, wie Jessi erzählt hatte. Schränke, Kommoden, Regale – alles war weg oder halb leer, ihre Mutter saß am Küchentisch und regte sich nicht.

Ungefähr ein Vierteljahr später zog Jessi mit ihrer Mutter in eine kleinere Wohnung in einen anderen Kiez. Mein Vater, meine Brüder und ein paar ihrer Freunde, Katharinas Freund und wir trugen Kisten, Kartons und Möbel aus einem gemieteten Transporter in eine enge, aber sonnige Zweizimmerwohnung, ganz oben in einem fünften Stock. Wenn die Freunde meiner Brüder hinter Jessi die Treppe hinaufgingen, ließ Jessi ihre Schuhe federnder aufkommen und ihre Hüfte ein wenig mehr wippen. Katharina und ich gingen hintendrein, sahen Jessi mit ihrer Hüfte wackeln, ihr Haar nach hinten werfen und grinsten amüsiert.

Spätabends, als alle Möbel und Kisten und Blumentöpfe oben im fünften Stock waren, begleiteten wir Jakob und seine Freunde noch auf eine Party.

Wir lehnten mit unseren Gläsern in den Händen an der Küchenzeile einer riesigen Altbauwohnung und beobachteten die Jungs und Mädchen, Männer und Frauen, von denen wir kaum jemanden kannten, durch die weit geöffnete Flügeltür im großen Nebenraum beim Tanzen und grinsten, als »It's Raining Men« aus den Boxen schallte, Jessis derzeitiges Lieblingslied. Während Jessi ihren Sekt herunterschüttete, meinen und Katharinas Arm ergriff und rief: »Auf geht's, Mädels«, sah ich plötzlich André in der Küchentür stehen, er starrte mich mit schief gelegtem Kopf an und winkte mir zu, als ob er ein schüchterner Kerl wäre. Schnell drehte ich mich um, zurück zu den Tanzenden und ließ mich von Jessi mitziehen. Irgendeiner der Gäste dimmte die Stehlampe in der Ecke auf ihr Minimum, was mir recht war, ich hoffte in den tanzenden Schatten zu verschwinden.

Die Enttäuschung über Andrés Hinwendung zu dem anderen Mädchen damals glaubte ich längst überwunden, jetzt, während ich seinen Blick in meinem Nacken spürte, ploppte sie plötzlich wieder auf. Ich ließ die Worte und Bilder in meinem Inneren einen Augenblick lang zu, Andrés Kuss, meinen allerersten, und seinen Satz »Ich bin jetzt übrigens mit Tatjana zusammen«, dann schob ich all das zur Seite und tanzte, ohne zu denken.

Katharina, Jessi und ich waren alle drei lange nicht tanzen gewesen und hüpften, wippten und grölten uns jetzt bis in die frühen Morgenstunden durch ein Lied nach dem anderen.

Katharina ging schließlich als Erste, ihr Freund hatte angeboten, sie abzuholen. Jessi wurde von einem Jungen in unserem Alter auf das lange Sofa im Flur gezogen. Sie sagte: »Geh ruhig, Sunny, wenn du schon gehen willst, ich bin gerade dabei, mich zu verlieben.« Mir war der Junge, der seinen nackten, muskulösen Arm um ihre Schultern legte, unsympathisch. Aber er war betrunkener als Jessi, viel zu betrunken, um irgendetwas zu tun, was sie vielleicht nicht wollte.

Ich suchte Jakob. Dicht an dicht stand er mit einem Mädchen auf dem Balkon, ihr Haar floss lang und dunkel und wellig über ihren Rücken. Als sie sich umdrehte, sah sie mich an. Als sie lächelte, glänzten ihre Augen, und ein kleines, rundes Grübchen sprang in ihre Wange. Ich konnte eine ganze Weile nicht aufhören, sie anzusehen. Ich wusste sofort, dass ich mit ihr von nun an meinen älteren Bruder würde teilen müssen, und hatte vom ersten Augenblick an nichts dagegen.

Als die Sonne aufging, half ich die Gläser und den Müll zusammenzuräumen, zündete mir meine letzte Zigarette an und erschrak, als André mir ins Ohr flüsterte: »Kommst du noch mit zu mir?« Er sah gut aus, obwohl er sichtbar müde war, genauso gut wie damals, vor viereinhalb Jahren. »Nein«, sagte ich deutlich. Er war überrascht, nickte aber dann. »Mann, war ich dumm damals, richtig dumm.«

Nachlässe

Auf den Blumenkästen auf meinem Balkon liegt Schnee. Die blattlosen Rosenpflanzen ziehen ihn sich hauchdünn auf ihre zarten Zweige. Drei rote Hagebutten haben weiße Mützen. Die Luft ist kalt, strömt in mein Schlafzimmer, in dem ich schon ohne Winter friere, seit ich alleine bin. Als ich noch mit Erik zusammenlebte, hatte ich hier nie kalte Füße und nie kalte Hände, erst seit er weg ist. Und dann kurz darauf mein Vater starb.

Doch jetzt, ein halbes Jahr später, rutscht mir auch Jonas' Bild in den Kopf. Zu dem Bild von Erik, zu dem Bild meines Vaters, zu den Erinnerungen. Jetzt schiebt sich das Bild von Jonas, seine Augen, sein Lächeln, seine Hände, in den Vordergrund, vor alles andere, hauchzart nur, durchlässig, aber grünblau und hautfarben und hell und warm. Ich bleibe stehen, die Hand an der Balkontür, und versuche Jonas' Bild zu halten.

Das Telefon klingelt, meine Galeristin ist dran, sie freut sich auf unsere Vernissage in drei Tagen. Die Wände der Galerie sind roh und unverputzt, die Bilder werden schön aussehen davor. Ich drifte ab, als sie die Gästeliste vorliest, höre statt diesem und jenem wichtigen Namen immer nur: »Ich bin Jonas.« Und wie er sagte, dass seine Schwester nicht mehr lebt. Und wie er sagte, dass ein Geier für ihn auf der Pappel am Friedhofstor bereit sitzt. Und wie er sagte, dass er mit seiner Nichte auf dem

Spielplatz tobt. Und wie er fragte: »Wann sehen wir uns wieder?«

Mein Schuhkarton mit den Fotos steht auf dem Küchentisch, neben dem Karton dampft meine Kaffeetasse, aus meiner kleinen schwarzen Musikbox tönt meine Playlist. Die Fotos sind ungeordnet, Kindheit, Jugend, Familie, Urlaub, Freunde, Freundinnen, alles durcheinander, quer, längs, hochkant, geknickt und umgedreht.

Ich nehme ein Foto nach dem anderen heraus, kleine und große, lege sie nebeneinander vor mich auf den Küchentisch. In meiner Hand liegt ein Foto meines Vaters, klein und schwarz-weiß. Er geht über eine Kopfsteinpflasterstraße, er trägt eine Schlaghose, er lächelt, er winkt einem Kohlenhändler mit rußverschmiertem Gesicht. Er ist so alt wie ich jetzt bin, vierzig.

Ein Foto von Erik und mir vor einem Gymnasium. Wir beide lächelnd, von Schülern umringt, jeder von uns in einer anderen Funktion dort. Erik arbeitete als Lehrer für Geschichte und Musik, ich wurde für zwei Kunst-Projektwochen engagiert und bemalte mit den Schülern der elften Klassen mannshohe Leinwände für die riesengroße Aula. Erik und ich trafen uns in der Cafeteria, weil wir Kaffee trinken wollten. Und dann tranken wir Kaffee, weil wir uns treffen wollten. Das war der Beginn einer Beziehung, von der ich dachte, die ist es. Sie war's nicht.

Vor mir liegen Fotos von Alma, Jessi, Katharina und mir. Einige, auf denen wir elf, zwölf Jahre alt sind, einige aus dem Teenageralter, einige wenige, auf denen wir erwachsen sind. Die Fotos rufen alte Zeiten in mir wach, als wären sie gar nicht lange her. Alma zu Besuch in Berlin, mit ihrem Hund, nach dem Abitur. Als sie erzählte, dass sie nach Süddeutschland gehen würde, um dort eine Ausbildung zur Schneiderin anzufangen. Alma in einem hochgeschlossenen Mantel, ihre Haare kurz geschnitten, eine Hand auf dem Kopf ihres Hundes, ein Lächeln im Gesicht, ihre bequemen Schuhe ohne Absatz. Nie würde sie Schuhe tragen, die klappern.

Jessi mit ausgestreckten Armen und Bierflasche in der Hand auf einer Holzplanke zwischen einem Garagendach und einer Mauer, den Blick triumphierend in die Kamera gerichtet. Unter ihr zwei Meter Luft und darunter sechs ausrangierte Badewannen. Auf einem anderen Bild die deutlich jüngere Jessi, versunken in einer viel zu großen Jacke und ihren Turnbeutel eng vor die Brust gepresst, beide Arme drum herum geschlungen, als ob er ihr sonst abhandenkommen würde. Ein Foto von ihr auf unserer Abifahrt in Rom. Auf dem sie nicht merkt, dass sie fotografiert wird, auf dem sie braun gebrannt, einen Fingernagel zwischen den Zähnen, in die Ferne sieht, weg vom Kolosseum, auf irgendeinen weit entlegenen Punkt.

Ich schiebe die Fotos von Katharina nebeneinander. Fünf Schwarz-Weiß-Fotos habe ich von ihr und sieben bunte. Überall ist sie eindeutig zu erkennen, an ihren besonders geschwungenen Lippen, die auf einigen Bildern schwarz geschminkt sind, und an ihrem weichen Blick, mit dem sie mal fröhlich und mal melancholisch, aber immer freundlich in die Kamera guckt. Und an ihrem langen, hellen Hals, der wie ein Bogen aus ihren dunklen Pullovern ragt, zumindest auf den vier Bildern, auf denen sie nicht aufguckt, sondern über »Die rote Zora« gebeugt ist, über »Der Fänger im Roggen«, »Homo faber« oder die »Brigitte Young Miss«.

Es gab Winter in dieser Stadt, als ich ein Kind war, da waren die Straßen verhangen mit Rauch. Da stießen alle Kohleöfen ihren Qualm aus, und der hing sich von unten an den Himmel. Da vergruben wir unsere Münder und Nasen in unseren Wollschals und kniffen die Augen so weit wie möglich zu. Da war die Luft in der Wohnung hinter den verschlossenen Fenstern frischer als draußen. Da husteten wir tagelang. Da bekamen meine Brüder und ich diese geröteten Gespensteraugen. Da hingen wir mit bunten Handtüchern über den Köpfen über den großen Keramikschüsseln mit Kamillenblüten und dampfendem Wasser. Da durfte sich jeder einen Tee aussuchen, den wir von unserer Mutter gereicht bekamen, mit Sahne oder Honig aus Brandenburg.

An einem dieser Tage drückte uns unser Vater seinen Fotoapparat in die Hand und ließ uns damit fotografieren. Vielleicht hatte er gesehen, dass uns langweilig war, vielleicht brauchte er Ruhe, vielleicht tat es ihm leid, dass wir nicht rauskonnten.

Wir Kinder fotografierten uns gegenseitig, bei dem, was wir damals am besten konnten. Von mir gibt es fünf Fotos, auf denen ich Handstand mache. Von meinem älteren Bruder Bilder mit Holzfiguren, die er zu dieser Zeit täglich schnitzte. Mein jüngerer Bruder saß in der Badewanne und formte sich Schaumbärte in verschiedenen Variationen.

»Wenn ich erwachsen bin, trage ich 'n langen Bart«, sagte er damals, »ihr könnt euch dann dran festhalten oder, wenn ihr beide noch leicht seid, drauf fliegen. Denn wenn ich groß bin, kann ich schneller rennen als ein Gepard, und der Bart flattert mit mir mit, wie ein Teppich. Ihr könnt darauf mitkommen, bis zu den Stränden mit den Palmen und den Kamelen in der Wüste. Aber jetzt müsst ihr mal Holz nachschmeißen, in den Badeofen, dis Wasser is' schon wieda verdammt kalt.« Und dann pustete er seinen Schaumbart ab, und es glitzerte und schneite im ganzen Bad.

Ich gucke das Foto mit Mikis und dem überall im winzigen Bad verteilten Schaum an und muss lachen. Er strahlt darauf wie ein klitschnasser König, und alles um ihn herum ist auch nass. Ich erinnere mich, dass mein Vater hereinkam und mit zwei Falten auf der Stirn, aber ohne Gemecker die Pfützen und Flecken zügig aufwusch. »Rasselbande«, sagte er nur. Es wundert mich nicht, dass meine Brüder selbst gelassene Väter sind, und dass, wenn sie heute »Rasselbande« sagen, es genauso liebevoll klingt wie bei ihm.

Ich betrachte ein Babyfoto von Paul, meinem ältesten Neffen, der heute ein großer, kräftiger und hübscher junger Mann ist. Er war krank, als er geboren wurde. Steffi blieb wochenlang mit ihm im Krankenhaus. Mein Bruder fuhr jeden Morgen mit frischem Obst, frischer Wäsche und selbst gekochtem Essen zu ihnen, damit seine Frau sich erholte und sie zusammen bei dem Kleinen waren.

In dieser Zeit, in der Mikis in aller Herrgottsfrühe losfuhr, tobte ein eisiger Winter, legte täglich Schnee auf die Autos und Eis an die Scheiben. Mikis wohnte damals in der Nähe der Wohnung meiner Eltern und auch in der Nähe meiner Wohnung, sodass wir uns oft zufällig begegneten und dann redeten, als sähen wir uns selten. Mikis erzählte mir, dass morgens, wenn er zum Auto ging, sein Auto als einziges fast schneefrei sei. Wahrscheinlich, weil er immer direkt an dem uralten Baum parkt. Stamm und Geäst der hohen Kastanie waren breit.

»Ein Glücksfall«, sagte Mikis, »sodass ich immer gleich losfahren kann, zu Steffi und Paulchen und nicht erst ewig Eis kratzen muss …«

Ich ließ mir wieder das Babyfoto zeigen.

»Er ist genauso süß, wie du früher warst!«, schwärmte ich und drückte meinen Bruder »Es wird alles gut werden.«

Ich winkte ihm nach, er fuhr Richtung Krankenhaus. Ich sendete Stoßgebete in alle Himmelsrichtungen, dass wirklich eintraf, was sich so leicht sagt.

Einmal kam ich frühmorgens von einer Veranstaltung, der Wind pfiff eisig durch die Straßen, es war noch stockdunkel. Nur eine einzige Gestalt lief außer mir auf dem Gehweg, sie ging wie mein Vater. Sie trug einen Kapuzenmantel wie er und die gleichen dicken Stiefel. Die Gestalt ging dicht an den Autos entlang, blieb ab und zu stehen. Hatte einen Handbesen in der einen Hand. Fegte Schnee von einem Nummernschild, ging weiter, blieb an dem Auto vor dem Kastanienbaum stehen.

Das ist doch Mikis Nummer, das ist doch Mikis Auto unterm Schnee, dachte ich, stellte mich in den nächsten Hauseingang und wartete, was jetzt geschah. Dieser Mann macht auch genau die gleichen Armbewegungen, wie mein Vater, dachte ich dann. Er fegte langsam den Schnee mit dem Handbesen vom Auto, er kratzte alles Eis von den Scheiben, nach und nach.

Dann war das ganze Auto schneefrei, nur wenig Schnee fiel neu vom Himmel, Körnchen um Körnchen und bedeckte das frei gekratzte Autodach, die frei gefegten Scheiben mit einer hauchdünnen, puderigen Schicht Gries.

»Papa, was machst du da?«, fragte ich, als mein Vater

sich die verrutschte Kapuze wieder über den Kopf zog, die Hosen abklopfte und ich an ihn herantrat.

Er erschrak. Dann sah er mich an, legte den Kopf schief, blinzelte und lächelte verschmitzt. Er ließ den Handbesen in die eine, den Eiskratzer in die andere große Manteltasche fallen, in seinen Augenbrauen hing Schnee. Er stieß eine weiße Atemwolke aus, er fasste meinen Arm.

»Sunnylein, verrat es nicht Mikis.« Vaters Stimme klang geheimnisvoll, schelmisch und verschwörerisch unter der Kapuze, ich lachte und nickte.

»O. k., aber warum soll er nicht wissen, dass du das für ihn machst?«

»Er soll mir nicht dankbar sein müssen, Sunny. Er hat doch genug um die Ohren. Ich muss nur einfach irgendetwas tun, weißt du. Da liegt dieser kleine neue Erdenmensch im Krankenhaus, und ich kann nichts für ihn machen, gar nichts. Dann wenigstens das.«

Ich sehe auf meinen Küchentisch, auf die aufgereihte Vergangenheit. Meine Kaffeetasse ist leer, die Musik, die aus der Box kommt, ist leise und langsam, aber nicht traurig. Sie klingt nach Sommertag und wohliger Trägheit, jetzt, trotz Winteranfang. Ich schließe meine Augen und versuche mir meine Zukunft auszumalen. Stelle mir den Mann namens Jonas einfach an meine Seite, in die große dunkle Leere, die dort manchmal ist. Ein lächelnder, heller weicher Mann mit grünblau glitzernden Augen.

Ich komme mit meinem Ärmel an die Fotos. Ein Bild von Jessi segelt vom Küchentisch unter die Spülmaschine. Ich ziehe es wieder darunter hervor, zusammen mit einem Eincentstück, viel Staub und einer Schraube.

Die Busfahrt

Jessi fing an, bei McDonald's zu jobben. Wir waren alle neunzehn, hatten das Abitur in der Tasche, die eine besser, die andere weniger gut. Jessi hatte sich eine Dauerwelle machen lassen und ein Tattoo, das klein und schwarz hinter ihrem Ohr saß. Wochenlang trug sie einen Pferdeschwanz, sodass man das Herz mit dem schnörkeligen J + D sehen konnte. Dann klebte plötzlich ein Pflaster hinter Jessis Ohr, sodass das Tattoo verdeckt war. Katharina und ich hatten uns bei McDonald's zum Kaffee verabredet, um auch noch mit Jessi quatschen zu können, falls sie zwischendrin kurz Zeit hätte. Wir sahen, wie sie ihre Schirmmütze tief ins Gesicht und ihren verschwitzten Nacken hochzog. »Irgendwas mit Dennis«, flüsterten Katharina und ich einander zu, »ihre Augen sehen ganz verweint aus.«

Wir warteten, bis unzählige Burger, Pommes und Becher über den Tresen gegangen waren, und ich schickte Danksagungen zum Himmel, dass ich zu Hause noch kein Geld zum Wohnen und Essen beitragen musste. Auch Katharina musste noch nicht jobben.

»Er hat eine andere«, erzählte Jessi schließlich tonlos, »die sieht aus wie Sharon Stone und riecht nach Chanel.«

Wir hakten unsere Arme in Jessis Jackenarmen unter, zogen sie mit uns zum 100er-Bus, der vom Bahnhof Zoo bis zum Prenzlauer Berg fuhr. Wir ergatterten die Plätze oben, ganz vorne. Setzten uns zu dritt auf die Bank über dem Fahrer. Katharina am Gang, ich am Fenster, Jessi in der Mitte. Saßen so eng aneinander, wie wir lange nicht gesessen hatten, und diese Nähe kam mir gleichzeitig vertraut und auf eine merkwürdige Weise zu nah vor.

Wir waren voller Mitgefühl für Jessi, die ohne Unterlass Rotz, Tränen und Wimperntusche in ihr Taschentuch schluchzte. Mit den Armen um ihre bebenden Schultern schämte ich mich für mein sorgenfreies Leben und stellte mir vor, wie es wäre, als Jessi auf der Welt zu sein, in Jessis Gegenwart und mit ihrer Vergangenheit. Wie konnte sie das alles nur aushalten? Warum hatte sie so viel Pech? Warum waren Last und Leichtigkeit so ungerecht verteilt?

Wir hielten Jessis Hände und guckten auf die Stadt. Wir spürten die Wärme der Heizung und das Ruckeln der Räder wie einen unnachgiebigen, einlullenden Trost. Wir öffneten die Reißverschlüsse unserer Jacken und hatten so glühend rote Wangen und so glasige Augen, als hätten wir alle drei Fieber. »Und hier«, sagte der Busfahrer in sein Mikrofon, »hamm wa dit Schloss Bellevue, meine Herrschaften, vielleicht ja och wat für die drei müden Prinzessinnen im Oberdeck.«

Als wir die schwangere Auster, den Reichstag und das Brandenburger Tor passiert hatten, fielen uns tatsächlich fast die Augen zu, weil sich die Lichter der Ampeln, der Reklame und der Laternen mit der aufziehenden Dunkelheit vermischten und als weiteres, beruhigendes Mittel in unsere Köpfe drangen. Wir fuhren Unter den Linden entlang und über die Schlossbrücke der Museumsinsel, und Jessi und Katharina schliefen. Ich schaute zu den Figuren der Brücke hoch, wie ich es schon als Kind im

Trabi getan hatte, auf der Rückbank zwischen meinen Brüdern, immer, wenn wir hier entlanggefahren waren. Eine der weißen Figuren streckt einen goldenen Stab in die Höhe, und jedes Mal, wenn ich ihn sah, durchrieselte mich: »Gleich bin ich zu Hause.«

Jessis Mutter öffnete unwirsch die Tür, weil wir geklingelt hatten, aber sie nahm ihre Tochter in den Arm.

»Sollen wir noch bleiben?«, fragten wir Jessi.

»Nein«, antwortete sie.

»Ruf uns an, ruf jederzeit an.«

War es gemein, dass ich beim Malen nicht mehr an sie dachte? Kaum den Pinsel in der Hand und die Leinwand vor der Nase, alles um mich herum vergaß, als ob ich in einer Blase stünde und mich das Außerhalb gar nichts mehr anging, weder Jessis Kummer noch der Kummer irgendeines anderen?

Nur die Stimme des alten Malers, meines Lehrers, konnte mich noch erreichen. »Tritt einen Schritt zurück, Sunny, und guck noch mal mit Abstand.« »Was willst du damit sagen? Mit diesem Bogen? Diesem Weiß hier?« »Halt einmal kurz inne.« »Interessant, Sunny, sehr interessant.« »Es ist schon spät, Sunny, es ist genug für heute.«

Ich malte jetzt täglich, der alte Malerfreund meiner Eltern zeigte mir Techniken, Material und Farbvarianten, und schließlich lehnten an seiner Atelierwand ein Dutzend Werke von mir, mit denen wir beide sehr zufrieden waren.

Für die Bewerbung an der Kunsthochschule sollte man Mappen einreichen, also malte ich auch auf Papier und Karton und tauschte ab und zu den Pinsel gegen Stifte, was mir nicht ganz so gut gelingen wollte, sodass ich von manchen meiner Zeichnungen eher verstört und überrascht als damit zufrieden war. Manchmal mürrisch, manchmal fluchend, arbeitete ich mich durch die Anforderungen, während der alte Malerfreund meiner Eltern mir über die Schultern guckte.

Er sah jetzt meine Schwächen in den kleinen Formaten, und das ließ ihn lehrmeisterlicher im Umgang mit mir werden. Während er mich bei seinen eigenen großen Bildern von Anfang an nach meiner Meinung fragte, behandelte er mich beim Zeichnen wie ein Kind, das nichts versteht. Wenn er unflätig wurde, warf ich meine Stifte auf den Boden, wie er es hasste, und rannte aus seinem Atelier, ohne mich umzusehen.

Hintergründe

Ein paar Wochen bevor ich meine Bewerbungsmappe abgeben wollte, saß eine Freundin meiner Mutter in unserer Küche auf der Eckbank und trank Tee. Es saßen öfter teetrinkende Freundinnen meiner Mutter bei uns in der Küche, auch Freunde meines Vaters, meiner Brüder, auch manchmal irgendjemand, den ich nicht kannte.

Wenn man in die Küche kam, spürte man meist sofort, ob man sich dazusetzen konnte oder besser wieder ging. Wie wurde geredet? Wie sahen die Gesichter aus? War das Gespräch unterbrochen worden, als man hereinkam, oder plätscherte es weiter so vor sich hin, oder sagte jemand: »Sunny! Schön, dich zu sehen, groß bist du geworden. Setz dich doch zu uns dazu!«

»… das vergisst man nicht, Marianne«, sagte die Freundin meiner Mutter gerade. Sie hatte rot geweinte Augen, und neben ihrer Tasse lag ein Taschentuch. »Hallo!« Ich nahm mir einen Keks und eine Banane und wollte wieder rausgehen. »Sunny«, sagte meine Mutter, »sei so gut und setz dich. Nur einen kurzen Moment.«

Die Freundin meiner Mutter schluchzte, und meine Mutter legte ihren Arm um sie, sodass es sich anfühlte, als würde ich einen traurigen intimen Moment stören. »Ich kann gleich noch mal wiederkommen. Ich komm in fünf Minuten.«

Aber sie hielten mich zurück. Die Freundin meiner

Mutter hob ihren Kopf, schnäuzte in ihr Taschentuch und sah mich über den blassgoldenen Rand ihrer dampfenden Teeschale an. Ein freundliches Lächeln, mit nassen, roten Augen und rot gefleckter Nase. »Deine Bilder sind schön, Sunny.«, Ihre Stimme klang brüchig. Aber irgendetwas widersprach in ihrem Tonfall ihren Worten oder belegte das Ausgesprochene zugleich mit etwas anderem. »Ich möchte dir etwas raten, Sunny«, fuhr sie fort. »Ich möchte dir raten, nicht auf diese Kunsthochschule zu gehen.«

Bevor sie erzählte, was der Grund für ihren Ratschlag war, kochte mir meine Mutter einen starken Kaffee mit warmer Milch. Der erzielte bei mir schon immer eine andere Wirkung als bei vielen anderen, er ließ mich ruhiger werden und gelassen bleiben.

Ich streifte meine Schuhe von den Füßen und zog meine Beine in den Schneidersitz und sah, während ich am Kaffee nippte, die Augenbrauen der Freundin meiner Mutter an. Dunkel, buschig und geschwungen waren diese Augenbrauen, und da erinnerte ich mich an einen Besuch bei dieser Freundin meiner Mutter, an diese Augenbrauen, an einen Besuch vor vielen, vielen Jahren, vor der Wende noch, auf einem ausgebauten Bauernhof, wo sie mit ihren dunklen, buschigen Augenbrauen in einem großen, kalten Raum vor einer Leinwand stand und malte.

Ich sah sie in ihrem bunt befleckten Overall vor mir, mit ihrem Pinsel, ihrer Palette, aber nicht ihre Bilder. Ich erinnerte mich an den wackelnden Dutt auf ihrem Kopf. Ich erinnerte mich an die Kälte in dem riesigen Raum und an eine kleine, zusammengerollte Katze. Ich erinnerte mich daran, wie meine Eltern auf sie zugingen und sie sich umdrehte, mit ihren dunklen, buschigen Augenbrauen, und ein Lächeln über ihr Gesicht flog. Sie zeigte uns Kindern die Schaukel- und Kletterseile im weitläufigen Garten. Wir rannten los. Und ab da erinnerte ich mich nur noch an das Kribbeln im Magen und die weitesten Schaukelschwünge meines Lebens.

Die Freundin meiner Mutter holte tief Luft, trank einen Schluck Tee und berichtete von ihren Erfahrungen an der Kunsthochschule.

»Der Dozent, der mir das angetan hat«, schloss sie schließlich, »unterrichtet dort immer noch und auch noch seine Frau.«

Ich hatte gedacht, dass die Zeit, dass Männer einem gefährlich werden können, irgendwann aufhört. Aber in diesem Moment wurde mir klar, dass sie niemals aufhört, dass man immer achtsam bleiben muss, immer und überall, und dass einen die schlechten Erlebnisse, die man als junge Frau gehabt hat, verfolgen können, so lange, bis die ersten, vereinzelten Härchen in dunklen, buschigen, geschwungenen Augenbrauen grau sind.

Ich hätte gerne gefragt: »Warum hast du dir das gefallen lassen? Warum hast du dich erniedrigen lassen? Warum hast du dich nicht gewehrt? Warum hast du dich ausziehen lassen? Warum hast du ihn damals nicht angezeigt? Warum zeigst du ihn jetzt nicht an?« Ich fragte nichts davon. Ich sah ihre zitternden Hände, ihre bebenden Lippen, die erschöpften roten Augen – und schwieg.

»Danke«, brachte ich schließlich hervor, »danke, dass du's mir erzählt hast.«

Als sich die Geschichte der Freundin meiner Mutter nach ein paar verwirrten Tagen in mir gesetzt hatte, wurde ich so wütend, dass es aus mir herausbrach. Ich schrie:

»Dieses Arschloch!« Und ich drohte: »Ich schlag ihn zusammen.«

»Ich werde ihn anzeigen, Mama!«

»Damit tust du ihr keinen Gefallen, Sunny.«

»Warum nicht?«

»Dann wird sie aussagen müssen.«

»Ja! Genau! Ihm alles ins Gesicht klatschen!«

»Und dann? Aussage gegen Aussage, Sunny. Keine Zeugen. Noch mal Erniedrigung, quälende Details.«

»Das ist doch verantwortungslos, Mama! Allen vergangenen, allen zukünftigen Studentinnen dieser Schule gegenüber verantwortungslos!«

»Mag sein, Sunny, aber sie kann es nicht.«

Ich wurde immer wütender. Ich trat meine Zimmertür ein. Ein fußgroßes, splitterndes Loch.

Tage vergingen, und ich saß permanent auf meinem Balkon und rauchte und versteckte die Zigaretten nicht, wenn mein Vater oder meine Mutter mein Zimmer betraten und mich baten, zum Essen zu kommen oder doch weiterhin zu ihrem Malerfreund zu gehen und das Malen nicht aufzugeben. Ich sah keinen Sinn mehr darin, Teil der Kunstwelt zu werden, wenn diese Kunstwelt genauso verdorben war wie die Restwelt. »Wenn auf Kunsthochschulen auch solche Arschlöcher lehren, höre ich lieber gleich ganz auf zu malen.«

»Du bist doch die Beste«, sagten meine Brüder, »scheiß doch auf die Schule.«

Aber ich guckte sie wütend an.

»Ich würde deine Bilder gerne jemandem zeigen, wenn ich darf«, hatte der alte Malerfreund meiner Eltern am Telefon gesagt, als ich den Hörer dann doch einmal entgegennahm, den mir meine Eltern fast täglich mit bittender Geste und ihm am Apparat ins Zimmer und unter die Nase hielten. »Du kannst mit meinen Bildern machen, was du willst.« Ich legte auf.

Ich saß auf meinem Balkon und rauchte und ging nur ab und zu kurz in die Küche, um mir einen Kaffee oder ein Stück Brot oder einen Apfel zu holen, und oft trat genau dann auch mein Vater in die Küche und schien im selben Moment wie ich Hunger oder Durst zu haben. Wenn ich eine Tasse aus dem Schrank nehmen wollte, stellte er schon eine vor mich hin, er goss sich Milch in seinen Kaffee und fragte: »Du auch?« Wir redeten nichts weiter miteinander, begegneten uns nur am Herd und am Brotkorb und am Kühlschrank, standen kurz zusammen, dann ging ich wieder in mein Zimmer. Er sagte nicht: »Benimm dich.« Er fragte nicht: »Was ist denn?« Er war einfach nur da und nicht in seiner Werkstatt.

Schließlich schliff mein Vater unsere abgenutzte Küchenarbeitsplatte, als ich mir einen Kaffee kochte, und ich blieb bei ihm in der Küche und lehnte mich an den Herd.

»Muss man Malerei studieren, wenn man beruflich malen will?«, fragte ich schließlich leise und ließ zwei Löffel Instantkaffee in meine Tasse fallen und sah hinter dem Tassenrand seinen Arm vor- und zurückfahren. »Muss man immer zwingend auf eine Kunsthochschule?«

Mein Vater zog seinen Schleifblock weiter ruhig über das Holz, dass es gleichmäßig schabte und rauschte. »Nein, muss man nicht.«

Ein paar Tage später legte mir mein Vater Informationen vor die Tür, über die verschiedenen Inhalte der Grundlehre »Bildende Kunst«, dazu eine Liste mit einigen Ansätzen, Stilen und Techniken der darauffolgenden Fachklassen und einen Zettel: »Sollen wir nach privaten Lehrern für dich suchen, die ein paar dieser Themen unterrichten?«

Ich schrieb »Die finden wir nicht« auf einen Notizblock und legte ihn in den Flur.

»Finden wir«, schrieb mein Vater zurück.

An einem Abend ein paar Tage später saß ich mit meinen Eltern zusammen auf dem Balkon, und mein Blick in die Welt um mich herum schien nicht mehr schwarz, weiß und grau. Sie hatten mit einigen ihrer Künstlerfreunde gesprochen und dann mit mir darüber geredet, dass besonders fremde künstlerische Ansätze kennenzulernen wichtig wäre, gerade die, zu denen es einen nicht hinzieht, gerade die, die man weniger mag. Weil es darum ging, seinen Horizont zu erweitern, drei, vier Jahre lang, und sich danach auf das zu besinnen, was man gut kann.

Nicht weit weg von mir, wurde Jessi bei ihrem Wunschstudium abgelehnt und schrieb sich für VWL ein, begann Katharina ihr Psychologiestudium, und Alma zog von Cottbus nach Süddeutschland und fing ihre Schneiderlehre an.

Wir hätten in dieser Zeit mehr miteinander telefonieren, mehr miteinander reden, uns mehr verabreden können. Wir hätten uns stärken und unterstützen können. Wir drehten uns jede um sich selbst. Wir kämpften jede für sich. Wir waren jede in ihrer eigenen Blase.

Ich erfuhr erst viel später, wie Jessi bei ihrem Vater um Unterhalt kämpfte und schließlich aufgab, dass sie neben dem Job bei McDonald's auch noch Medikamente ausfuhr, um sich zu finanzieren. Dass Almas Vater einen

Schub seiner Psychosen hatte und bei Alma anrief, täglich, oft mitten in der Nacht. Dass Katharina ausgezogen war, in ihre eigene Wohnung. Wir waren immer noch befreundet. Aber kurz davor, andere Kontakte zu knüpfen, andere Menschen kennenzulernen und weitere Freundschaften einzugehen.

Drei Wochen nachdem ich ihn am Hörer gehabt hatte, stand der alte Malerfreund vor meiner beschädigten Tür, und ich ließ ihn in mein Zimmer und auf meinen Balkon, um meinen Schreck über sein plötzliches Auftauchen mit einer gemeinsamen Zigarette zu beruhigen. Ich beruhigte mich auch.

»Na«, sagte ich, »Langeweile ohne mich?«

»Ja, aber deswegen bin ich nicht hier.«

Als wir unsere Zigaretten aufgeraucht hatten, sagte mir der alte Maler, dass die Galerie in der er selbst gerade ausstelle, sehr gerne drei Bilder von mir zeigen würde. »Krumme Wege«, »Dazwischen« und das namenlose Grüne, wenn mir das recht wäre.

»Und ich möchte dich weiterreichen, Sunny«, fügte er dann plötzlich noch hinzu, »an eine Kollegin, die dich weiterbringen kann. Eine großartige Malerin, von der du viel mehr lernen wirst als von mir.«

Ich glaubte mich verhört zu haben und starrte ihn an. In seinen wässrig blauen Augen standen Traurigkeit, Entschiedenheit und Stolz. Er legte seine schwere Hand auf meine Schulter und drückte mich kurz.

Wie Winter und Sonne

Meine Mutter, meine Brüder und ihre beiden Frauen waren die Ersten, die gestern vor der Galerie standen. Paul kam kurz darauf mit seiner Freundin.

»Wo habt ihr die Kleinen gelassen?«

»In der Uckermark.«

»O Gott, ganz alleine?«

»Mit einer Babysitterin.«

»Nur wegen mir?«

»Yes, Schwesterchen.«

»Und wegen deiner Bilder.«

Eine gute Stunde später, als es rappelvoll war in der Galerie und meine Galeristin lächelnd einen gelben Klebepunkt, der für »reserviert« stand, neben eines meiner Bilder klebte, kniff mir Jakob in den Arm.

»Und du wolltest mal alles hinschmeißen«, flüsterte er grinsend, »nie wieder Pinsel, nie wieder malen«, er kniff mich, bis ich ihn anguckte und lachte, »aber ich hab immer gesagt, es geht weiter. Ich hab immer gewusst, du malst top.« Vom Gehweg aus wirkten die großen Schaufenster der Galerie selbst wie drei riesige helle Gemälde, auf denen dunkel gekleidete Menschen in Trauben vor Bildern stehen. Meine Brüder und ich standen draußen, ich rauchte, die beiden rauchten nicht, weil sie längst, als sie Väter geworden waren, damit aufgehört hatten. Das war ein guter Grund. Den hat nicht jeder.

»Ich bin zu spät«, sagte Jonas, der plötzlich ganz außer Atem mit seinem Fahrrad und einem zerknickten Blumenstrauß hinter meinen Brüdern stand. Es sah schön aus, wie er mit zerzaustem Haar und roten Wangen weiße Atemwolken in die kalte Luft blies und das Licht der Straßenlaterne in seine Augen fiel. »Ich war extra in einem Laden mit flirrenden Blumen für dich, aber der war dann doch viel weiter weg, als ich gedacht hatte.«

Blumen wie Feldblumen, die Blütenblätter klein und zart, lange, dünne Stengel, helle Blätter. Wie Frühling.

Jonas und meine Brüder verstanden sich auf Anhieb, sie standen zusammen in der Galerie und gingen von einem Bild zum anderen. Dass Jonas auch wegen mir hier war, wusste ich, weil er sich ab und zu umdrehte und seine Augen unruhig zwischen den Köpfen hin und her schwirrten, bis sie mich fanden und unsere Blicke sich trafen.

Er vor einem meiner Bilder, ich im Gespräch mit Gästen. Ich vor einem Bild, er vor einem anderen. Er im Gespräch mit meinen Brüdern, er im Gespräch mit meiner Mutter, er im Gespräch mit Paul, ich im Gespräch mit meiner Galeristin. Ich im Gespräch mit einem potenziellen Käufer. Er und ich und zwei Gäste am Stehtisch neben der Tür. Ich reichte ihm ein Sektglas. »Kommst du nachher noch mit mir und meinem ganzen Clan mit, was essen?«

Jonas und ich verabschiedeten uns vor dem Restaurant von meiner Familie, das Essen lag schwer und warm in unseren Bäuchen, der Wein pochte in unseren Schläfen und unseren Wangen, der Mond saß schief auf einem Dach. Der Kellner ließ ratternd die Rollläden herunter. Der sehr frühe Morgen war ruhig und verlangsamt, als ob die Stadt in diesem Augenblick, vielleicht aus Versehen, vielleicht aus Erschöpfung, tatsächlich schliefe. Jonas schob sein Fahrrad, und ich trug die zerknitterten Blumen. Die Hände, die wir frei hatten, hielten einander fest.

Von dem Blubbern der Kaffeekanne erwachte ich allmählich. Mein Bett war so tiefenwarm wie lange nicht. Ich blinzelte durch meine Haare und entdeckte im Spalt der Küchentür Jonas, der nach Tassen suchte. Er öffnete die Schranktüren leise, eine nach der anderen. Eine Viertelstunde später kam Jonas mit den Kaffeetassen ans Bett. Ich kniff die Augen zusammen und ließ mich wachküssen, als hätte ich noch geschlafen.

Die Welt versank. Nur er und ich waren da.

»Dürfen wir glücklich sein?«

»Natürlich dürfen wir glücklich sein.«

»Obwohl wir trauern?«

»Das muss sich vielleicht nicht ausschließen, oder?«

»Wie Winter und Sonne?«

»Soll ich zum Bäcker gehen?«

»Ach bleib doch lieber …«

Der Tag erreichte seinen Mittag und seinen Nachmittag. Dann wurde es dunkel. Wir waren ganz überrascht, wie schnell die Zeit verging. Wir hatten es nicht gemerkt.

Jede für sich

Obwohl wir uns mehrmals in verschiedenen vergangenen Jahren und in unterschiedlichen Momenten geschworen hatten, für immer eng befreundet zu bleiben und füreinander da zu sein, gingen unsere Wege in der Ausbildungs- und Studienzeit mehr und mehr auseinander.

Sogar Katharina begegnete ich selten; obwohl ihre Wohnung, in die auch ihr Freund gezogen war, und mein WG-Zimmer im selben Kiez lagen, trafen wir uns nie zufällig, weder in der Kaufhalle noch auf dem S-Bahnhof.

Man konnte in dieser Stadt aneinander vorbeileben, als lebte man weit voneinander entfernt, wie Alma in Süddeutschland oder Jessi, die ganz plötzlich nach Frankfurt zog, man musste ein Treffen genauso planen. Aber Katharina und ich wussten, dass die jeweils andere räumlich nah wohnte, dass die Kiezgespräche auch die andere hörte, von den Stadtthemen auch die andere wusste, dass das Wiesenstück an der Kreuzung einem Hotel weichen musste zum Beispiel und die Mieter des Eckhauses neuen Besitzern, dass dann und dann die und die Demo stattfinden würde und für die Technofans wieder die Loveparade, dass der Franz-Club schließen musste und unser Café Westphal, und allein dass wir wussten, dass wir gleichermaßen all das wussten und ähnlich darüber dachten, war beruhigend und schön.

Nur als die Flugzeuge ins World Trade Center krachten, standen Katharina und ich zufällig vor demselben Fernsehgeschäft und starrten, wie ein Dutzend andere auch, auf die großen und kleinen Bildschirme im Schaufenster mit den immer gleichen, unfassbaren Bildern.

»Was wird jetzt?« Wer wusste das schon. »Jetzt kommt der Dritte Weltkrieg«, sagte ein Herr mit Brille und Bart. »Wir sollten uns unbedingt mal wieder treffen«, sagte Katharina schluchzend und umarmte mich.

Wir liefen ein paar Tage wie durch Nebel. Sie habe jetzt noch stärker als zuvor das Bedürfnis ihren Vater zu finden, erzählte Katharina mir bei einem Kaffee. Wo sollte sie anfangen? Wird es wirklich Krieg geben? Wo sollte sie suchen? Wie würde er sein? Ich hatte meinen Vater damals noch. Zu wissen, dass ich jederzeit hingehen könnte, immer mit strahlenden Augen empfangen werden würde, beliebig lang bleiben dürfte, gab mir eine ständige, unterschwellige Sicherheit, die mir selten so bewusst war wie in diesem Moment.

Im Hier

Als feststand, dass ich die Kunsthochschule nicht besuchen würde, suchten und fanden meine Eltern private Lehrer für mich. Ich stürzte mich in den Unterricht, vernachlässigte Jessi, Alma und Katharina noch mehr als zuvor, bat meine Brüder, für das Klavier in unserem Geschwister-Trio einen Ersatz für mich zu finden, und verschwand in meinem Tunnel aus Farben, Materialien und Formen.

»Sunny«, wiederholte eine Künstlerin meinen Namen, als ich mich vorstellte, »dann wird es ab jetzt also sonnig in meinen Räumen.«

»Ist es doch schon«, antwortete ich und staunte über das hohe Atelier mit den riesigen Fenstern.

»Geh einfach raus und fotografiere so viel und so oft, wie es geht«, sagte der junge Fotograf einer Fotoagentur, von dem ich Belichtung, goldenen Schnitt und Bildausschnitt lernen sollte, »vor allem aber, lass dir Zeit.«

Wohin gehen die Füße, wenn sie seit Langem einmal wieder ohne Ziel »einfach raus« gehen sollen? Als sie mich in eine Straße trugen, in der ich oft mit Jessi, Alma und Katharina auf einer Brache gesessen hatte, war die Häuserreihe geschlossen. Zwischen welchen Häusern genau war hier unser Platz gewesen? Ich suchte nach anderen Brachen, nach anderen Lücken, Makeln und Ruinen.

Ich sah junge Mädchen auf Parkschaukeln sitzen. Das unbeholfene Ziehen an Zigaretten. Ich sah die tastenden Blicke junger Menschen zu den anderen Mädchen und Jungs, zu Männern und Frauen. Ich sah den einen oder anderen Heranwachsenden unsicher mitten in der Welt stehen.

Wie hatte Jessis Vater Jessi nur immer so beschämen können? Wie hatte Almas Vater Alma nur so erdrücken können? Wie hatte Katharinas Vater die kleine Katharina einfach verlassen können? Wodurch konnten erwachsene Menschen nicht in der Lage sein, die Nöte ihrer Heranwachsenden wahrzunehmen und für sie da zu sein? Und was würden diese Mädchen und Jungen, die auf den Parkschaukeln saßen, auf den Treppenstufen, den Absperrgittern, einmal selbst für Menschen werden, wenn sie erwachsen waren?

Bei einer uralten Künstlerin lernte ich den Umgang mit Ton, Stein und ganz verschiedenen Materialien. Wenn ich Sand oder Scherben in die Hände nahm, dachte ich an die verlassene Hinterhoffabrik, an das leere, riesige Förderband, die große, massige Frau, an Jessi, Alma und Katharina, eng an meiner Seite.

Bei einem Konzeptkünstler fühlte ich mich unwohl und grübelte viele Tage darüber nach, ob ich hier irgendetwas lernte. Dann grübelte ich weitere viele Tage darüber nach, ob das eigentlich entscheidend wäre, und schließlich ging ich. In meinen Rücken starrte der gekränkte Künstler, und in meinem Inneren sah ich die aufgereihten Familienfotos auf der weißen Kommode in Jessis alter Wohnung. Ich sah mich wieder an den Fotos ihres Vaters vorbeigehen und eins nach dem anderen klackend umdrehen.

Zu Hause setzte ich mich auf meinen Balkon, zündete mir eine Zigarette an, legte die Beine hoch, rief Jessi an und fragte sie, wie es ihr gehe.

»Willst du das wirklich wissen?«

»Ja.«

Ich hörte das Zögern in ihrer Stimme. »Gut. Aber schön, dass du nachfragst, Sunny. Ich muss jetzt wieder. Ich hasse Burger!«

Ich blieb auf dem Balkon und fing an, das Telefonkabel um meine Finger herum- und dann wieder von meinen Fingern abzuwickeln. Ich drückte den Zigarettenstummel in einen Blumentopf, dann wählte ich Almas Nummer.

»Sunny!«

»Ich wollte nur mal fragen, wie es dir geht.«

»Würde mich jemand anders fragen, dann würde ich antworten: gut.«

Ich zündete mir eine neue Zigarette an, um mich abzulenken und nicht die Überlegung zuzulassen, ob es mir in diesem Augenblick vielleicht lieber gewesen wäre, jemand anders zu sein und nichts von Almas Vergangenheit zu wissen, um eine Antwort zu bekommen, die gelogen war, dafür aber einfach, unbedeutend und leicht.

»Also schlecht?«

»Kommt immer drauf an.«

»Auf was kommt's denn an?«

»Auf alles. Den Tag, die Stunde, den Moment. Darauf, ob ich zurücksinke.«

Würde ich selbst in die Erinnerung zurücksinken, in die Zeit nach Almas dunkelstem Moment, dann würde ich vier Mädchen auf einem Bett sitzen sehen, nah beieinander und doch irgendwie getrennt, drei von ihnen zutiefst verunsichert und eines trotz der Nähe ihrer

Freundinnen allein. Keine von uns hatte die Erinnerungen, die Alma hatte, keine versank in den Stunden davor.

»Aber, wenn ich nähe, dann klappt es manchmal, Sunny.«

»Nicht zurückzusinken?«

»Ja. Einfach nur da zu sein. Im Hier. In der Gegenwart.«

Innere Kaleidoskope

Eines Tages brachte die Malerin mit dem hellen Atelier, die mir der Malerfreund meiner Eltern empfohlen hatte und bei der ich schon über ein Jahr das Malen mit Pigment- und Ölfarben lernte, drei weitere junge Frauen und zwei junge Männer mit ins Atelier. Ich spürte ihre Blicke auf meinen Bildern ruhen und auf mir. Die Stimme unserer Lehrerin schwang ruhig und rauchig durch den Raum. Alle wandten sich ihren Arbeiten zu. Ich versank wieder in meiner zeitlosen Blase, in der ich immer versank, wenn ich malte. »Möchtest du auch ein Käsebrot?« Ich streckte den Arm zum herumgereichten Stullenbrett und griff mir irgendwas.

Abends war ich sonst immer alleine im Atelier, wusch meine Pinsel, sortierte meine Farben, an diesem Abend standen noch die fünf anderen in der Teeküche. Draußen war es dunkel, als wäre tiefste Nacht, es regnete in Strömen. An den Atelierfenstern prasselten die Tropfen, und ein Rinnsal rann unter der Tür hindurch. Als ich mit Mülltüte überm Rucksack und tief ins Gesicht gezogener Kapuze hinausgehen wollte, hielt mich einer von ihnen zurück. »Willst du nicht noch bleiben?«

Wir blieben alle bis nach Mitternacht. Und schließlich begannen wir uns zu mögen.

Wir zogen zu sechst durch die Ausstellungen der Stadt, gingen gemeinsam in offene Ateliers, zu Vernissagen.

Aber ich wusste nicht, was in den anderen vorging, während sie Kunstwerke betrachteten, und sie wussten nicht, was in mir.

Als ich die abgedunkelten Räume einer engen Ausstellung betrat, musste ich an Almas Jugendzimmer denken. Wie verknüpfen sich die Dinge, die man sieht, mit den Erinnerungen? Die zarte, zerbrechliche Installation einer japanischen Künstlerin, schwarz und schimmernd, mit Jessis glitzernden Pupillen? Die feinen Linien einer Zeichnung, mit ihren Unterarmen. Wieso erinnerte mich ein graziöser, heller Krug an Katharina, so sehr, dass ich dachte, sie gleich anrufen zu müssen? Wie konnten Schwarz-Weiß-Fotografien aus der Nachkriegszeit in mir Erinnerungen wecken an die erste gemeinsame Zigarette? Warum mischten sich Katharinas Lippen, Jessis Sonnenbrille auf der geschundenen Wange, Almas skeptischer Blick, das Beige der Jacke ihres Vaters, unsere Zehen auf einer Brache in die Bilder und Zeichnungen, die ich vor mir sah, mitten hinein in antike und moderne Portraits, in Straßen- und Naturszenen, in Geraniumrot, Aquamarinblau, Sepia und stricheligem Grün?

In manchen Ausstellungen blieb ich die ganze Zeit vor nur einem einzigen Werk stehen, ohne dass ich hätte sagen können warum genau. Während die anderen herumgingen und sich alles ansahen, dachte ich an endlose Spaziergänge durch fremde Straßen, an vier Mädchen, schon keine Kinder mehr, noch nicht erwachsen, in einer lodernden, stolpernden, mitreißenden Zeit.

Was wir an Kunstwerken sahen, inspirierte uns. Aber diese Inspiration verknüpfte sich bei jedem von uns mit ganz individuellen Gedanken, Erinnerungen und Gefühlen und floss auf vollkommen unterschiedliche

Art und Weise in unsere Bilder. Mit ganz anderen Farbtönen, ganz anderen Linien, aus ganz anderen inneren Verknüpfungen. Klack, klack, drehte sich in jedem von uns ein eigenes, einzigartiges Kaleidoskop aus gerade Erlebtem, Empfundenem, Überlegtem. Die Bilder sahen vollkommen unterschiedlich aus, sogar wenn wir uns vornahmen, ein gemeinsames Erlebnis, das nicht weit zurücklag, gleichzeitig zu malen. Es war faszinierend. Ich wollte Katharina davon erzählen, ich wollte Jessi und Alma anrufen. Ich weiß nicht, warum ich es nicht tat.

Dann meldete sich plötzlich Katharina bei mir, bevor ich mich bei ihr meldete, und mein schlechtes Gewissen wuchs, weil sie fragte, ob ich noch immer ein eigenes Atelier suchen würde, und dann sagte, dass sie sich die ganze Zeit deswegen umgehört habe und jetzt vielleicht einen Raum für mich wisse.

Lachend stand sie vor dem kleinen, bodentiefen Schaufenster, dann schloss ein altes, hutzeliges Männlein die schief hängende Haustür daneben für uns auf und ließ uns über einen düsteren Hausflur in die sonnenhelle Ladenwohnung ein, sich sichtbar freuend über unsere Begeisterung für das uralte Öfchen, das darin stand, den bröckelnden Stuck, die knarrenden Dielen, und lächelnd zur Kenntnis nehmend, dass mich weder die Stromleitung über Putz noch das Stroh in den Löchern der Wand, noch die fehlende Heizung stören würde.

»Es ist sehr schön, dass Sie hier malen wollen«, sagte das alte, hutzelige Männlein, als ich einen Mietvertrag unterschrieben hatte, der genauso aus der Zeit gefallen schien, wie mein zukünftiges eigenes Atelier. Ich hüpfte vor Freude wie ein Kleinkind, und Katharina hüpfte lachend mit mir mit. »Danke!«, rief ich und drückte Katharina. Sie küsste mein Ohr. »Bitte.«

Wer weckt uns?

»Warum?«, hatte ich Erik perplex, verzweifelt und überrumpelt gefragt, als er sagte, er werde sich von mir trennen. Aber er hatte nur geantwortet: »Ich weiß nicht.« Am Abend sah ich ihn auf dem Gehweg vor unserem Haus lange mit dem Handy am Ohr auf und ab gehen. Am Morgen packte er seine wichtigsten Bücher aus unserem Regal in zwei Koffer, deutete auf die kleine antike Lampe und vermied es, mich anzusehen.

»Das gibt's doch nicht«, rief Katharina ins Telefon, »bei deiner Geburtstagsparty hat er mir noch gesagt, dass er dich heiraten will.«

Ich hatte meinen letzten Dreißiger-Geburtstag groß gefeiert und seit Langem mal wieder alle eingeladen, auch Katharina, Jessi und Alma. Und alle waren gekommen.

Dann verließ mich das Glück zum ersten Mal in meinem Leben, und das Unglück schlug doppelt zu, mein Vater wurde unheilbar krank, und Erik verließ mich. Frühmorgens fuhr meine Mutter in die Klinik, dann lösten meine Brüder und ich sie ab, und spätabends kam meine Mutter noch einmal, uns leise fragend, was wir verstanden hätten, was Vater uns heute hatte verständlich machen können, dabei ihren Blick kurz in die Spiegelung der Glastür werfend, das Taschentuch dicht an den Augen.

Mein damaliger Tagesablauf verdrängte den Schock um Eriks Trennung. Was bringe ich mit zu Vater? Welche Fachwörter muss ich vorher googeln? Welche Fragen haben wir an die Ärzte? Gibt es neuere Behandlungsmöglichkeiten?

Über eine Stunde fuhr ich mit verschiedenen Verkehrsmitteln an den Stadtrand, eng gedrängt zwischen den Menschen, die zur Arbeit fuhren, ich schloss die Augen und setzte mir die Kopfhörer auf. Mein Schmerz darüber, dass mich Erik verlassen hatte, war überdeckt von dem Schmerz um den anderen, unumkehrbaren Verlust, der mir bevorstand.

An manchen Abenden, auf der Rückfahrt vom Krankenhaus, war ich so müde, dass ich noch im Bus, in der Straßenbahn oder in der U-Bahn einschlief. Ich wurde wach durch irgendjemanden, der mich laut ansprach oder rüttelte oder tätschelte, weil ich an der Endstation immer noch dasaß. Ich war zu müde, um zu denken: Wenn Erik noch bei mir wäre, würde er mich jetzt abholen kommen. Und stieg mechanisch in das jeweilige Verkehrsmittel ein, das mich zurück, in die entgegengesetzte Richtung, brachte.

Ich stellte mich zu Hause unter die Dusche. Dann aß ich, was da war. Am Anfang von Vaters Krankenhauszeit hatte Erik noch in der Küche gestanden und gekocht, wenn ich nach Hause kam, und mich gefragt, wie es denn heute gewesen war, und mich fest in den Arm genommen. Dann verließ er mich Hals über Kopf, und ich versuchte, nicht sofort und komplett aus meiner Umlaufbahn zu fallen.

Ich funktionierte wie automatisiert, und in jeder Minute, die mir zu viel Zeit zum Denken lassen wollte, begann ich zu googeln, was ich noch googeln musste, oder setzte mir laute Musik auf meine Ohren. Meine Brüder und ich waren jetzt alle um die vierzig, aber wir verstanden uns immer noch so wie in der Kindheit. Unsere Mutter und unseren Vater, den besten, den man sich wünschen konnte, den, den man auf keinen Fall jetzt schon verlieren wollte, hatten wir zu dritt.

Der operierende Arzt war groß und hatte schwarze Augen. Seine langen, schnellen Schritte verlangsamten sich, als er uns sah, trotz seiner grauen Schläfen sah er nicht älter aus als wir.

»O. k.«, sagte er leise, »ausnahmsweise«, und ließ uns mit seiner Schlüsselkarte in den klinkenlosen Aufwachraum.

»Danke«, sagten wir ebenso leise, »wo liegt er?«

Die erste OP schenkte uns acht, die zweite noch drei volle Monate, in denen wir in die liebevollen, immer trauriger werdenden Augen unseres Vaters sehen konnten. Er versuchte zu lächeln und griff sich unsere Hände, wenn ihm unsere Namen, die er wusste, aber oft nicht mehr aussprechen konnte, entglitten.

»Mama«, sagten wir zu unserer Mutter, »wir können ihn nicht dem Hospiz überlassen.«

»Ja«, sagte sie, »wir versuchen es zu Hause.«

Rational weiß der Verstand, was kommen muss, das Aufbäumen, die Stille, der veränderte Blick, der letzte Atemzug, die erkaltenden, starr werdenden Wangen. Mutters warme Hände auf seinen Augenlidern, auf seinem Gesicht, seiner Brust. Ticktack, ticktack, der kleine Wecker auf dem Nachttisch.

Die dann notwendigen Abläufe funktionieren, weil die Herzen die Ungeheuerlichkeit des Geschehens, der Endgültigkeit und des Verlustes noch längst nicht begreifen können. Es ist nicht wahr. Es darf nicht wahr sein. Wann wachen wir auf, wer rüttelt uns, wer weckt uns? Wir sind wach.

An der Spree

In der folgenden Nacht, als ich immer noch hoffte, ich würde eigentlich schlafen, schickte ich Alma, Jessi und Katharina eine Nachricht. Sie meldeten sich sofort, direkt nacheinander, und Jessi sagte, dass sie zufällig gerade in Berlin sei, und Alma sagte, sie würde für einen Tag hochkommen, und Katharina sagte, sie könne sich freinehmen und jederzeit bei mir sein.

Wir verabredeten uns auf einer Wiese an der Spree in der Nähe des Hauptbahnhofs. Katharina und ich waren schon vorher da und redeten und schwiegen und starrten den vorbeifahrenden Schiffen nach.

Die Touristen und Spaziergänger, die um uns herumgingen, waren alle bunt, fröhlich und gut gelaunt. Es war Sommer, es war warm, es schien die Sonne auf die Blumenrabatten, und Rasensprenger bewässerten die Wiesen. Eltern zogen ihren Kindern die Schuhe aus und ließen sie in die Pfützen und unter die Rasensprenger rennen, auf den Mäuerchen gehen und zum Ufer laufen, zwei Schritte weit bis vor die Spree.

Die Kälte in meinem Inneren wurde nicht weniger auf der Wiese, obwohl die Sonne glühend heiß auf meine Stirn fiel. Ich sah das letzte Gesicht meines Vaters öfter als seine anderen, starrte ins Wasser und versuchte an die Kindheitssommer zu denken, in denen ich selbst durch Rasensprenger gerannt war und in denen mein Vater mit wärmenden Armen auf mich wartete, immer den Kopf ein wenig schief gelegt und immer sein liebevolles Blinzeln im Gesicht. Als sein unbeschwertes Gesicht von früher in mir aufstieg, versuchte ich es festzuhalten und seufzte, als es verschwand.

»Ausgerechnet dein Vater«, sagte Katharina und legte ihren Arm um mich, »solche Väter gibt es selten, toll, dass du ihn hattest.«

Zu meiner großen Ende-dreißig-Geburtstagsparty hatte ich Alma und Jessi das letzte Mal gesehen. Alma kam jetzt über die Brücke und zur Wiese herunter in einer bequemen, weiten Hose, bequemer Bluse, mit der einen Hand einen Koffer hinter sich herziehend, mit der anderen Hand zu uns winkend. Ich stand auf und ging ihr entgegen und fragte, auf den Koffer blickend, ob sie doch länger bleiben wolle.

Ich empfand eine unheimliche Dankbarkeit, dass sie sofort in den Zug gestiegen war, um mit mir um meinen Vater zu trauern und gemeinsame Erinnerungen an ihn wachzurufen, für die wir dankbar waren und durch die eine Verbindung zwischen uns bestand, deren Bänder noch hielten, auch wenn sie vor ziemlich langer Zeit geflochten worden waren und langsam deutlich dünner und brüchiger wurden.

Es dämmerte schon, als schließlich Jessi kam. Sie hatte keinen Koffer, kein großes Gepäck, trug nur ein kleines schwarzes Täschchen, mit dem sie uns winkte.

Katharina, Alma und ich winkten zurück, während wir Jessis sichere Schritte bewunderten, die sie trotz ihrer hohen Absätze und des engen Bleistiftrocks zackig voreinandersetzte, als gäbe es nichts Leichteres auf matschigem Gras. Sie umarmte mich flüchtig, vielleicht aus Sorge, sich ihr Kostüm an meiner kratzigen Strickjacke aufzuschrabben, die ich übergezogen hatte, weil es deutlich kühler geworden war, in dem Moment, als die Sonne versank.

Meine Freundschaft zu Alma, Jessi und Katharina hatte sich verändert. Nur Katharina war mir wirklich tief vertraut geblieben, egal ob wir uns nur viermal im Jahr sahen oder ab und zu telefonierten, wir waren uns genauso nah wie früher. Mit Alma und Jessi verhielt es sich anders, wir verstanden uns gut in Bezug auf die Vergangenheit, taten uns aber schwerer in der Gegenwart. Wenn Jessi, obwohl wir unter uns waren, ihren Lippenstift nachzog und den teuren Markenamen ihrer Handtasche nach außen drehte, schüttelte Alma verständnislos den Kopf, und Katharina und ich grinsten uns an.

Vielleicht wollte Jessi uns zeigen, dass sie jetzt mit sich zufrieden war und ihre Unsicherheiten von früher keine Erinnerung mehr wert waren. Dass ihr Vater unrecht gehabt hatte und sie »etwas geworden« war. Ich betrachtete ihr rotblond gefärbtes Haar und ihre seidenen Schlupfstulpen an den Handgelenken und hoffte, ohne es zu fragen, inständig, dass sie glücklich war.

Auf meiner Geburtstagsparty hatte sie elegant getanzt, aber einiges getrunken, und jeden meiner Gäste so lange zum Tanzen aufgefordert, bis sie sich geschlagen gaben und die Tanzfläche voll war. In den frühen Morgenstunden wünschte sich Jessi vom DJ lallend »No Woman, No Cry« und grölte den Refrain dann hingebungsvoll und exzentrisch und leicht verändert mit: »No husband, no cry …« und schien etwas anderes zu meinen als der eigentliche Liedtext.

An unserem Trauerabend an der Spree, verteilte Alma an jede von uns, was sie in einem Karton in ihrem Koffer dabeihatte und was sie noch in der kurzen Zeit zu Hause überlegt und vorbereitet haben musste. Sie wollte kleine Trauerschiffchen mit uns basteln. Auf handgroße Spanholzplatten, die sie oval gesägt und geschliffen hatte, sollten wir schreiben, was wir meinem Vater wünschten oder was uns einfiel, wenn wir an ihn dachten, und nur die Mitte des Plättchens für die Kerzen freilassen, sie gab jeder von uns ein Teelicht und ein Stück Doppelklebeband. Jessi löste für uns mit Leichtigkeit die Folie von den Klebebandstückchen, ihre langen, lackierten Fingernägel waren bestens dafür geeignet.

Als die Lichter auf dem Fluss schwammen, waren wir still. Erst blieben die Schiffchen ganz nah am Ufer, dann trieben sie weiter, in die Mitte des Wassers und mit der Strömung. Dass etwas so Simples so schön aussehen konnte.

Alma, Jessi, Katharina und ich standen so dicht beieinander, wie wir früher beieinandergestanden hatten, als wir erraten konnten, wer welches Haarshampoo nutzte oder wer gerade geraucht hatte, sodass es sich irgendwie stimmig anfühlte unsere Hände wie früher ineinanderzuschieben. Eine Weile standen wir so da. Dann wurde Jessis Hand in meiner plötzlich unruhig. Sie ließ mich los und suchte in ihrer Handtasche nach einem Taschentuch.

Gegen Mitternacht, nachdem wir bei Baguette und Wein und Zigaretten stundenlang auf einer Decke am Spreeufer gesessen und Erinnerungen an meinen Vater ausgetauscht hatten, zog Jessi ihre hohen Schuhe wieder an und stand auf, zupfte Grashalme und Krümel von ihrer Kleidung und verabschiedete sich. Wir verabschiedeten uns alle voneinander. Alma, die eigentlich bei mir hatte schlafen wollen, aber von Katharina, die mir ansah, dass es mir anders lieber wäre, angeboten bekam, in ihrem Gästezimmer zu übernachten, drückte mich mit einer Inbrunst, dass mir der Atem stockte. Dann nahm sie aus ihrem Koffer ein weiches, wollenes Tuch.

Sie legte es mir um die Schultern. »Kaschmir.«

Ich sagte, in drei Wochen sei die Beerdigung. Jessi und Alma guckten betreten zur Seite, von Katharina wusste ich, dass sie in Amerika sein würde. »Macht nichts. Toll, dass ihr jetzt da wart. Extra hergekommen seid, danke!«

»Vielleicht bin ich da sogar in Berlin«, warf Jessi ein, »vielleicht kann ich abends, zwischen meinen Meetings.« Ich lächelte sie an, sie schaute fahrig auf ihr Handy.

Zu Hause im Licht meiner Badezimmerlampe sah ich, dass das Tuch von Alma weder einfarbig noch grau war. Es war taubenblau, am Rand dunkel, zur Mitte hin heller werdend und von schwarzen und gelben Fäden durchdrungen. Ich sah das Tuch im Spiegel unter meinem Gesicht um meine Schultern liegen – es waren exakt die Farben meiner Augen.

Hätte ich die Augenfarben meiner Freundinnen so genau erinnert?

Suche I

Katharina hatte Jahr für Jahr, Tag für Tag, versucht, mehr über ihren Vater zu erfahren, und hatte drei tiefe Falten auf der Stirn, wenn sie davon erzählte. Mittlerweile blieben drei feine Linien ständig dort. An die Orte in Berlin, in denen Katharinas Vater noch mit ihrer Mutter zusammengelebt hatte, begleitete ich sie manchmal, und wir beobachteten die älteren Männer, die zum Rauchen aus den Türen traten, oder in Gedanken versunken die Straßen entlanggingen, mit sich selbst beschäftigt, die Nacken gekrümmt. Das Einzige, was ich wusste, war, dass er den gleichen besonders geschwungenen Mund haben musste wie Katharina, und ich versuchte möglichst unauffällig die Lippen der älteren Männer anzusehen.

»Meine Mutter hat irgendwie gehört«, sagte Katharina schließlich, »dass mein Vater jetzt wahrscheinlich in New York lebt.«

»Wahrscheinlich in New York lebt? Wie wahrscheinlich denn?«

Wir waren nicht mit der Nähe zu den USA aufgewachsen, mit dem Gefühl, ihnen verbunden und verpflichtet zu sein, und wir hatten den Anschlag auf das World Trade Center damals mehr als allgemeinen Anschlag auf die Menschlichkeit empfunden, denn als Anschlag auf die westliche Welt. Das war bei vielen unserer Westfreunde anders. Sie sagten lange nichts Schlechtes über Amerika.

Als dürfte man aus Loyalität nicht mehr differenzieren zwischen notwendigen Konsequenzen und sinnlosen Racheaktionen, wurde Kritik nur hinter vorgehaltener Hand geäußert, leise und verschämt.

Wenn wir fragten, warum andere Länder die USA hassen, sorgten wir unbeabsichtigt für Aufruhr und hörten uns geduldig die Ausführungen an, die über uns hereinbrachen, die sich nicht mit dem Ursprung des Hasses befassten, sondern mit dem Zweiten Weltkrieg, der Befreiung durch die USA und den Rosinenbombern und allem, was wir natürlich wussten. Wir hatten nach Ursachen für den Hass suchen wollen, um zu überlegen, was man dagegen tun kann.

Als Freunde uns später fragten, ob wir mit ihnen »in'n Urlaub nach New York düsen« wollten, lehnten wir ab. »Wir warten, bis das Einreiseprozedere wieder entspannter ist«, sagte Katharina. »Wir sprechen viel zu schlecht Englisch«, sagte ich.

Wir dachten an die Bilder der Flugzeuge und Türme und die der Gesichter, die die Kameras einfingen. Wir fühlten uns klein und verletzlich. Wir hatten Angst, dorthin zu fliegen, noch Jahre später.

An einem Vormittag im vergangenen Winter, als ich vor Vaters Krankenhaus stand und rauchte, klingelte mein Handy, und Katharina war dran. »Ich hab jetzt das günstigste Ticket nach New York gebucht«, erzählte sie, »für den Sommer. Ich hab zwar Schiss, aber ich glaube, ich bereue es sonst. Google spuckt nichts aus, ich muss wissen, ob mein Vater da lebt.«

Ich erwiderte erst nichts, mein Blick wanderte die Backsteinwand des Krankenhauses hoch zu den Fenstern der vierten Etage, auf der mein Vater lag. »Das ist gut, dass du hinfährst«, sagte ich dann, »ich hoffe, du findest ihn.« Ich nahm einen tiefen Zug von meiner Zigarette. Der Sommer, in dem sie fliegen würde, schien mir unendlich weit entfernt. Was würde bis dahin passieren? Wäre mein Vater im Sommer noch am Leben?

Die Stille

Als ich meinen Vater als Kind einmal fragte, was das schönste Erlebnis seines Lebens gewesen sei, sagte er blinzelnd: »Eure Mutter und ihr drei.«

Mein Vater erlebte noch den wärmsten Tag des Sommers, dann sah er uns an, einen nach dem anderen, meine Mutter, meine Brüder, mich, und sagte leise, aber erstaunlich klar: »Alles so schön gewesen.« Dann starb er.

Ohne Schlaf

Erst in der darauffolgenden Nacht nahm ich die Einsamkeit in meiner Wohnung wirklich wahr, die Stille, die Kälte, die Reglosigkeit, das halb leere Bücherregal, die Schuhe im Flur nur meine. »Von wegen Glückskind«, weinte ich Richtung Himmel, »ich hoffe, du kannst mein Elend gerade nicht sehen.«

Aus dem Buch auf meinem Nachttisch fiel ein vergessenes Bild von Erik. Ich hielt es in den Händen und überlegte, ob ich ihn anrufen sollte, ob er noch einmal so tun könnte, als wäre alles beim Alten, als gäbe es noch Liebe und eine tröstende Umarmung. Dann ließ ich das Foto fallen und legte mich rücklings auf mein Bett. »An was kann ich denken, lieber Riss in der Decke, liebe staubige Lampe, lieber Stuck, um an gar nichts zu denken?«

»Wann kommt der Schlaf?«

Ich schrieb Jessi und Alma und Katharina eine Nachricht.

Vaters Kreis

Zehn Jahre nachdem mein Vater seine Werkstatt verlassen musste und in unserer Küche zu arbeiten anfing, mussten meine Eltern auch ihre Wohnung verlassen. Es war ein lauer Frühlingsabend, als der Brief mit der Eigenbedarfserklärung und der Kündigung auf dem Küchentisch lag. Ich war mit meinem Rad, Mikis zu Fuß und Jakob mit dem Auto gekommen, und auf der Eckbank saßen unsere Eltern mit müden, wässrigen Augen.

Die neue Wohnung befand sich außerhalb des Zentrums, in einem kleinen Altbauviertel hinter einer Siedlung mit kantigen Wohntürmen. Meine Brüder und ich waren überrascht von den kleinen, idyllischen Straßen und sind es bis heute, wenn wir aus den Neubaugebieten ab- und in das Viertel meiner Eltern einbiegen. Die Gegend ist schön, aber ganz anders als Prenzlauer Berg, keine kleinen Cafés, keine besonderen Läden, dafür ein Bäcker, eine Sparkasse, ein Blumenladen, eine Drogerie, eine Kneipe und ein Aldi. Und wie eine Oase im Souterrain des alten, kleinen Eckhauses, an dem sich zwei Kopfsteinpflasterstraßen treffen, der Teeladen meiner Mutter, der schon immer hier war, weil es hier bezahlbar gewesen war, und der jetzt wirkte, als wäre er vorangegangen und hätte meine Eltern zu sich nachgeholt.

Unser Ärger über die Kündigung unserer Familienwohnung verrauchte nach und nach in der neuen kleinen

Wohnung, die für zwei Menschen ausreichend groß war. Oft überlagerte sich die Gegenwart mit der Erinnerung, und ich stand vor dem Bücherregal, dem Küchenschrank, der Kommode und dachte daran, wo das alles früher gestanden hatte, wo dieses oder jenes Bild früher gehangen hatte, wo die Kissen, die Wolldecken damals eigentlich lagen. Wenn ich dabei niedergeschlagen guckte, sagte mein Vater, ich müsse nicht traurig sein.

»Wir fühlen uns wohl«, sagte er, »es ist nicht viel los hier, aber wir haben Sonne. Und wieder einen Balkon und wieder eine Badewanne und dazu noch einen Baum vor der Nase. Und Marianne hat es nicht mehr so weit zu ihrem Laden. Und es gibt sogar einen Fahrstuhl«, er lachte, »hier können wir alt werden, sehr, sehr alt.«

Schon bald baten die neuen Nachbarn meinen Vater bei kleineren Schreinerarbeiten um Hilfe. Im Sommer sägte und leimte er im Hof mit den Nachbarskindern kleine hölzerne Schiffe und Kisten, Skateboardrampen und Meerschweinchen-Parcoure. Während mein Vater mit seiner unerschütterlichen Ruhe half und anleitete, guckten die Nachbarn aus ihren Fenstern und staunten, dass ihre Kinder die Handys in den Taschen ließen und die Sägen führen konnten wie Profis.

»Dein Vater hat so einen Bannkreis«, sagte eines der älteren Kinder zu mir. »Da steht die Zeit drin still.« Und als ich fragte, ob das gut oder schlecht sei, sah es mich überrascht an und lachte. »Na, gut natürlich! Das musst du doch wissen, du bist doch sein Kind.«

Vielleicht ist Bannkreis nicht der passendste Ausdruck, aber wo mein Vater auch ging oder stand, suchten Kinder und Erwachsene seine Nähe. »Es ist diese Zufriedenheit, die er ausstrahlt«, sagte eine der neuen Nachbarinnen im Treppenhaus, »von der man gerne etwas abhaben würde.« Eine andere sagte: »Diese Gelassenheit ist es, wo nimmt er die nur her?« Und der Hausmeister, der ein grummeliger Kerl war und sonst jeden anpfiff, der ihn um etwas bat, half meinem Vater, wo es nur ging, und versuchte ihn nachzuahmen, seine Stimme, seinen Gang, sein Blinzeln. Und manchmal tranken die beiden ein Bier zusammen, fast wortlos, mit den Rücken an der sonnenwarmen Ziegelwand im Hof.

»Seit wann mag Papa Bier?«, fragte ich leise meine Mutter, und wir blickten vom Balkon auf die beiden herab.

»Mag er gar nicht«, flüsterte sie lächelnd zurück, »er mag nur den Moment.«

Würde ich irgendjemanden aus der Nachbarschaft meiner Eltern fragen, mochtest du Walter, dann würde jeder antworten, ja. Alle würden lächeln und sagen, er ist ein Vorbild. Bei einigen wäre es aber gelogen, zumindest gelogen gewesen, als er noch lebte, denn einige hatten ihm seine Freundschaften geneidet, manche seine Familie, und andere nervte sein hoher Moralanspruch. Hätte ich mich unsichtbar zwischen Nachbarn und Bekannte stellen können und das, was sie sprachen, ungesehen belauschen, dann hätte ich auch zu hören bekommen, dass manche eifersüchtig waren, andere verärgert über seine Kritik an der Erziehung ihrer Kinder, über seine Kritik an autoritärem Verhalten und an abwertendem Geschwätz.

Er nahm kein Blatt vor den Mund. Er sagte, was er sagen wollte, stets freundlich, aber klar. Wenn ein Kind oder ein Teenager aus der Nachbarschaft zu ihm Vertrauen gefasst hatte, während er mit ihm fast schweigend eine Holzarbeit plante, werkelte und baute, konnte es vorkommen, dass sie ihm irgendwann erzählten, was sie bedrückte. So hatte er von Umgangsformen, Nöten und Ereignissen aus den Familien in der Nachbarschaft gehört, von denen sonst keiner wusste, weil man sie nicht sah. Manche der Kinder oder Teenager sagten: »Aber sag es keinem«, und wenn nicht unmittelbar Gefahr in Verzug war, hielt er sich auch daran. Manche sagten aber auch: »Könntest du mal mit denen reden? Die hören mir gar nicht zu.« Dann nickte mein Vater und sagte: »Wenn du das möchtest.«

Mein Vater sprach mit Vätern, Müttern, sich trennenden Paaren, Lehrern und Erziehern. Von einem Menschen mit vielen eigenen Fehlern, der selbst mit seinen Kindern stritt, schimpfte oder brüllte, hätte der ein oder andere vielleicht Kritik annehmen können. Hätte der ein oder andere sein Verhalten vielleicht eher zugeben, auf Augenhöhe mit meinem Vater darüber sprechen und lockerer sein können. Aber sie pressten die Zähne zusammen, wenn ihre Söhne und Töchter von meinem Vater schwärmten. Denn sie sahen das gute Verhältnis meines Vaters zu ihren Kindern und Teenagern. Und sie kannten sein gutes Verhältnis zu meinen Brüdern und mir. Sie hofften irgendwann einen Fehler an meinem Vater zu entdecken, einen Fauxpas oder ein Missgeschick. Sie hätten anders mit ihm reden können, wenn er ihnen ähnlicher gewesen wäre. Aber er schien fehlerfrei. Unerreichbar gut und damit allen überlegen.

Als mein Vater krank wurde, glaubte ich, in einigen wenigen Gesichtern von Menschen aus seinem Umfeld, Schadenfreude zu erkennen. In den Augen des rotnasigen Professors aus dem Nachbarhaus, der sein an meinen Vater verliehenes Buch abholen kam, weil er gehört hatte, dass mein Vater bald nicht mehr lesen können würde, und gucken wollte, ob man ihm das ansah. In dem Gesicht einer Nachbarin hinter vorgeschobenen Blumen.

Wenn er zu Hause oder im Krankenhaus Besuch bekam, den er nicht ertrug, stellte er sich müder und sprachloser, als er anfangs war. Dann brachten meine Brüder, meine Mutter oder ich den Gast zur Tür oder öffneten sie erst gar nicht. »Gerade ist es leider ziemlich schlecht«, sagten wir dann, und es wurde ja auch wirklich und schnell immer schlechter. Doch in diesen Momenten gab es noch einen Unterschied, wie krank er sich vor uns gab oder vor Menschen, deren Interesse er für falsch oder voyeuristisch hielt und deren Nähe er nicht wollte. Sobald wir mit ihm alleine waren, öffnete er die Augen und lächelte.

Lange bevor mein Vater krank geworden war, hatte ich ihn gefragt, warum er eigentlich so fehlerfrei sei und ob das ein vorgenommenes Ziel sei, so eine Art Ansporn. Sein vollkommen überraschtes Gesicht, seine großen, verwunderten Augen.

»Wie kommst du denn darauf? Ich mache doch täglich Fehler.«

»Mach sie doch mal deutlicher, Papa, man sieht sie nicht. Und ich meine jetzt nicht eine falsch gesägte Leiste. Heilige leben gefährlich, man liebt sie, oder man köpft sie, und ich will, dass du noch richtig lange lebst!«

Ich hatte damals nicht den Eindruck, dass er meine Sorge teilte, aber er nickte.

Das kalte Herz

Seit ich Jonas begegnet bin und seit der schönen Vernissage, dreht sich der höhnische Blick in meinem Atelier wieder langsam um und wird wohlwollend, wenn ich hereinkomme. Das Kaffeebrodeln klingt fröhlich, wenn die kleine Kanne auf dem Herd steht. Ich habe Lust zu malen.

Mein Handy vibriert. Ein Video von Alma, versehen mit der Nachricht: »Vom Sommer, einfach nur so, wenn du mal Zeit hast.«

Das Video führt durch Almas Atelier, durch die »Damenschneiderei Alma Jung«, wie Almas aufgeregte Stimme verkündet, und beginnt draußen vor der Tür eines alten, sanierten Backsteingebäudes, an dem sich Strauchrosen und Kletterhortensien und Blauregen emporranken. Das Video ist etwas verwackelt, da Alma beim Aufnehmen vorwärtsgeht, manchmal sehe ich das Blau ihres Ärmels, manchmal das Grau ihres Hosenbeins.

Licht und Almas Schatten fallen weich auf den hölzernen Boden des Raumes, den sie betritt, auf den großen, fast leeren Tisch darin, die hellgrau gestrichenen Wände. Vor den Wänden stehen lange Kleiderstangen mit blauen und weizengelben Kleidern, silbergrauen Hosen, türkisfarbenen, weißen und beerenroten Oberteilen und einigen schwarzen Blazern. Eine einzelne, gebogene Blume steht in einer Vase auf dem langen Holztisch, daneben ein Laptop, eine Schere, Papiere und ein Maßband.

Hinter einem offenen Türrahmen liegt eine hohe Kammer. Aus einem Korb springt Almas Hund auf, dessen Fell genauso bunt gescheckt ist wie das des ersten, die Äuglein ebenso rund und schwarz, und läuft ihr schwanzwedelnd entgegen. Die Kammer hat ein schmales, bodentiefes Fenster, in das die Sonne von Kopf bis Fuß ihr Licht stellt, still, kameradschaftlich. Daneben tragen hohe Regale Stoffballen bis unter die Decke. Nur einfarbige Stoffe, ganz ohne Muster, in allen erdenklichen Farben.

Ich bin der Fülle und der Schönheit dieses Farbenrausches sofort verfallen, ich kenne ihn von meinen Malfarben im Kleinen, Alma schwenkt stolz in jeden Winkel, und ich verstehe es. Ihre Stimme kommentiert diesen und jenen Stoff, diese und jene Farbe, ihr Handy dreht sich wieder und fokussiert den langen Holztisch, die Papiere, den Zuschnitt darauf, und schließlich versucht sie sich selbst zu zeigen, ich sehe nur einen halben Mund, ihre Nase und ein Auge, aber das, was ich sehen kann, strahlt.

»Schön«, schreibe ich, »richtig, richtig schön!«

»Wirklich?«, schreibt sie sofort zurück.

»Wirklich!«

An meinem Atelierfenster drückt ein Kind seine Stirn an die Scheibe. Seine Mütze rutscht ihm ins Gesicht. Ich blinzle ihm zu. Ich stelle eine neue Leinwand auf die Staffelei. Denke an Alma, lächle, drücke Beerenrot und Sienna und Nachtgrün auf die Palette. Fahre mit den Fingern über die Haare der Pinsel. Während mir der Tunnelblick langsam in die Augen steigt, verschwimmen Farben und Formen und die Zeit.

Am späten Nachmittag klopft eine Hand von außen zaghaft an die Scheibe. Ich rutsche aus meiner Parallelwelt. Jonas steht mit einer großen Papiertüte vor meinem Atelierfenster. Er zieht ein Baguette und eine Plastikschüssel aus der Tüte. »Hast du vielleicht Hunger?« Ich trete dicht an die Scheibe, küsse das Glas. »Ja.«

Der Weg von meinem Atelier zu Jonas' Wohnung führt durch eine Gegend Berlins, die ich kaum kenne, vorbei an alten und modernen Häusern, durch ruhige und belebtere Straßen, vorbei an kleinen Läden und schicken Restaurants. Die Schaufenster sind Stummfilmtheater, in denen Figuren nach Mänteln, Spielzeug und Büchern greifen oder voreinander sitzen, weit nach hinten gelehnt oder dicht aneinandergerückt. Ein später Nachmittag im Winter, überall brennt Licht. Mit Jonas' Hand in meiner gucke ich mich um und denke, wie viele Straßen dieser Stadt ich wohl nicht kenne, obwohl ich hier aufgewachsen bin.

Im Vorbeigehen fällt mein Blick in ein Restaurant – auf Eriks Rücken und Jessis Profil, sein Arm auf ihrem schwarzseidenen Handgelenk, ihr Mund ganz dicht an seinem Ohr. Ich erstarre, ich lasse Jonas' Hand los.

»Sunny?«, fragt Jonas.

»Das darf doch nicht wahr sein!«

Die kühle Abendluft verdreht sich in meiner Brust und rauscht als heiße Glut durch mich hindurch. Ich sehe was, was ich nicht sehen will. Was ich nicht begreifen kann, was alles bisher sicher Geglaubte in mir durcheinanderwirbelt, alles säuberlich Getrennte ineinandermischt: Liebe und Freundschaft, Lüge und Vertrauen.

»Sunny?«, fragt Jonas erneut.

Weil ich das, was ich sehe, nicht begreifen kann, nicht

begreifen will, höre ich Jonas' freundliche Stimme kaum, spüre seine Hand, die mich weiterziehen will, nicht. Die Glut jagt mir in die Beine, und meine Beine gehen. Und meine Augen sehen, dass meine Hände die Tür des Restaurants aufstoßen und ich hindurchgehe. Meine Beine stolpern auf den Tisch zu.

»Sunny!! Was machst du hier?«

Die Augen, die Münder, die Hände, alles Lüge, alles lange – wie lange schon? – Lüge. Schatten fließen in meine Erinnerungen und verfärben sie, wie dunkle Farbe, die umkippt, ein Bild.

»Es war nicht geplant«, ruft Jessi, »glaub mir. Nach deiner Party habe ich öfter bei euch angerufen, wegen dir und wegen deines Vaters, aber du warst nie da. Immer ging Erik ran. Er war andauernd alleine. Wir hätten es dir sagen müssen.«

»Ich war im Krankenhaus!«, will ich schreien, »fast jeden Tag im Krankenhaus!«

Ich bringe kein Wort heraus. »Ist das Freundschaft?«, will ich brüllen, »War das Liebe?«

Meine innere Glut liegt mir im Hals und auf der Zunge, und ich kann sie nur anstarren, die beiden erblassten, mir so vertrauten, so fremden Gesichter, die vom Tisch zu mir aufsehen. Langsam und stumm ziehe ich die Tischdecke in ihre Richtung, Rotwein, Weißwein, Fisch, Gemüse, alles fällt.

Aus den Augenwinkeln sehe ich Jonas, der vor dem Fenster seinen Kopf senkt.

»Warum sollst immer nur du Glück haben, Sunny«, schreit Jessi, »immer nur du?«

Das, denke ich, das ist der eigentliche Punkt.

Eine geballte Faust

Ich renne auf die Straße und stoße an Jonas' Arm. Er streckt ihn aus und will mich an sich ziehen. »Sunny, was ist los?«, fragt er, seine Stimme fällt weich und zittrig auf mein Gesicht. »Du hast doch gesehen, was los ist«, brülle ich, »alles Lug und Trug, gelogen und betrogen.« Jonas' Arme sind geöffnet, ausgestreckt und nah. »Vielleicht bist auch du nur ein Trugbild, vielleicht bist du genauso falsch wie sie.«

Vom Restaurantfenster starren zwei Paar Augen. Die Augen stechen in meinen Rücken, ich muss rennen.

»Sunny!«, ruft Jonas. Und lässt mich.

Der Atem sticht in meine Rippen, und die Zunge liegt brennend in meinem Mund, die Füße taumeln. Niemand ist hinter, niemand ist neben mir. Auch sind in den Häusern dieser Straße keine Geschäfte, keine Läden, in denen jemand ist. Niemand kennt mich hier, ich kenne niemanden. Niemand guckt. Ich bleibe stehen und lehne mich hechelnd an einen Baum.

Hatte ich jemals zuvor einen Zustand erlebt, in dem mir alles egal war? Ich glaube, nie. Ich gehe alleine durch die Gegend, die ich nicht kenne, bis zu einem U-Bahnhof. Ich laufe, setze mich, fahre, als wäre ich ein Roboter. Auf dem Sitz mir gegenüber nimmt ein massiger Mann Platz, stellt seine Jogginghosen-Beine weit auseinander, reibt sich dazwischen und grinst mich an. Ich lehne meinen Kopf an die Scheibe, sehe meine verschmierte Wimperntusche, mein loses, langes, verheddertes Haar. Hat der Typ eben gerade was gesagt? Hat der mit mir gesprochen? Ich sehe zu ihm hin.

»Brauchst du einen, der dir's besorgt, kleine Schlampe?«

Das ist der Moment, in dem alles aus mir herausbricht. Ich balle meine Hand zur Faust und hole mächtig zum Schlag aus. Ich spüre die Knochen meiner Finger, die mit Wucht in sein Gesicht fahren.

»Spinnst du?!«

Aber er ist der, der im falschen Moment am falschen Ort ist, das Falsche sagte und jetzt für alle steht.

»Für Almas Trauma!« Ich schlage zu.

»Für den Fettwanst!« Ich schlage zu.

»Für Jessis Vater!« Ich schlage zu.

»Für den Kunsthochschullehrer!«

»Für all die sexistischen Sprüche!«

»Für all die sexistischen Blicke!« Ich weine und schlage zu.

»Für Lügen und Verrat!«

Es sind eine Frau um die siebzig, eine Frau in meinem Alter und zwei Studentinnen, die mich schließlich wegziehen, bevor der Jogginghosen-Mann zurückschlägt.

Sie ziehen mich aus der Bahn, setzen sich mit mir auf eine Bank und wir sehen dem Gesicht hinterher, das mich wütend und massig und rot durchs U-Bahn-Fenster anstarrt und vor uns davonfährt. Weil jede von ihnen gehört hat, was ich geschrien habe, weil jede Frau weiß, was gemeint ist, weil jede die Wut kennt, die Scham kennt, die Ohnmacht kennt, die einen ergreifen kann.

Ich bedanke mich für die Taschentücher, für die Wasserflasche, für die Gummibärchen, wische mir vor dem Handspiegel der Siebzigjährigen die verschmierte Wimperntusche ab, stecke meine Haare sorgfältig unter meine Mütze und gehe langsam die Treppe hinauf und laufe und laufe und laufe – bis nach Hause.

Erik und Jessi. Jessi und Erik.

Ich setze meine Kopfhörer auf die Ohren, stelle meine Playlist so laut wie möglich und lege mich ins Bett. Immer wieder wache ich schweißgebadet auf.

Ich habe vierzig Jahre lang mehr Glück als andere gehabt, ich bin mir sicher: Jetzt dreht sich der Spieß um.

Straucheln

Am nächsten Morgen, als ich mit Magenbeschwerden auf der Toilette sitze und mein Handy neben mir auf dem Wäschekorb liegt, schreibt Jessi, ob wir nicht noch einmal reden könnten. Ich lösche ihre Nachricht und blockiere ihre Nummer.

Dann folgt eine Nachricht von Alma, Zufall. »Es gibt einen Zeitungsartikel«, schreibt Alma, Zwinker-Smiley, Bizeps-Emoji, »über mich und meine Arbeit.« Und als ich den Link sehe, den sie hinterherschickt, weiß ich, dass sie sich freuen würde, wenn ich ihn sofort anklicken, den Artikel sofort lesen und dann sofort darauf reagieren würde.

Ich schließe die Augen und erinnere mich an unsere lang zurückliegenden Streifzüge durch das Berlin der Neunzigerjahre, an das bunte Chaos und an Alma, bevor sie überfallen worden war, an die Treffen danach, an unsere Telefonate, daran, dass die Unterschiede zwischen uns in dem Maße größer geworden waren, in dem auch ihre Angst vor anders aussehenden Menschen und ihre Abneigung gegenüber Großstädten größer geworden war. Ich erinnere mich an Almas Video, Almas Teelicht-Schiffchen und Almas schöne Schrift und an ein weiches Taubenblau mit schwarzen und weizengelben Fäden.

Ich gucke auf mein Handy und überlege, ob ich Almas

Link jetzt anklicken soll. Ich überlege immer noch, als das Handy vibriert, vom Wäschehocker rutscht und auf den Fliesen zerspringt.

Ich denke an Jonas. Wie er vor dem Restaurant gestanden und durch die Scheibe zu mir und Erik und Jessi geschaut hat und sich gefühlt haben musste, als wäre er überflüssig. »Was habe ich getan«, denke ich jetzt, »wie konnte ich zulassen, dass er das sehen musste. Ihm nichts erklären. Ihn anschreien. Seine offenen Arme ignorieren und davonrennen. Ihm einfach davonrennen.«

Ich starre verzweifelt meine Wände an, ich starre verzweifelt aus dem Fenster. Das zersprungene Handy bleibt im Bad auf dem Fliesenboden, bis ich im Badschrank nach einer Salbe suche, die ich mir auf die Fingerknöchel reiben kann, die jetzt blau und geschwollen sind. Mein Handy ist vollkommen kaputt.

Vom Bett zum Kühlschrank, vom Bett zur Toilette, das sind die Gänge, die ich jetzt noch gehe. Ich suche das Tuch, das Alma mir geschenkt hat, in meiner Kommode.

Es klingelt mehrmals morgens an der Tür und mehrmals abends. Ich kann das Klingeln trotz beider Hände auf meinen Ohren hören.

Wie soll das Leben weitergehen, wenn alles kaputt ist?

Mir ist das Unglück auf den Magen geschlagen, und ich ekle mich vor meinen Zigaretten. Ich habe nicht mehr allzu viel im Kühlschrank.

Zwei Tage später ist er leer, und ich esse, was ich in den Hängeschränken finden kann. Habe ich nicht immer gedacht, ich würde Oliven nicht mögen? Habe ich nicht immer gedacht, Eriks Sesam-Salzstangen esse ich nie?

Wenn man die Wohnung auf keinen Fall verlassen

möchte, isst man alles, auch das, was man nicht mag. Sogar Thunfisch mit Zwieback. Und Mais aus der Dose. Mein Hunger kämpft gegen meine Übelkeit. Und meine Übelkeit gibt schließlich auf.

Ich wickle mir Almas Tuch um den Kopf, die Ohren, den Hals und um die Schultern.

Was ist Freundschaft?

Ich sehe die Jessi mit den schlurfenden Schuhen vor mir, die feinen weißen Linien an ihrem Handgelenk, das blaue Auge, das überklebte Liebestattoo hinter ihrem Ohr, aber mein Mitgefühl stottert.

Ich erinnere mich an die beklemmende Atmosphäre in ihrem Elternhaus. Ich erinnere mich an die Angst in ihrem Gesicht, als sie der unbekannte Mann, den sie beim Rückwärtsgehen anrempelte, packte. Ich erinnere mich, wie sie die Blechdose umklammert hielt und sich übergeben musste, die Augen ängstlich aufgerissen, einen Spuckefaden am Kinn. Sie hatte mir ein Aufwachsen gezeigt, das trotz aller Gemeinsamkeiten vollkommen anders war als meins. Eine Kindheit, mit der ich nie hätte tauschen wollen, vor der es mich gruselte. Ich bewunderte ihre Coolness. Und doch sah ich durch ihre Nähe vor allem zuverlässig, wie gut es mir selbst ging, wie viel Glück ich selbst hatte, dass ich neben ihr noch heller strahlte als ohne sie.

War das Freundschaft?

Ich schrecke aus dem Halbschlaf, denke, dass ich Jessi verzeihen muss, ihr verzeihen müsste, ihr ihr Glück gönnen.

»Ich kann nicht!«, rufe ich in die Dunkelheit. »Sie hat sich Erik genommen, als ich in Not war. Als du im Krankenhaus warst, Papa!«, rufe ich zur Zimmerdecke hinauf. »Als ich bei dir war!«

War das Freundschaft?

Ich weiß nicht mehr, was Freundschaft war, ich weiß nicht mehr, was Freundschaft ist. Sollte das nicht eine sich gegenseitig stärkende Beziehung sein, geprägt von Fürsorge, Aufrichtigkeit und Vertrauen? Sich unterstützend und großherzig? War es das bei Jessi und mir? Konnte sie das sein? Reichte der Versuch, eine Balance zu finden, zwischen Geben und Nehmen, Erzählen und Zuhören, wenn das Lachen doch immer mehr auf der einen Seite, das Weinen doch immer mehr auf der anderen Seite war, für eine echte Freundschaft? Jessi wird sich neben mir ganz anders gefühlt haben als ich mich neben ihr. Hätte ich das ändern können? Hätte ich das ändern wollen? Mir ist kalt.

»Ich kann ihr trotzdem nicht verzeihen, Papa«, wimmere ich leise, »ich kann nicht.«

Mir sickern plötzlich die Worte in den Sinn, die mein Vater damals zu den Bauarbeitern vor unserem Haus gesagt hat: »Behutsam. Behutsam, mit mehr Umsicht und mehr Zeit.«

»Ja, Papa«, denke ich, »ja, ja.«

Aber gelänge mir, auch wenn mir das Verzeihen so irgendwann gelingen könnte, je wieder das Vertrauen?

Ich ziehe Almas Tuch von meinem Nacken, der warm und verschwitzt ist, und drücke es zu einem kleinen, weichen Knäuel zusammen. Bis der Schlaf kommt, presse ich es mir abwechselnd an die Wangen, die Schläfen und den Bauch.

Das Dach

Als ich am nächsten Tag erneut meine Türklingel höre, liege ich gekrümmt auf dem Sofa. Ich habe mich kaum geregt, seit den frühen Morgenstunden die Zimmerdecke angestarrt, eine Packung Knäckebrot neben mir, ein Wasserglas und die letzten Oliven.

»Egal«, murmle ich, als ich höre, dass es an meinem Türschloss leise schabt und knackt, »hier gibt's nichts. Sollen sie den Laptop und die Möbel klauen, alles mitnehmen, mich k. o. hauen, mir vollkommen egal.«

»Da ist sie!«, ruft mein Neffe, der plötzlich mitten in meinem Wohnzimmer steht, gleichzeitig nach hinten zu Mikis und in das Handy an seinem Ohr: »Alles o. k. mit ihr.«

Meine Überraschung, ihn und meinen Bruder zu sehen, überdeckt mein Gefühl, dass eigentlich gar nichts o. k. ist mit mir.

»Mir ist schlecht.«

Als sich beide sorgenvoll vor mich hinhocken, die Köpfe schief legen und blinzeln, sehe ich in ihnen zweimal meinen Vater. Ob sie wissen, dass sie ihm so ähneln? Bei Paul die dunklen Augenbrauen, bei Mikis das Augenblau, die Falten an den Mundwinkeln, die Haaransätze, die Ohren bei meinem Bruder, das Kinn bei meinem Neffen, die planlose Verteilung von Merkmalen meines Vaters zusammen mit Gesten und Mimiken von ihm schieben sich vor meinem tränenverschleierten Blick auf so skurrile Weise ineinander, dass ich beinah lachen muss. Da bekommt der Glaube, die Toten lebten in uns weiter, noch eine ganz andere, äußere Komponente.

Wie können die Augenbrauen meines Neffen auf mich beruhigend wirken, obwohl sie im Gesicht eines jungen Mannes sitzen, der sich der Ähnlichkeit zu seinem Opa vielleicht gar nicht bewusst ist? Und warum hat auch er und nicht nur mein Bruder diese tiefe Ruhe meines Vaters, die einem das Gefühl gibt, dass es o. k. ist, nur dazusitzen? Ich weiß nicht warum, aber es ist so.

»Kaffee?«

»Is' alle.«

»Tee?«

»Is' alle.«

»Zigarette?«

»Rauchst du?«

»Nee. Die sind für dich, Tante Sunny.«

»Vielleicht später.«

Warum werden ihre Gesichter noch sorgenvoller? Nur weil ich das Angebot zu rauchen ausschlage? Mikis wirft seinem Sohn einen kurzen, kaum sichtbaren Blick zu, und der steht auf, geht in den Flur und telefoniert. Hinter der zugezogenen Wohnzimmertür läuft sein tiefes Gemurmel im Flur auf und ab, ich verstehe nur »blass«, »raucht nicht«, »übel«, »verweint«, »ja«, »Oliven«.

»Sunny«, sagt mein Bruder leise, »erinnerst du dich noch ans Dach?«

In den Neunzigerjahren waren meine Brüder oft auf die Dächer der Häuser gestiegen, deren Zugänge damals noch leicht zu knacken waren und in denen noch keine Dachwohnungen lagen. Wenn ich glaubte, ich hätte meine Höhenangst ausreichend im Griff, kletterte ich ihnen manchmal hinterher und starrte dann angestrengt in die Gesichter meiner Brüder oder in die ihrer Freunde oder in die von Jessi, Alma und Katharina, wenn sie mitgekommen waren. Ich erschrak zu Tode, wenn ich aus Versehen dann doch an ihnen vorbei nach unten guckte und mir plötzlich bewusst wurde, wie tief es abwärtsging.

Wenn ich dann wieder in die Gesichter sah, hatte ich plötzlich riesige Angst, um jeden Einzelnen von ihnen, bat jeden, nicht dichter an den Rand zu gehen, bat die Jungs, ihre Bong hier nicht zu rauchen, sich nicht zu betrinken. Nicht hier.

Einmal kam mir mein jüngerer Bruder torkelnd entgegen, sah mich, grinste und lallte im Rumpelstilzchen-Singsang: »Heute geh ich, heute geh ich, heute geh ich bis zum Rand.« Ich riss ihn mit meiner ganzen Kraft in die Mitte des Daches, umklammerte ihn wie einen Verrückten und hielt mich an einem hervorstehenden Eisen fest, das aus dem Schornstein ragte. Nach einigen Loslösungsversuchen – Mikis war so betrunken und bekifft, dass seine Gliedmaßen nicht machten, was er wollte – kam seine Brust in meinem Ringergriff zur Ruhe, und irgendwann ließ ich ihn los. Nur den Kragen seiner Jacke umklammerte ich noch mit beiden Händen.

»Arschloch«, sagte ich, während er plötzlich mit einer Melancholie über die Dächer der Stadt sah, dass ich es noch mehr mit der Angst zu tun bekam, ihn heftig schüttelte, sein Gesicht zu mir drehte, dass er mich ansehen musste, und schrie: »Du bist nicht nur für dich selbst auf der Welt, verdammt noch mal, nicht nur für dich selbst!«

Die Erinnerung daran ist zerhackt und verschwommen, wie die Erinnerung an den Sprühtag an den S-Bahn-Gleisen, nur Farb- und Satzfragmente, wie in einem verwirrten Kaleidoskop, vielleicht, um all das zu ertragen. Jetzt, wo Mikis mich darauf anspricht, wird die Szene unerträglich klar. Ich sehe gleichzeitig sein damaliges melancholisches Gesicht vor mir und sein jetziges, sorgenvolles, älteres.

»Erinnerst du dich?«

Ich antworte nicht. Aber er weiß, dass ich mich daran erinnere, er weiß, dass ich weiß, was er meint.

Geschwister II

Paul schraubt das Türschloss wieder fest.

Meine Mutter bringt ihren köstlichsten Tee vorbei. Meine Schwägerin einen Korb voller Lebensmittel.

Aber dann lassen sie Mikis und mich wieder alleine. Niemand kann mit meinem Schweigen, meiner Sturheit, meinen Gesten so gut umgehen wie die zwei Jungs, mit denen ich aufgewachsen bin, die all die Umbrüche der Zeiten in ähnlichem Alter erlebt haben und die wie ich Anteile meines Vaters in sich tragen, die wir einander ansehen und verstehen. Keiner muss sich erklären. Es ist nicht nur das Wohlwollen unseres Vaters, das wir hervorholen und uns entgegenbringen können und das uns tröstet, es ist auch die Geduld.

Und, wenn mich mein älterer Bruder nicht durch und durch kennen würde, hätte er dann Klärchen mitgebracht, als er schließlich aus der Uckermark angefahren und zu uns dazukam? Wenn er nicht wüsste, dass ich Kinder schon immer gemocht habe und mein Kümmer-Gen anspringt und mein Selbstmitleid zurücktritt, wenn ein Kind mich mit großen Augen ansieht und vorsichtig fragt: »Kakao, Tante Sunny?«, hätte er dann meine jüngste Nichte mitgebracht? Wann hätte ich meine phlegmatische Sofaposition verlassen, wenn dieser winzige Mensch mich nicht noch mehr daran erinnert hätte, dass ich »nicht nur für mich selbst auf der Welt war«?

Obwohl die trüben Gedanken an Jonas und an Erik und Jessi weiter in mir pochen, lasse ich mich von der kleinen, klebrigen Kinderhand vom Sofa in die Küche ziehen, nehme eine Milch aus Steffis Korb, den Kakao aus dem Schrank und hebe Klärchen wie immer auf die Arbeitsplatte neben den Herd und lasse sie den quirligen Milchschäumer bedienen. Ich denke an Jonas, damals vor dem Friedhof, als er das Kind, das auf ihn zugerannt kam, in die Arme nahm und drehte, und dass das seine Nichte war, das Kind seiner Schwester, kaum älter als Klärchen.

Dann ziehe ich aus dem Korb meiner Schwägerin ein frisches Brot, eine Butter, ein Stück Käse, ein Marmeladenglas und drei Tomaten. Wir essen, weil Klärchen es sich wünscht, wieder wie bei einem Picknick auf dem Fußboden. Auf dem Wohnzimmerteppich.

Klärchen setzt sich auf meinen Schoß, und ich ziehe meine geschwollene Hand unter ihrem abgestützten Arm hervor. Ich schmiere mein Brot mit der linken Hand, und als es mir vom Teller rutschen will, hilft mir mein älterer Bruder, ohne auf die geschwollene Hand Bezug zu nehmen. Das Brot verschlinge ich so gierig und schnell, wie ich sonst nie esse. Klärchen sieht lachend zu mir hoch und hält mir dann ihr eigenes, tropfendes Marmeladenbrot unters Kinn.

Schließlich schläft Klärchen auf meinem Schoß ein, und Jakob räumt die Teller in die Küche, Mikis kocht Kaffee. Ich strecke, so vorsichtig es geht, meinen linken Arm in Richtung Sofa und ziehe Almas Tuch von dort herunter, um Klärchen damit zuzudecken.

»Hast du dich geprügelt?« fragt Jakob grinsend und zeigt auf meine rechte Hand.

»Ja.«

»Ja?«

»Wie bitte?«, fragt Mikis, der mit dem Kaffee ins Wohnzimmer kommt.

»Ja, in der U-Bahn. Ich war nich' Herr meiner Sinne, ein Typ hat 'n blöden Spruch gemacht, und ich hab zugeschlagen.«

»Du? Hast zugeschlagen …?« Meine Brüder schütteln die Köpfe, blasen die Backen auf und ziehen die Augenbrauen hoch. Sie sehen mich an, als würden sie versuchen rauszukriegen, ob ich wirklich ernst meine, was ich sage.

»Ich hoffe, ich hab den nicht ernsthaft verletzt«, sage ich leise, »wie konnte ich nur so blöd sein?«

»War der kleiner als ich?«, fragt mein älterer Bruder.

»Nee.«

»Schmaler als ich?«, fragt mein jüngerer Bruder.

»Nee.«

»Nimm's mir nicht übel, Schwesterchen«, sagt Jakob, neigt seinen Kopf zu mir, umfasst demonstrativ das schmale Handgelenk meiner gesunden Hand und grinst, »aber du kannst ihn nich' ernsthaft verletzt haben.«

»Is' irgendwas mit Jonas?«, fragt Mikis schließlich.

»Erik und Jessi sind zusammen.«

»Dein Erik?«

»Deine Jessi?«

»Sind nicht mehr ›meine‹!«

»Ach du Scheiße!«

»Weißt du, was ich an Erik nie leiden konnte?«, beginnt Mikis, »dieses Oberlehrerhafte! Man kam sich immer vor wie in 'nem Elterngespräch.«

»Stimmt«, sagt Jakob, »sogar nach dem zweiten Bier noch.«

»Das sagt ihr mir jetzt! Nach etlichen Jahren!«

Dann, nach einer Pause sage ich: »Ich hab Jonas vergrault.«

Mikis verschluckt sich am Kaffee, hustet und wechselt durchdringende Blicke mit Jakob, die einerseits fassungslos wirken und andererseits wie Blicke von Betreuern, die sich ohne Worte verständigen wollen, wie sie ein Dilemma ihrer unzurechnungsfähigen Patientin wieder zurechtbiegen können. Ich sehe zu Klärchen herunter. Ich lege meine gesunde Hand um ihre kleine Schulter und spüre ihren ruhigen Schlafpuls auf meinen einwirken. Ich höre meine Brüder ihren Kaffee schlürfen und schlucken. Wie aus dem Nichts schießt mir das Wasser in die Augen.

»Das lässt sich ändern«, sagt Jakob schließlich überzeugt.

Er gießt mir bis zum Rand frischen Kaffee in die Tasse. »Du liebst ihn doch?«

Ich kann nur nicken und kein Wort herausbringen und den Kaffee heiß durch meine Kehle rinnen lassen.

»Sehr gut«, sagt Mikis.

Und Jakob schiebt hinterher: »Denn er liebt dich sowieso.«

Das kann natürlich alles sein

Über meine Zimmerdecke laufen Scheinwerferlichter, der Morgen ist noch früh und dunkel, die Lichter gehören zu den Autos auf der Straße. Sie kommen von rechts oder links und gleiten durch mein Fenster, über den Spiegel auf der Kommode und meine Zimmerdecke entlang. Ich liege im Bett, die Lichter bewegen sich. Mein Inneres ist nicht mehr so abgrundtief dunkel, wie es vor einigen Tagen abgrundtief dunkel war. Meine Brüder wollten mich glauben machen, ich wäre nach wie vor ein Glückskind. Ich horche in mich hinein, ob da irgendwas ist, was ihnen recht gibt.

Die frischen Lebensmittel aus Steffis Korb habe ich längst in den Kühlschrank geräumt, die haltbaren Sachen sind noch drin, unter einer Packung Kaffee liegt eine Tüte aus der Apotheke. Ich ziehe einen dicken Briefumschlag heraus. Auf dem Briefumschlag steht eine Notiz von meiner Schwägerin: »Bitte alleine öffnen.«

In dem Briefumschlag ist ein Zettel von ihr und in den Zettel eingewickelt ein Schwangerschaftstest. Ich falle mit dem Zettel zusammen auf mein Bett. Ein Hitzeschlag fährt durch meine Brust, meine Hände sind zittrig, als ich lese. Steffis Handschrift ist gleichmäßig. Trotzdem muss ich mehrmals lesen, bis ihre Worte in meinen Kopf fallen.

»Ich will nicht übergriffig sein, liebste Sunny, nur vorsichtshalber, weil du ja nicht rausgehen willst. Paul sagt, du magst nicht mehr rauchen und isst plötzlich Oliven? Und du glaubst, du hast dir den Magen verstimmt? Das kann natürlich alles sein. Aber bei mir war es ähnlich, damals. Ich drücke dich, Steffi.«

Ich starre auf den Zettel. »Das kann natürlich alles sein«, denke ich, »könnte.«

Wieder auf dem Posten

Nach einer einstündigen Starre suche ich meinen Terminkalender und darin die rotfarbigen Kreuze. Ich hätte meine Tage schon längst kriegen müssen. Aber die verschieben sich auch sonst mal unbegründet. Jonas war bisher nur ein einziges Mal hier, ziemlich unwahrscheinlich, ich bin auch nicht mehr zwanzig. Jonas trauert um seine Schwester, kennt mich kaum und denkt, ich hänge noch an einem anderen. Ich weiß, dass Jonas mit seiner Nichte oft auf dem Spielplatz tobt, aber ob er eigene Kinder will, weiß ich nicht. Was, wenn er sagen würde: »Das passt mir jetzt gar nicht, Sunny.«

Ich laufe durch meine Wohnung wie ein Tiger im Käfig. Ich rede mit mir, mit den Wänden und dem Spiegel. Und mit meiner Schwägerin, die überhaupt nicht da ist. Ich werfe ihr vor, mich erst auf den Gedanken gebracht zu haben. »Danke für die Verwirrung, Steffi«, murmle ich, »wenn das so ist, dann bist du schuld«, zwischendurch weine ich. Aber zwischendurch lächle ich auch, kurz und hoffnungsvoll, wenn mein alter, goldener Optimismus in mir aufsteigt und ich denke: »Was wäre, wenn«, und: »Was wäre, wenn einfach alles schön wird.«

Ich höre ein leises Klopfen an der Tür, aber als ich schließlich öffne, liegt nur eine Zeitung und eine Brötchentüte am Türrahmen. »Guten Morgen!«, steht in Mikis' Schrift auf der Tüte. Und dass meine Galeristin mich herzlich grüßen ließe, sie habe gerade mein kleines, blaues Bild »Metropole« verkauft. »Dein Glück«, schreibt mein Bruder noch, den i-Punkt als Sonne, »wirst du wohl nicht so einfach los, große Schwester.«

Am Rand der Zeitung steht noch etwas: »Kleine Reportage S. 20, sehr lesenswert, Smiley!« Ich lege sie erst mal zur Seite, nehme mir aber fest vor, sie später noch zu lesen.

Nach dem Frühstück bin ich so angenehm satt, und mir ist so wenig übel, dass ich mit einer wohltuenden Gleichgültigkeit ins Bad gehe und den Schwangerschaftstest aus seiner Pappschachtel hole, als würde ich das täglich tun.

Doch in der Zeit, die ich dann schließlich auf das Ergebnis warten muss, schießt mir das Blut plötzlich kochend durch die Adern. Zitternde Hände, Schweißausbruch und die Unsicherheit, das Ergebnis richtig zu interpretieren, sind die Folgen. Ich muss mir zehnmal die Anleitung durchlesen. Und zehnmal auf das Fensterchen des Tests starren.

Gekrümmt hocke ich auf dem Badewannenrand und rufe meine früheste Kindheitserinnerung in mir wach. Die, in der der Schmerz an den Handgelenken nachlässt und der brennende Durst gestillt wird, als mein Vater mich hochnimmt. Ich rufe das Gefühl in mir wach, als all meine Ängste, all meine Beklemmungen, für die ich noch gar keine Worte hatte, keine konkreten Gedanken, sich auflösten, als ich mich in die schützenden Arme hing, zu schwach zum Laufen, und nicht fiel.

Getragen werden. Jemanden tragen.

Dann denke ich an die Situation mit meinem Vater, an Mikis' Auto, als alles um uns herum voller Schnee war.

Als mein Vater mit dem Handbesen das Dach frei fegte, mit einem Schaber die Scheiben frei kratzte, in seiner ganz eigenen, ruhigen Art. Dass er das tat, um einfach irgendetwas zu tun, weil es ihm damit besser ging, als wenn er nichts tat. Ich versuche mich genau an seine Mimik zu erinnern und an seine Stimme, die mit mir spricht.

Etwas tun.

Suche II

Als ich mich entschlossen habe, rauszugehen und Jonas zu suchen, binde ich mir Almas Tuch um den Hals, ziehe meine Mütze, meinen wärmsten Wintermantel und meine Handschuhe an. Ich steige in den Bus und die U-Bahn Richtung Stadtrand, dann in die Straßenbahn und gehe dann zügig durch die kleinen, gebogenen Straßen auf den Friedhof zu. Der Himmel ist weiß bis zum Boden, die Luft kalt und bissig. Jonas steht nicht vor dem Friedhofszaun.

Ich schiebe meine Stirn zwischen die Zaunstäbe und gucke, als könnte Jonas doch einmal hineingegangen sein, trotz des Geiers, der am Eingang auf ihn wartet. Doch zwischen den Gräbern ist nur ein einziger Mensch zu sehen, und das ist meine Mutter. Ich winke ihr, als sie vom Grab kommt. Sie winkt zurück und lächelt.

Ich entschließe mich, sie noch bis zu ihrem Laden zu begleiten. Ich frage sie nach dem Moment, in dem ihr klar geworden ist, dass mein Vater der Mann ihres Lebens sein sollte. Sie beginnt von den Anfängen zu erzählen, und wir vergessen einen Moment lang das Ende. Vierzig Ehejahre. Abertausend schöne Erinnerungen.

Vor dem Teeladen fragt meine Mutter, ob ich den kleinen Artikel über Almas Arbeit gesehen und gelesen hätte, die sie beeindruckend fände. Sie hätte ihn zufällig entdeckt, ausgeschnitten, sorgfältig zusammengefaltet und in ihre Handtasche gesteckt. »Falls ich dich treffen würde. Darjeeling, Sunny?«

»Lieber Melisse. Ich kann aber nur ganz kurz, Mama.«

Die Reportage über Alma beginnt mit einer Überschrift, die mich trifft und berührt: »Kleidung tragen und von ihr getragen werden. Die Damenschneiderin Alma Jung kreiert Mode.« Ein kleines Farbfoto zeigt Alma in ihrem Atelier, drei Stecknadeln zwischen den Lippen, hingewandt zu einer großen, schlanken Frau. Die Frau trägt eine weiße Anzughose, ein türkisfarbenes Jersey-Shirt, einen dunklen Blazer und wirkt stolz und schön.

Der Artikel beschreibt in knappen Worten Almas Arbeit, erst im Allgemeinen und dann das Besondere, das darin besteht, dass Alma ihre Kundinnen beobachtet, Anspannung, Gang, Körperhaltung und Blicke, und ihnen ausgiebig zuhört. Und dabei auch das hört, was niemand sagt, die unausgesprochenen Erlebnisse, Traumata und Ängste, die zwischen den Zeilen liegen, unter der Haut und hinter den Stirnen.

»Alma«, flüstere ich, und mir kommen die Tränen.

»Ist das nicht schön?«, sagt meine Mutter leise hinter ihrem Tresen.

»Ja«, sage ich, »das ist schön!«

»Und das Arschloch hat nicht gewonnen, Alma, dieses Arschloch hat nicht gewonnen!«

Ich verabschiede mich von meiner Mutter draußen vor dem Laden.

Ich biege um die Ecke, bleibe stehen und überlege, wo ich Jonas jetzt suchen soll. »Du musst in seinen Kiez gehen, auch wenn du dann vielleicht Jessi und Erik wiedertriffst. Du musst«, redet mein vernünftiges Ich auf mein zwiegespaltenes Ich ein. »Ich weiß. Das muss ich. Und das werde ich auch ... Weil ich ihn nicht mehr nur für mich alleine suche.«

Ich spüre die Kälte in meine Zehen kriechen und erst in der U-Bahn, zwischen denen, die zur Arbeit fahren, denen, die irgendwo hinfahren, und denen, die im Kreis fahren, wird mir wieder warm. Auf einem Sitz mir schräg gegenüber sitzt eine junge schwangere Frau, vielleicht halb so alt wie ich. Über ihrem Bauch springen zwei Knöpfe ihrer Winterjacke auf. »Wollen wir Kinder zusammen haben?«, hatte ich Erik einmal gefragt, und er hatte lächelnd geantwortet: »Auf jeden Fall, Sunny, aber lass uns noch bisschen warten. Vielleicht können wir erst auf eine größere Wohnung sparen. Oder auf ein eigenes kleines Haus.«

Genau in dem Moment, in der U-Bahn, kommen mir diese Worte plötzlich absurd vor. Wozu erst eine größere Wohnung? Wozu erst ein eigenes kleines Haus? Ich sehe mich selbst im U-Bahn-Fenster an und muss lachen. Ich hätte doch wissen können, dass es nur auf die Liebe zueinander wirklich ankommt. Ich bin doch ein Kind einer solchen Verbindung, in der Vater und Mutter und Brüder und Schwester selbst Haus und Wände sind, Ofen und Dach.

An dem U-Bahnhof, in den ich vor einer Woche, nach dem Restaurant-Eklat, in die U-Bahn gestiegen war, steige ich jetzt aus. Ich gehe den Weg, den ich gegangen bin, jetzt rückwärts, mit auf eine ganz andere Art gemischten Gefühlen. Mit Gefühlen, die rot, grün, hell und zittrig sind statt schmerzhaft, glühend und dunkel.

Wenn man jemanden finden will, ist der Kopf aufrecht und der Blick überall. Wo alle Menschen dicke Winterkleidung und Mützen tragen, muss man den Leuten in die Augen schauen, um den Gesuchten zwischen hochgezogenen Schals und Mützensaum auszuschließen. Einige Männer sind genauso groß wie Jonas, tragen einen ähnlichen Mantel mit einem ähnlichen Gang – doch jedes Mal ist er es nicht.

Ich gehe zu den Häusern, von denen ich denke, dass er hier wohnen könnte, und lese die Namen an den Klingelschildern, Tür um Tür. Ich gehe auch durch die Straße, in der das Restaurant liegt. Ich drehe den Gästen darin meinen Rücken zu. Drücke ihn durch, hebe meinen Kopf. Ich halte die Luft dabei an, aber ich gehe nicht schneller, ich haste nicht, ich gehe stolz.

»Falls ihr dort sitzt, Erik und Jessi: Ihr könnt mich mal!«

Ich gehe die ganzen Straßen dann alle noch einmal entlang, diesmal mit weniger Gewissheit, ich würde Jonas so finden können. Nach der sechsten Runde trete ich den Weg in den Nachbarbezirk zu meinem Atelier an, um darin für einen Moment zur Ruhe zu kommen, die Beine hochzulegen und mich aufzuwärmen. Und zu überlegen: »Was jetzt?«

Als Katharina ans Atelierfenster klopft, denke ich erst, ich gucke nicht richtig, dann renne ich in den Flur und öffne die Tür. Das letzte Mal habe ich vor drei Wochen eine Nachricht von ihr bekommen. Sie hatte immer und immer wieder ihren Amerika-Aufenthalt verlängert, weil sie ihren Vater in New York nicht hatte finden können, aber Anhaltspunkte sammelte, mehr und mehr Anhaltspunkte.

Katharina erscheint mir müder als vor ihrer großen Reise, ihr Kopf liegt schwer auf meiner Schulter, ausgelaugt und erschöpft. Aber ihre Augen sind hell, als sie mich ansieht, hell und flackernd. Das, was sie mir dann zu erzählen versucht, kommt so sprudelnd und durcheinander aus ihr heraus, dass ich lache. »Warte. Warte. Wir haben Zeit.« Ich schiebe ihr einen Stuhl an den Ofen und reiche ihr ein Glas Wasser. Katharina streckt ihre Füße zum Warmen und seufzt wohlig und entspannt. Als sie ihren Kopf hebt, sehe ich es schon in ihrem Blick.

»Du hast ihn gefunden!«

Katharina breitet die Arme aus, als ob sie mich noch einmal umarmen wollte oder das Atelier oder die Welt.

»Ja«, sagt sie leise, »ja.«

Zwischen Seufzern, Tränen und Lachausbrüchen erzählt Katharina mir von ihrer wochenlangen Suche, aber nur, weil ich das Ende schon kenne, kann ich die Spannung und all die Irrwege, von denen sie berichtet, ertragen.

Mir steigt das Bild der jungen Katharina in den Kopf und ihre ständigen, traurigen Blicke zu anderen Vätern. Das helle Lachen, das jetzt aus ihr herausbricht, legt sich über diese Traurigkeit. Der Vater, den sie gefunden hat, ist alt geworden, aber voller Einsicht. Voller Reue. Voller Dankbarkeit, gesucht und gefunden worden zu sein. Voller Dankbarkeit, die Chance zu bekommen, sich zu entschuldigen. Vielleicht neu anzufangen. Mit der Beziehung zu einer Tochter, die er lange Zeit verdrängt hat, hinter Freiheitsdrang und Selbstverwirklichung nach hinten geschoben, die nur selten in seine Gedanken gestiegen war, aber mit zunehmendem Alter plötzlich immer öfter, immer eindringlicher, zusammen mit dem Gedanken, etwas verpasst zu haben, etwas Wesentliches vielleicht. Vielleicht das Wesentliche.

Katharinas Bericht wird klarer und ruhiger. Ich möchte ihn wieder und wieder hören. Wir legen unsere Arme umeinander, und sie erzählt alles von vorn. Wir haben ihre Sehnsuchtszeit zusammen durchlebt und erleben nun gemeinsam ihre Freude, immer wieder. Auch als es dunkel wird, sitzen wir noch lange am Ofen, um die Blase des unverhofften Glücks um uns herum nicht zu zerstechen.

Katharina sieht mich an, sieht zum Ofen und sagt dann, dass sie mit ihrem Vater auch noch etwas anderes gefunden habe. Dass sie plötzlich, jetzt erst, sehen würde, wie liebevoll und stärkend ihre Mutter immer zu ihr gewesen war. Jeden Tag.

Später, am späten Abend, als Katharina gegangen ist, beschließe ich, nach Hause zu gehen und erst am folgenden Tag weiter nach Jonas zu suchen.

Die Dunkelheit, die mich draußen empfängt, ist weicher als sonst, aber immer noch kalt. In den Straßen riecht es nach Schnee, obwohl alles kahl und trocken ist. Die Laternen legen ihr gelbes und weißes Licht auf die Bürgersteige, darin gehen eingemummelte, dunkle Silhouetten.

Das erste Stück des Weges gehe ich schnell und beschwingt, rauschend Katharinas Worte im Kopf, die so tiefenglücklich aus ihr herausgesprudelt waren.

So viele Jahre lang hatte sie all die Väter um uns herum gemustert, in den Straßen, auf den Plätzen, dabei immer ein wenig die Stirn gerunzelt, sich auf die Lippen gebissen. Manchmal waren ihre Augen wässrig dabei. Nachdem sie uns erzählt hatte, dass ihr Vater den gleichen geschwungenen Mund hatte wie sie, ertappte ich mich, auch wenn ich alleine unterwegs war, oft dabei, ältere Männer zu mustern und deren Lippen in verschiedene Kategorien einzuordnen und die Ähnlichkeit zu Katharinas geschwungenem Mund abzustufen in: ein wenig, gar nicht, kein bisschen. Wenn ich jemanden mit leichter Lippenähnlichkeit gefunden hatte, merkte ich mir den Ort und den Zeitpunkt und legte mich mit Katharina entsprechend auf die Lauer. »Der da, meinst du, hat einen ähnlichen Mund wie ich?«, fragte Katharina jedes Mal empört. »Dann brauchst du echt 'ne Brille.« Aber ich hörte nicht auf, mich umzugucken. Auch als wir längst erwachsen waren, nicht.

Ich stelle mir einen Mann vor, der Katharinas schönen, geschwungenen Mund hat und grau melierte Haare. Mein Vater ist tot. Meine Freundin, die sich so viele Jahre lang vergeblich einen Vater gewünscht hat, hat endlich einen Vater, das ist schön. Ihre Freude lehnt sich warm an meine Trauer. Ich hoffe sehr, dass sie mit ihrem Vater in der Zukunft etwas von dem nachholen kann, was ich mit meinem Vater in der Vergangenheit reichlich hatte. Liebevolle, stärkende Momente, die man immer in sich trägt.

Nach ein paar Straßen aber heben mir meine Schritte die Gedanken an Jonas wieder ins Gedächtnis. Ich stolpere beim Gehen und gehe weniger beschwingt, die sorgenvoll fragende Stimme in mir, wo ich ihn finden könnte und wie er reagieren würde.

»Oh, Entschuldigung«, sage ich vor meiner Haustür zu einer dunklen Gestalt, die ich angerempelt habe, »ich hab Sie nicht gesehen.«

»Sunny!«

»Jonas? Du siehst ja vollkommen erfroren aus! Seit wann stehst du hier?«

»Ich war öfter schon mal da.«

Ich erschrecke bei dem Gedanken, dass einige der vergeblichen Klingelversuche an meiner Tür, bei denen ich mir die Hände oder mein Kissen auf die Ohren gehalten habe, seine gewesen sein konnten, und darüber, wie dünn und brüchig seine Stimme klingt.

»Kommst du mit hoch?«, frage ich leise.

Seine Augen sehen mich unsicher an, seine Nase, seine Wangen, seine Ohren sind rot vor Kälte, im Licht der Laterne fängt es plötzlich an zu schneien. Winzige weiße Punkte fallen auf Jonas dunklen Mantel, auf seine dunkle Mütze, auf seine dunklen Wimpern. Seine Lippen zittern, er antwortet nicht. Ängstlich wiederhole ich meine Frage: »Kommst du mit hoch?«, und füge heiser hinzu: »Ich muss dir noch was sagen.« Ich wage nicht, seine Hand zu nehmen.

»Ich weiß schon«, sagt er traurig, »ich weiß schon.«

»Nee, das weißt du noch nicht.«

Als ich klein war, habe ich einmal Jakobs besten Stift zerbrochen, aus Versehen, einen Stift mit drei Minen, aus dem Intershop. Ich hatte ihn notdürftig zusammengeklebt und ihm den längsten Stift aus meinem Federmäppchen als Wiedergutmachung danebengelegt, einen gewöhnlichen Ost-Stift. Ich saß mit rasendem Herzen in seinem Zimmer und wartete. Den Blick auf die Tür gerichtet.

Hoffen und bangen

Jonas und ich stehen unsicher in meinem Flur voreinander, die Winterschuhe schon abgestreift, die Mützen noch auf den Köpfen, die Mäntel noch an. Ich ziehe ihn vorsichtig ins Wohnzimmer. Draußen vorm Fenster fallen jetzt große weiße Flocken, als ob der Himmel mir absichtlich oder unabsichtlich Mut machen will mit seiner ganzen Schönheit. Ich nehme Jonas' Hand in meine. Die Finger, die eisig sind und zittern, werden langsam, ganz langsam, warm.

Das Weiß der dichten Flocken lässt die Nacht draußen heller erscheinen. Die Straße unten glitzert wie ein verwunschenes Tal. Ich gucke aus den Augenwinkeln zu Jonas, und er dreht seinen Kopf, sieht mich an. Er wirft mir seinen Blick wieder mitten in mein Herz, ohne dass er es weiß. Ich versuche mich auf jede mögliche Reaktion innerlich vorzubereiten. Ich atme tief ein und nehme auch Jonas' andere Hand, um mich daran festzuhalten. Mir wird schwindlig und heiß und kalt auf einmal.

»Was wolltest du sagen, Sunny?«

»Dass ich dich liebe.«

»Und ihn?«

»Ihn nicht mehr, Jonas, ich war nur überrumpelt.«

»Weinst du? Sunny?«

»Ich weiß einfach nicht, wie ich's dir sagen soll. Wie du reagieren wirst … Ich bin schwanger, Jonas. Von dir.«

Über Jonas' Gesicht fliegt Verwirrung und Überraschung. Dann ein Lächeln, das bleibt und immer größer wird. Er schlingt seine Arme um mich herum und zieht mich an sich. Ich höre sein Herz. Und meins.

Anfang

Wir liegen unter der Daunendecke. Die Decke ist warm, obwohl sie aussieht wie die Schneelandschaft vorm Fenster. Jonas schläft. Sein linker Arm liegt unter meiner Schulter, seine rechte Hand liegt auf meinem Bauch. Sein Gesicht liegt an meinem Hals, und sein Atem ist gleichmäßig und leicht. Ich schiebe meine Hand auf seine Hand. Ich spüre das Glück durch mich hindurchrieseln, vom Kopf und von den Zehen hin zu meinem Bauch. Ich drehe die Augen Richtung Fenster, zu dem tanzenden, mir zublinzelnden Weiß.

»Da wächst ein Glückskind heran, Papa, mitten im Winter.«

Danksagung

Gibt es Gegenentwürfe zu toxischen Männlichkeitsbildern? Für diese Frage, die einer der Impulse für dieses Buch war, bin ich dankbar. Und auch dafür, dass die Antwort darauf Ja ist, obwohl in den meisten Nachrichten und Geschichten negative Männlichkeitsbilder präsenter sind. Während der Entstehung dieses Buches habe ich mit einigen Menschen über wertschätzende und autoritäre Beziehungsmuster, vor allem innerhalb von Familien, und über ihre Folgen sprechen können und danke ihnen allen für ihre Offenheit, ihr Vertrauen und ihre Hinweise.

Erinnerungen an die brodelnden Neunzigerjahre in Berlin, an die Hinterhöfe, Wagenburgen, besetzten Häuser, den verhüllten Reichstag und das Tacheles, waren ein weiterer Antrieb für dieses Buch, und ich bin genauso dankbar für den Austausch von Erfahrungen wie für die einfacheren Faktenchecks (fuhr der Hunderter-Bus damals wirklich bis Prenzlauer Berg? Hieß es in Ostberlin Sprayer oder Sprüher?).

Während der Gespräche über Kindheit und Jugend nahmen die Männer aus meinem Umfeld auch die Perspektive von Mädchen und Frauen dieser Zeit wahr und stellten viele Fragen. Daraufhin habe ich versucht, vier Freundinnen zu erschaffen, die mir teilweise ähnlich, teilweise fremd sind und die viel von dem erleben, was ich selbst in den Neunzigerjahren erlebt und beobachtet habe und deren Erlebnisse und Blickwinkel vielleicht einige dieser Fragen beantworten. Auch wenn sich die Erfahrungen der vier Mädchen dieses Buches mit Ereignissen aus meinem Leben, meinen Freundschaften und Begegnungen überschneiden, sind sie fiktiv.

Ein weiterer Impuls für diesen Roman war die mehrfach an mich gerichtete Frage: Wirst du über den Tod deines Vaters schreiben? Je älter ich werde, desto mehr Freundinnen, Freunde und Bekannte verlieren ihren Vater, ihre Mutter, den Partner oder die Partnerin. Manchmal gesellen sich zu der individuellen Trauer Gespräche, manchmal Schweigen, manchmal Streits. Ich wollte hoffnungsvolle Bespiele geben.

Für kontinuierlichen Zuspruch, wichtige Hinweise, Kritik, Anregungen und das Korrekturlesen bedanke ich mich herzlich bei Katharina von der Elisabeth Ruge Agentur, Verena, Philipp, Laurids, Elisabeth, Matthias, Daniela vom Buchladen Montag, Theresia, Bianca, meiner Lektorin Milena und meinem Mann und einigen weiteren, namentlich hier nicht Genannten, die ebenso herzlich in diesen Dank mit eingeschlossen sind.

Roddy Doyle

Love. Alles was du liebst

Aus dem Englischen von Sabine Längsfeld

Früher waren Davy und Joe gute Kumpels. Inzwischen treffen sie sich nur noch gelegentlich, wenn Davy aus England nach Dublin kommt, um seinen Vater zu besuchen. Es sind kurze Begegnungen, sie sind erwachsen geworden, jeder hat sein eigenes Leben. Doch dieser Abend ist anders. Die beiden Männer ziehen wie früher um die Häuser, trinken ein Bier nach dem anderen, und die Gespräche werden immer vertrauter. Lange zurückgehaltene Gefühle und Konflikte drängen nach oben. Joe vertraut seinem Freund an, dass er seine Frau und seine Kinder für eine andere verlassen hat. Als Davy erfährt, dass es sich dabei um Jessica – ihren gemeinsamen Jugendschwarm – handelt, werden auch bei ihm alte Erinnerungen wach: der Aufruhr um seine temperamentvolle Frau, die Missbilligung seines Vaters, der Tod seiner Mutter, die Flucht aus Irland. Als Davy einen Anruf erhält, wird ihre Freundschaft auf die Probe gestellt.
Love ist sowohl eine Hymne an Dublin als auch ein herrlich komisches und zugleich bewegendes Porträt der vielen Facetten der Liebe.

»Doyle fragt in seinen Werken … ohne einen Hauch von Sentimentalität und mit Blick auf die grotesken Details eines Lebens nach dem Zusammenhang einer Biografie.« *FAZ*, Tilman Spreckelsen

Hardcover · ISBN 978-3-8337-4335-1
E-Book · ISBN 978-3-8337-4411-2
Taschenbuch · ISBN 978-3-8337-4581-2

6 CDs · ISBN 978-3-8337-4405-1
Gesprochen von Stephan Schad

Yasmin Polat

Im Prinzip ist alles okay

Seit der Geburt ihres Kindes ist Miryam von Selbstzweifeln geplagt. Sie kann nicht stillen, leidet an postnatalen Depressionen und versucht trotzdem alles richtig zu machen. Getrieben von der Scham über ihre Herkunftsfamilie und aus Angst, ihre gewaltvolle Kindheit zu wiederholen, tut sie alles, um so heil zu wirken wie die Mütter aus ihrem Umfeld und Instagram-Feed. Sie postet weichgefilterte Selfies von sich und ihrem Kind, informiert sich zu bedürfnisorientierter Erziehung und gesunden Beikost-Snacks. Doch Miryam zieht sich immer mehr zurück. Auch online findet sie keinen richtigen Austausch. In den sozialen Medien wird zwar vieles besprochen, nicht aber die eigenen Familientraumata, die möglicherweise wieder auftauchen, sobald man selbst Mutter wird. Sie fühlt sich immer stärker überfordert, auch ihre Partnerschaft geht zu Bruch, doch schließlich findet sie ihren ganz eigenen Weg aus der Krise - und damit doch noch zu sich selbst. Dem Roman gelingt es, mit ironisch-humorvollem Ton die Emanzipation einer jungen Mutter von familiär erlernten, destruktiven Mustern zu erzählen und ihren Weg in die Selbstbestimmtheit aufzuzeigen. Der Roman widmet sich den wichtigen Themen Mutterschaft und familiäre Gewalt mit viel Ironie und Eindringlichkeit.

»Ergreifend direkt, ironisch, schonungslos ist dieses Buch, in dem sich sicher viele wiederfinden [...] Davon, wie es sich anfühlt, wenn nicht alles rosig ist mit dem Muttersein, erzählt Yasmin Polats berührender Debütroman.« *Welt am Sonntag kompakt*

»Die Schauspielerin bringt stets an den richtigen Stellen Yasmin Polats feinen Humor zum Klingen. *Im Prinzip ist alles okay* ist ein Roman und Hörbuch, über das man noch lange nachdenkt, weil es so viel Wahrheit enthält und mit uns allen zu tun hat.« *buchszene.de*, Jörg Steinleitner

Hardcover · ISBN 978-3-8337-4563-8
E-Book · ISBN 978-3-8337-4611-6

Digital-Only · ISBN 978-3-8337-4667-3
Gesprochen von Julia Meier